BESTSELLER

Nicolas Barreau se ha ganado un público entusiasta con sus encantadoras novelas de ambientación parisina como *El café de los pequeños milagros*, *Menú de amor* y *33 cartas desde Montmartre*. El best seller *La sonrisa de las mujeres* se convirtió en su primer gran éxito internacional, del que se han vendido más de 3.000.000 de ejemplares. La novela ha sido traducida a 36 idiomas y adaptada al cine y al teatro. En *El tiempo de las cerezas*, Barreau continúa la historia de sus inolvidables protagonistas, Aurélie y André.

Biblioteca

NICOLAS BARREAU

La sonrisa de las mujeres

Traducción de
Carmen Bas Álvarez

DEBOLS!LLO

Papel certificado por el Forest Stewardship Council®

Título original: *Das Lächeln der Frauen*

Primera edición en Debolsillo: abril de 2022
Primera reimpresión: octubre de 2022

© 2011, Nicolas Barreau
© 2011, Thiele Verlag in der Thiele & Brandstätter Verlag GmbH
Todos los derechos reservados y controlados a través de Thiele Verlag, Köln.
Acuerdo a cargo de Thiele Verlag y SalmaiaLit, agencia literaria.
© 2022, Penguin Random House Grupo Editorial, S. A. U.
Travessera de Gràcia, 47-49. 08021 Barcelona
© Carmen Bas Álvarez, por la traducción. Derechos cedidos por Editorial Planeta S. L. U.
Diseño de cubierta: Penguin Random House Grupo Editorial / Sergi Bautista
Imagen de cubierta: composición fotográfica a partir de las imágenes de
© Elisabeth Ansley / Trevillion Images y © Bruno van der Kraan / Unsplash

Printed in Spain – Impreso en España

ISBN: 978-84-663-6240-5
Depósito legal: B-3053-2022

Compuesto en M. I. Maquetación, S. L.
Impreso en QP Print
(Barcelona)

P 3 6 2 4 0 B

La felicidad es un abrigo rojo con el forro roto.

JULIAN BARNES

1

El año pasado, en noviembre, un libro me salvó la vida. Sé que suena inverosímil. Algunos considerarán exagerado, o incluso melodramático, que diga algo así. Pero eso fue justo lo que ocurrió.

No es que alguien me disparara al corazón y la bala se quedara milagrosamente incrustada en las páginas de una gruesa edición en cuero de los poemas de Baudelaire, como sucede en las películas. Tampoco tengo una vida tan excitante.

No, mi estúpido corazón había resultado herido antes. Un día que parecía ser como otro cualquiera.

Todavía lo recuerdo perfectamente. Los últimos clientes del restaurante —un grupo de americanos bastante ruidosos, una discreta pareja de japoneses y un par de franceses con ganas de discutir— llevaban mucho tiempo sentados, y los americanos habían degustado el *gâteau au chocolat* con muchos «aaahs» y «ooohs».

Una vez servidos los postres, Suzette me había preguntado, como siempre, si realmente la necesitaba todavía, y enseguida salió corriendo muy contenta. Y, también como siempre, Jacquie estaba de mal humor. Esta vez se quejaba de las costumbres culinarias de los turistas y ponía los ojos en blanco mientras lanzaba dentro del lavavajillas los platos bien rebañados.

—Ah, *les Américains!* No entienden *nada* de *cuisine* francesa, *rien du tout!* Siempre se comen la decoración... ¿Por qué tengo que cocinar para bárbaros? ¡Me gustaría tirarlo todo, me pone de mal humor!

Se quitó el delantal y me gruñó un *bonne nuit* antes de salir por la puerta, saltar encima de su vieja bicicleta y desaparecer en la fría noche. Jacquie es un cocinero magnífico y a mí me cae muy bien, a pesar de que siempre exhibe su mal humor como si fuera una olla de bullabesa. Ya era cocinero de Le Temps des Cerises cuando el pequeño restaurante con manteles de cuadros rojos y blancos, que está algo apartado del concurrido Boulevard Saint-Germain, en la Rue Princesse, pertenecía todavía a mi padre. Él adoraba la canción *El tiempo de las cerezas*, esa que es tan bonita y se acaba tan pronto, una canción optimista y algo melancólica que habla de amantes que se encuentran y luego se pierden otra vez. Y a pesar de que la izquierda francesa adoptó años más tarde esta vieja canción como himno no oficial, como un símbolo de ruptura y progreso, yo creo que el verdadero motivo por el que papá llamó así a su restaurante no estaba tan relacionado con la memoria de las comunas parisinas como con sus recuerdos personales.

Ése es el lugar en el que yo crecí, y cuando después del colegio me sentaba en la cocina con mis cuadernos, rodeada del tintineo de ollas y sartenes y de miles de tentadores aromas, podía estar segura de que Jacquie siempre tendría alguna pequeña delicia para mí.

Jacquie, que en realidad se llama Jacques Auguste Berton, procede de Normandía, donde la vista alcanza hasta el horizonte, donde el aire sabe a sal y el mar infinito, sobre el cual el viento y las nubes nunca dejan de jugar, no pone ningún obstáculo a la mirada. Más de una vez al día Jacquie me asegura que le encanta ver lejos, *¡lejos!* A veces París le resulta demasiado estrecho y ruidoso, y entonces ansía volver a la costa.

—Quien tiene en la nariz el olor de la Côte Fleurie, dime ¿cómo puede sentirse bien entre los humos de París?

Mueve el cuchillo carnicero en el aire y me mira con una chispa de reproche en sus grandes ojos marrones antes de apartarse de la frente, con un movimiento nervioso, el pelo oscuro que cada vez tiene —según compruebo con cierta ternura— más hilos plateados.

Han pasado ya unos cuantos años desde que este hombre robusto de grandes manos le enseñó a una niña de catorce años de largas y rubias trenzas cómo se preparaba la *crème brûlée* perfecta. Fue el primer plato con el que impresioné a mis amigas.

Naturalmente, Jacquie no es un cocinero *cualquiera*. De joven trabajó en el famoso La Ferme Saint-Siméon, en Honfleur, la pequeña ciudad junto al Atlántico con esa luz tan especial, refugio de pintores y artistas.

—Aquello tenía más estilo, mi querida Aurélie.

Pero por mucho que Jacquie gruña, yo siempre sonrío, porque sé que nunca me dejará en la estacada. Y eso fue también así el último noviembre, cuando el cielo de París era blanco como la leche y la gente caminaba a toda prisa por las calles envuelta en gruesas bufandas de lana. Un noviembre que fue mucho más frío que los demás que yo había vivido en París. ¿O sólo me lo pareció a mí?

Pocas semanas antes había muerto mi padre. Simplemente así, sin previo aviso. Un día su corazón decidió dejar de latir. Jacquie se lo encontró al abrir el restaurante por la tarde.

Papá estaba tirado en el suelo, rodeado de las verduras frescas, las piernas de cordero, las ostras y las hierbas aromáticas que había comprado por la mañana en el mercado.

Me dejó su restaurante, la receta de su famoso *menu d'amour*, con el que supuestamente se había ganado muchos años antes el amor de mi madre (ella murió cuando yo era muy pequeña, de modo que nunca sabré si eso era verdad), y algunas frases inteligentes acerca de la vida. Tenía sesenta y ocho años, y a mí me pareció que era muy pronto. Pero las personas a las que se quiere siempre mueren demasiado pronto, ¿verdad?, independientemente de la edad que tengan.

—Los años no significan nada. Sólo importa lo que ocurre en ellos —dijo una vez mi padre mientras dejaba unas rosas en la tumba de mi madre.

Y cuando en otoño decidí seguir sus pasos, algo desanimada pero con decisión, tuve que reconocer que estaba bastante sola en este mundo.

Gracias a Dios, tenía a Claude. Trabajaba como escenógrafo en el teatro, y el gigantesco escritorio que tenía bajo la ventana en su pequeño estudio del barrio de la Bastille estaba siempre lleno de dibujos y pequeñas maquetas de cartón. A veces Claude desaparecía durante unos días cuando tenía un encargo importante. «La semana que viene no existo», decía entonces, y yo tenía que acostumbrarme a que no contestara el teléfono ni abriera la puerta por mucho que yo tocara el timbre. Poco tiempo después reaparecía como si no hubiera pasado nada. Como un arco iris en el cielo, imposible de tocar y extremadamente bello. Me besaba con ardor en la boca, me llamaba «mi pequeña», y el sol jugaba al escondite en sus rizos dorados.

Luego me cogía de la mano, me llevaba con él y me presentaba sus proyectos con ojos chispeantes.

No se podía decir nada.

A los pocos meses de conocer a Claude cometí el error de expresar mi opinión sin tapujos. Ladeé la cabeza e hice un comentario sobre lo que se podría mejorar. Claude me miró desconcertado, sus ojos azules parecían a punto de estallar, y con un solo y brusco movimiento de su mano dejó el escritorio vacío. Pinturas, lápices, hojas, vasos, pinceles y pequeños pedazos de cartón volaron por el aire como si fueran confeti, y la maqueta del escenario del *Sueño de una noche de verano* de Shakespeare, un minucioso trabajo de filigrana, se desintegró en miles de trozos.

A partir de entonces me abstuve de hacer cualquier observación crítica.

Claude era muy impulsivo, muy inestable en sus estados de ánimo, muy tierno y muy especial. Todo en él era «muy», no parecía existir nunca un término medio.

En aquel entonces llevábamos unos dos años juntos, y a mí no se me había ocurrido cuestionar mi relación con ese hombre complicado y sumamente caprichoso. Si se observa con detenimiento, todos tenemos nuestras complejidades, nuestras debilidades y nuestras excentricidades. Hay cosas que hacemos y cosas que nunca haríamos... o que sólo haríamos en determinadas circunstancias. Cosas ante las cuales los demás se ríen, sacuden la cabeza, se sorprenden.

Cosas singulares que sólo nos pertenecen a nosotros.

Yo, por ejemplo, colecciono reflexiones. En mi dormitorio hay una pared llena de papeles de colores con reflexiones que he recogido para que, en su fugacidad, no se pierdan. Reflexiones sobre conversaciones escuchadas sin querer en un café, sobre los rituales y por qué son tan importantes, reflexiones sobre los besos en el parque por la noche, sobre el corazón y las habitaciones de hotel, sobre las manos, los bancos del jardín, las fotos, sobre los secretos y cuándo se revelan, sobre la luz en los árboles y sobre el tiempo cuando se detiene.

Mis pequeñas notas se agarran al papel pintado como mariposas tropicales, momentos capturados que no tienen otra misión que permanecer a mi lado, y cuando abro el balcón y una suave corriente de aire barre la habitación, tiemblan un poco, como si quisieran echar a volar.

—¡¿Qué es *esto*?! —dijo Claude, con las cejas levantadas con incredulidad, cuando vio mi colección de mariposas por primera vez. Se paró delante de la pared y leyó algunas notas con atención—. ¿Vas a escribir un libro?

Yo me sonrojé y sacudí la cabeza.

—¡Por el amor de Dios, no! Lo hago... —Tuve que pensar un instante, pero no encontré ninguna explicación convincente—. Simplemente lo hago, ¿sabes? Sin ningún motivo. Igual que otras personas hacen fotos.

—¿Puede ser que estés un poquito chiflada, *ma petite?* —preguntó Claude, y luego metió la mano debajo de mi falda—. Pero no importa, no importa nada, yo también estoy un poco loco... —añadió rozándome el cuello con los labios, y a mí me entró mucho calor—. Por ti.

Pocos minutos más tarde estábamos en la cama, con el pelo deliciosamente revuelto. El sol entraba por las cortinas a medio echar y dibujaba pequeños círculos trémulos en el suelo de madera. Yo podría haber pegado una nueva nota en la pared: *Acerca del amor por la tarde.* No lo hice.

Claude tenía hambre y preparé unas tortillas para los dos, y él dijo que una chica que hacía unas tortillas así podía permitirse cualquier capricho. En este sentido tengo que decir algo más.

Cuando me siento infeliz o intranquila, voy y compro flores. Lógicamente, también me gustan las flores cuando estoy contenta, pero esos días, cuando todo sale mal, las flores son para mí el comienzo de un nuevo orden, algo que siempre es perfecto pase lo que pase.

Pongo un par de campanillas azules en un jarrón y me siento mejor. Planto flores en mi viejo balcón, que da a un patio, y enseguida tengo la satisfactoria sensación de haber hecho algo positivo. Me pierdo desenvolviendo las plantas del papel de periódico, sacándolas con cuidado de los tiestos de plástico y poniéndolas en las jardineras. Cuando meto los dedos en la tierra húmeda y escarbo en ella, todo se vuelve más sencillo, y combato mis penas con auténticas cascadas de rosas, hortensias y glicinias.

No me gustan los cambios en mi vida. Siempre sigo el mismo camino cuando voy al trabajo y tengo un banco concreto en las Tullerías al que considero en secreto *mi* banco.

Y jamás me volvería en una escalera a oscuras, pues tengo la vaga sensación de que a mi espalda acecha algo que me atrapará si miro hacia atrás.

Esto de la escalera no se lo he contado a nadie, ni siquiera a Claude. Creo que él tampoco me lo había contado todo.

Durante el día seguíamos cada uno nuestro camino. Yo no sabía muy bien lo que hacía Claude por las tardes, cuando yo trabajaba en el restaurante. A lo mejor tampoco quería saberlo. Pero, por la noche, cuando la soledad se cernía sobre París, cuando cerraban los últimos bares y algunos trasnochadores recorrían las calles tiritando, yo reposaba en sus brazos y me sentía segura.

Cuando aquella noche apagué las luces del restaurante y me dirigí a casa con una bolsa llena de *macarons* de frambuesa, no sabía todavía que mi casa iba a estar tan vacía como mi restaurante. Era, como ya he dicho, un día como otro cualquiera.

Sólo que Claude se había despedido de mi vida con tres frases.

Cuando me desperté a la mañana siguiente supe que algo no estaba en orden. Por desgracia, no soy una de esas personas que se espabilan al momento, así que sentí un malestar indefinido antes de que esa idea concreta se instalara en mi cabeza. Estaba tumbada entre suaves almohadas que olían a lavanda y desde el exterior llegaban apagados los ruidos del patio. Un niño llorando, la voz tranquilizadora de su madre, pasos que se alejaban lentamente, la puerta de la calle que se cerraba con un chirrido. Parpadeé y me giré. Medio dormida, estiré el brazo y busqué algo que ya no estaba allí.

—¿Claude? —murmuré.

Y entonces me acordé. ¡Claude me había abandonado!

Lo que la noche anterior me había parecido extrañamente irreal y tras varias copas de vino tinto había sido tan irreal que incluso podía haberse tratado de un sueño, con el amanecer de aquel día gris de noviembre se convirtió en algo indiscutible. Me quedé inmóvil y escuchando, pero la casa se mantuvo en silencio. No llegaba ningún ruido desde la cocina. Nadie que sacara del armario los grandes tazones azules y maldijera en voz baja porque la leche se había salido al hervir. Ningún olor a café que ahuyentara el cansancio. Ningún zumbido apagado de la maquinilla de afeitar. Ninguna palabra.

Giré la cabeza y miré la puerta del balcón. Los ligeros visillos blancos no estaban echados y una fría mañana se apretaba contra los cristales. Me envolví mejor en la manta y recordé cómo el día anterior había entrado en la casa fría y vacía con mis *macarons* y sin tener ni idea de nada.

La luz de la cocina estaba encendida y durante unos segundos contemplé sin comprender la solitaria escena que se ofrecía a mi vista bajo la lámpara de metal negro.

Había una carta escrita a mano sobre la vieja mesa de la cocina y, encima de ella, el frasco de la mermelada de melocotón que Claude había untado por la mañana en su cruasán. Un cuenco con fruta. Una vela a la mitad. Dos servilletas de tela dobladas de forma descuidada y metidas en sus servilleteros de plata.

Claude no me había escrito nunca, ni siquiera una nota. Tenía una relación patológica con su teléfono móvil y, si cambiaba de planes, me llamaba o me dejaba un mensaje en el buzón de voz.

—¿Claude? —grité, y esperé algún tipo de respuesta, pero ya entonces sentí la mano fría del miedo. Dejé caer los brazos, los *macarons* se escurrieron y cayeron al suelo a cámara lenta. Me noté un poco mareada. Me senté en una de las cuatro sillas de madera y me acerqué la hoja con incredulidad, como si eso pudiera cambiar algo.

Leí una y otra vez las pocas palabras que Claude había plasmado en el papel con su letra grande y torcida, y al final creí oír su voz ronca, muy cerca de mi oído, como un susurro en la noche:

> *Aurélie:*
> *He conocido a la mujer de mi vida. Siento que haya ocurrido justo ahora, pero podía suceder en cualquier momento.*
> *Cuídate mucho,*
> *Claude*

Al principio me quedé sentada sin moverme. Sólo mi corazón latía como loco. Eso es lo que se siente cuando a uno se le abre el suelo bajo los pies. Por la mañana Claude se había despedido de mí en el descansillo con un beso que me pareció muy tierno. No sabía que era un beso a traición. ¡Una mentira! ¡Qué penoso largarse de esa manera!

En un ataque de rabia e impotencia, arrugué el papel y lo lancé a un rincón. Segundos más tarde, sollozando, lo cogí y lo estiré. Me bebí una copa de vino tinto y luego otra más. Saqué el teléfono del bolso y llamé a Claude una y otra vez. Le dejé en el contestador súplicas desesperadas e insultos salvajes. Di vueltas por la casa, tomé otro trago para armarme de valor y grité en el auricular que, por favor, me llamara inmediatamente. Creo que probé unas veinticinco veces antes de darme cuenta, con la clarividencia que proporciona el alcohol, de que mis intentos iban a resultar inútiles. Claude estaba ya a años luz de distancia y mis palabras no llegaban hasta él.

* * *

Me dolía la cabeza. Me levanté y vagué por la casa como una sonámbula con mi corto camisón. En realidad, era la chaqueta demasiado grande del pijama de rayas azules y blancas de Claude, que no sé cómo conseguí ponerme la noche anterior.

La puerta del cuarto de baño estaba abierta. Eché un vistazo para cerciorarme. La maquinilla de afeitar había desaparecido, lo mismo que el cepillo de dientes y el frasco de Aramis.

En el cuarto de estar faltaba la manta de cachemir color burdeos que le había regalado a Claude en su cumpleaños y en la silla no colgaba, como era habitual, su jersey oscuro lanzado descuidadamente. El impermeable había desaparecido del armario que estaba a la izquierda de la puerta. Abrí el ropero que había en el pasillo. Un par de perchas vacías chocaron entre sí con un suave tintineo. Cogí aire con fuerza. Todo vacío. ¡Hasta en los calcetines del cajón de abajo había pensado Claude! Tenía que haber planeado su huida a conciencia y me pregunté cómo era posible que yo no me hubiera dado cuenta de nada. ¡De nada! De lo que tenía previsto. De que se había enamorado. De que cuando me besaba a mí estaba besando a otra mujer.

Mi cara pálida y llorosa se reflejó en el espejo de marco dorado que había sobre la cómoda de la entrada como si fuera una luna blanquecina rodeada de rizos rubios temblorosos. Mi pelo largo y peinado con raya en medio estaba revuelto como después de una noche de amor salvaje, sólo que no había habido abrazos apasionados ni juramentos susurrados al oído.

—Tienes el pelo de una princesa de cuento —me había dicho Claude—. Eres mi Titania.

Me reí con amargura, me acerqué al espejo y me examiné con la mirada inclemente de los desesperados. En mi estado y con esas oscuras sombras debajo de los ojos parecía la loca de Chaillot. Encima de mí, en la esquina derecha del espejo, estaba la foto en la que salíamos Claude y yo juntos y que tanto me gustaba. Fue una tibia tarde de verano durante un paseo por el Pont des Arts. Nos la hizo un corpulento africano que había desplegado sus bolsos sobre el puente para venderlos. Todavía recuerdo que tenía unas manos increíblemente grandes —entre sus dedos mi pequeña cámara parecía de juguete— y que tardó un buen rato en apretar el disparador.

En la foto estamos los dos riendo, con las cabezas muy juntas, ante un cielo azul que envuelve con delicadeza la silueta de París.

¿Mienten las fotos o dicen la verdad? El dolor le hace a uno filósofo.

Cogí la foto, la dejé sobre la madera oscura y me apoyé con las dos manos en la cómoda.

—*Que ça dure!* —nos había gritado el hombre negro de África, riendo, con su voz profunda y alargando la erre. «*Que ça dure!*». ¡Que dure!

Noté cómo los ojos se me volvían a llenar de lágrimas. Me resbalaron por las mejillas y cayeron como gruesas gotas de lluvia sobre Claude y sobre mí, sobre nuestra sonrisa y todas esas tonterías de París para enamorados, hasta que todo se hizo irreconocible.

Abrí el cajón y guardé la foto entre guantes y bufandas.

—¡Así! —dije. Y después otra vez—: ¡Así!

Luego cerré el cajón de golpe y pensé en lo fácil que resultaba desaparecer de la vida de otra persona. A Claude le habían bastado un par de horas. Y, al parecer, la chaqueta a rayas de un pijama olvidada sin querer debajo de mi almohada era lo único que me quedaba de él.

La felicidad y la desdicha están a veces muy cerca. Expresado de otra forma se podría decir que la felicidad da a veces curiosos rodeos.

Si Claude no me hubiera abandonado, ese frío y gris lunes de noviembre probablemente me habría reunido con Bernadette. No habría vagado por París sintiéndome la persona más sola del mundo, no me habría quedado tanto tiempo en el Pont Louis-Philippe al atardecer mirando el agua y sucumbiendo a la autocompasión, no habría huido de ese joven policía preocupado por mí, no me habría refugiado en la pequeña librería de la Île Saint-Louis y no habría encontrado nunca ese libro que transformaría mi vida en una aventura maravillosa. Pero vayamos por orden.

Fue muy poco considerado por parte de Claude abandonarme un domingo. Los lunes está cerrado Le Temps des Cerises. Es mi día libre y siempre hago algo agradable. Voy a una exposición. Paso horas en Le Bon Marché, mis almacenes favoritos. O quedo con Bernadette.

Bernadette es mi mejor amiga. Nos conocimos hace ocho años en el tren, cuando su hija pequeña, Marie, se abalanzó sobre mí y con gran energía derramó su chocolate sobre mi vestido de punto color crema. La mancha nunca salió del todo, pero al final de ese entretenido viaje de Aviñón a París y tras el intento común y no muy exitoso de limpiar el vestido con agua y pañuelos de papel en el bamboleante lavabo del tren, ya casi éramos amigas.

Bernadette es todo lo que yo no soy. Es difícil de impresionar, inquebrantable en su buen humor, muy hábil. Se toma las cosas con notable serenidad e intenta sacar lo mejor de ellas. Siempre endereza con un par de frases las cosas que yo considero complicadas y las hace fáciles.

—¡Por Dios, Aurélie! —dice entonces, y me mira divertida con sus ojos azul oscuro—. ¡Qué *ocurrencias* tienes siempre! Es todo tan *sencillo*...

Bernadette vive en la Île Saint-Louis y es profesora en la École Primaire, pero también podría ser asesora de personas con ideas complejas.

Cuando miro su rostro claro y hermoso pienso a menudo que es una de las pocas mujeres a las que les sienta realmente bien llevar el pelo recogido en un sencillo moño. Y cuando lleva su melena rubia suelta por encima del hombro, los hombres se vuelven a mirarla.

Tiene una risa sonora y contagiosa. Y siempre dice lo que piensa.

Ése era el motivo por el que yo no quería verla aquella mañana de lunes. Bernadette nunca había aguantado a Claude.

—Es un *friqui* —dijo ante una copa de vino después de que se lo presentara—. Conozco a esos tipos. Egocéntricos, no miran a los ojos.

—*A mí* sí me mira a los ojos —respondí con una sonrisa.

—Nunca serás feliz con alguien así —insistió ella.

A mí entonces eso me pareció un poco precipitado, pero mientras ahora echaba el café instantáneo en una taza de cristal y vertía el agua hirviendo encima, tuve que reconocer que Bernadette había tenido razón.

Le mandé un mensaje y con unas pocas palabras cancelé nuestra cita para comer. Luego me bebí el café, me puse abrigo, bufanda y guantes y salí a la fría mañana parisina.

A veces se sale para ir a algún sitio. Y a veces se sale sólo para andar y andar y seguir andando, hasta que la niebla se disipa, la desesperación disminuye o se acaba de meditar una idea.

Aquella mañana yo no tenía ninguna meta, mi mente estaba extrañamente vacía y notaba tal presión en el corazón que podía sentir su peso. Sin querer, apretaba mi mano contra el abrigo. Todavía no había mucha gente por la calle y los tacones de mis botas resonaban perdidos en el viejo adoquinado cuando me dirigí hacia el arco de piedra que conecta la Rue de L'Ancienne Comédie con el

Boulevard Saint-Germain. ¡Estaba tan contenta cuando, cuatro años antes, encontré mi casa en esa calle! Me gusta este pequeño barrio lleno de vida que se extiende junto al gran bulevar hasta la orilla del Sena, con sus calles estrechas, sus puestos de verduras, ostras y flores, sus cafés y sus tiendas. Vivo en un tercer piso, en una vieja casa con gastadas escaleras de piedra y sin ascensor, y cuando miro por la ventana puedo ver el famoso Procope, el restaurante que lleva allí siglos y que se supone que fue el primer café de París. En él se reunían literatos y filósofos. Voltaire, Rousseau, Balzac, Victor Hugo y Anatole France. Grandes nombres cuya compañía espiritual provoca un agradable escalofrío a la mayoría de los clientes que se sientan en sus bancos de cuero rojo y comen bajo enormes lámparas de cristal.

—¡Tienes una suerte...! —había dicho Bernadette cuando le enseñé mi nuevo hogar y lo celebramos por la noche en el Procope con un *coq au vin* realmente delicioso—. Si piensas en todos los que se han sentado aquí... ¡y tú vives sólo a un par de pasos! ¡Genial!

Miró a su alrededor entusiasmada mientras yo pinchaba con el tenedor una tajada de pollo bañado en vino, la observaba ensimismada y pensaba por un momento si yo no sería quizás una frívola aficionada a la cultura.

Tengo que reconocer con total sinceridad que la idea de que en el Procope se pudiera tomar el primer helado de París me impresionaba más que los hombres barbudos que plasmaban sus sagaces ideas en papel, pero eso tal vez no lo hubiera entendido mi amiga.

La casa de Bernadette está llena de libros. Ocupan estanterías de metros de altura que cubren la pared hasta por encima de las puertas, están sobre la mesa del comedor, el escritorio, la mesa del cuarto del estar y las mesillas, e incluso en el cuarto de baño encontré, para mi sorpresa, un par de libros en una pequeña mesa junto al inodoro.

—No puedo imaginar una vida sin libros —dijo una vez Bernadette, y yo asentí un poco avergonzada.

En principio, yo también leo. Pero, por lo general, siempre se interpone algo. Y si puedo elegir, al final prefiero dar un largo paseo o preparar una tarta de melocotón, y el maravilloso olor de esa mezcla de harina, mantequilla, vainilla, huevos, fruta y nata que inunda la casa es lo que aviva mi imaginación y me hace soñar.

Probablemente se deba a la placa de metal decorada con un cucharón y dos rosas que todavía hoy cuelga en la cocina de Le Temps des Cerises.

Cuando aprendí a leer en el colegio y las distintas letras se unieron para formar un conjunto con sentido, me planté delante de ella con mi uniforme azul oscuro y descifré las palabras que había escritas: «Sólo un tipo de libros ha contribuido a aumentar la felicidad en nuestro mundo: los libros de cocina».

La frase es de Joseph Conrad, y debo reconocer que durante mucho tiempo pensé que ese hombre tenía que ser un famoso cocinero alemán. Por eso fue mayor mi sorpresa cuando más tarde encontré por casualidad su novela *El corazón de las tinieblas*, que compré con cariño pero que nunca leí.

En cualquier caso, el título sonaba tan melancólico como mi estado de ánimo aquel día. A lo mejor era el momento oportuno de coger el libro, pensé con amargura. Pero yo no leo cuando estoy triste; yo planto flores.

Eso fue al menos lo que pensé en ese momento, sin saber que esa misma noche hojearía con ansia las páginas de una novela que, por así decirlo, se cruzó en mi camino. ¿Casualidad? Todavía hoy pienso que no fue casualidad.

Saludé a Philippe, uno de los camareros del Procope, que me hacía señas muy amable a través del cristal, pasé sin inmutarme por delante del resplandeciente escaparate de la pequeña tienda de accesorios Harem y giré por el

Boulevard Saint-Germain. Había empezado a llover, los coches pasaban a mi lado salpicando, y me envolví un poco más con la bufanda mientras avanzaba impertérrita por la calle.

¿Por qué las cosas horribles o deprimentes tienen que pasar siempre en noviembre? Noviembre era para mí el peor momento posible para estar triste. La selección de plantas que se pueden cultivar es muy limitada.

Le di una patada a una lata de refresco vacía, que rodó con gran estruendo por la acera y finalmente cayó a la calzada.

Un caillou bien rond qui coule, l'instant d'après, il est coulé... Era como en esa canción increíblemente triste de Anne Sylvestre, *La chanson de toute seule,* la de las piedras que primero ruedan y un instante después se hunden en el Sena. Todos me habían abandonado. Papá estaba muerto, Claude había desaparecido y me encontraba más sola que nunca. Entonces sonó mi teléfono móvil.

—¿Sí? —dije, y estuve a punto de atragantarme. Noté cómo la adrenalina se disparaba por mi cuerpo ante la idea de que pudiera ser Claude.

—¿Qué pasa, tesoro? —Bernadette iba, como siempre, directa al grano.

Un taxista dio un frenazo a mi lado y empezó a tocar el claxon como un loco porque un ciclista no había respetado la preferencia de paso. Sonaba apocalíptico.

—Cielos, ¿qué es *eso?* —gritó Bernadette por el teléfono antes de que yo pudiera decir nada—. ¿Todo bien? ¿Dónde estás?

—En algún punto del Boulevard Saint-Germain —contesté con voz lastimera, y me paré un momento bajo el toldo de una tienda que tenía en el escaparate unos paraguas de colores con cabezas de pato en el mango.

La lluvia goteaba de mi pelo empapado y me ahogué en una gigantesca ola de autocompasión.

—¿En algún punto del Boulevard Saint-Germain? ¿Qué diablos haces en algún punto del Boulevard Saint-Germain? ¡Me has escrito que te había surgido algo!

—Claude se ha ido —dije, y solté un sollozo apagado por el teléfono.

—¿Qué quieres decir? ¿Se ha ido? —La voz de Bernadette adquirió, como siempre que se trataba de Claude, un cierto tono intolerante—. ¿Ese idiota ha desaparecido otra vez y no te llama?

Había cometido la tontería de contarle a Bernadette la tendencia de Claude al escapismo y a ella no le había parecido nada gracioso.

—Se ha ido para siempre —dije sollozando—. Me ha abandonado. ¡Soy tan desgraciada!

—¡Ay, Dios mío! —exclamó Bernadette, y su voz fue como un abrazo—. ¡Ay, Dios mío! Mi pobre, pobre Aurélie. ¿Qué ha pasado?

—Se... ha... de... otra... —seguí sollozando—. Ayer, cuando llegué a casa, habían desaparecido sus cosas y me había dejado una nota... una nota...

—¿Que no te lo ha dicho en persona? ¡Menudo gilipollas! —Bernadette me interrumpió y cogió aire, irritada—. Siempre te he dicho que Claude era un gilipollas. ¡Siempre, siempre! ¡Una nota! Es realmente lo último... No, ¡es lo último de lo último!

—Por favor, Bernadette...

—¿Qué? ¿Todavía defiendes a ese idiota?

Yo sacudí la cabeza en silencio.

—Ahora escúchame, querida —dijo Bernadette. Guiñé los ojos. Cuando Bernadette empezaba sus frases con «escúchame» era casi siempre el preludio de una declaración de principios que solían ser verdad, pero que yo no siempre podía soportar—. ¡Olvida a ese imbécil lo antes posible! Claro que ahora estás mal...

—Muy mal —sollocé.

—Vale, *muy* mal. Pero ese tipo era un impresentable y, en el fondo, tú lo sabes también. Ahora intenta tranquilizarte. Todo saldrá bien. Te prometo que pronto vas a conocer a un hombre encantador, a un hombre *realmente* encantador que sepa valorar a una mujer tan maravillosa como tú.

—¡Ay, Bernadette! —sollocé de nuevo. Para ella era muy fácil decirlo. Estaba casada con un hombre realmente encantador que aguantaba su obsesión por la verdad con una paciencia increíble.

—Escúchame —dijo de nuevo—. Vas a coger ahora mismo un taxi, te vas a ir a casa, y en cuanto yo termine con esto voy a verte. ¡No es tan grave! Te lo pido por favor. No hay motivos para hacer un drama.

Tragué saliva. Naturalmente, era muy amable por su parte que quisiera venir a verme para consolarme. Pero tenía la desagradable sensación de que la idea de consuelo que ella tenía era muy diferente a la mía. No sabía si tenía ganas de pasarme toda la tarde oyendo que Claude era el tipo más idiota de todos los tiempos. Al fin y al cabo, había estado con él hasta el día anterior y quería recibir un poco de compasión.

Y entonces Bernadette por fin lo soltó.

—Te voy a decir una cosa, Aurélie —dijo con su tono de maestra que no admitía discusión alguna—. Me alegro, sí, incluso me alegro mucho de que Claude te haya abandonado. ¡Una verdadera suerte, si me lo preguntas! Tú no habrías dado el paso. Sé que ahora no te gusta oír esto, pero a pesar de todo te lo voy a decir: ¡que ese imbécil haya desaparecido de tu vida es para mí un motivo de celebración!

—Pues me alegro por ti —respondí con más dureza de lo que quería, y noté que el reconocimiento subliminal de que mi amiga no andaba del todo desencaminada no me ponía terriblemente furiosa—. ¿Sabes una cosa, Bernadette? Celébralo tú sola y, en el caso de que tu euforia te lo permita, déjame estar triste al menos un par de días, ¿vale? ¡Déjame en paz!

Colgué, respiré profundamente y apagué el móvil.

Estupendo, ahora encima había discutido con Bernadette. La lluvia caía por el toldo hasta el asfalto. Me refugié en un rincón tiritando y pensé si no sería mejor que me fuera a casa. Pero me daba miedo la idea de volver a una casa vacía. Ni siquiera tenía un gato que me estuviera esperando y que se acurrucara contra mí mientras hundía mis dedos en su pelo.

—Mira, Claude, ¿no son encantadores? —había exclamado yo cuando madame Clément, la vecina, nos enseñó las crías de gato que se movían con torpeza dentro de una cesta.

Pero Claude tenía alergia a los gatos y tampoco le gustaba ningún otro animal.

—No me gustan los animales. Sólo los peces —dijo cuando hacía sólo unas semanas que nos conocíamos. En realidad, tenía que haberlo sabido entonces. La posibilidad de ser feliz con una persona a la que sólo le gustaban los peces era para mí, Aurélie Bredin, muy escasa.

Abrí con decisión la puerta de la pequeña tienda de paraguas y me compré uno de color azul cielo con lunares blancos y un mango en tono caramelo con forma de cabeza de pato.

Fue el paseo más largo de mi vida. Al cabo de un rato desaparecieron las tiendas de moda y los restaurantes que había a izquierda y derecha del bulevar y se convirtieron en tiendas de muebles y de instalaciones de cuartos de baño, y luego desaparecieron también éstas, y yo seguí mi solitario camino bajo la lluvia frente a las fachadas de piedra de las enormes casas color arena, que no ofrecían mucha distracción a la vista y proporcionaban una estoica tranquilidad a mis confusos pensamientos y sentimientos.

Al final del bulevar, que desemboca en el Quai d'Orsay, torcí a la derecha y crucé el Sena en dirección a la Place de la Concorde. El Obelisco se alzaba como un dedo índice en el centro de la plaza y me pareció que todo su esplendor egipcio no tenía nada que ver con los miles de pequeños coches que lo rodeaban apresuradamente.

Cuando se es desgraciado, o no se ve nada y el mundo carece de importancia, o se ven las cosas demasiado bien y *todo* adquiere de pronto un significado. Incluso algo tan banal como un semáforo que cambia de rojo a verde puede decidir si se va a la derecha o a la izquierda.

Y así paseaba yo pocos minutos más tarde por las Tullerías, una pequeña figura solitaria bajo un paraguas de lunares que se desplazaba despacio y con ligeros movimientos arriba y abajo por el parque vacío, abandonaba éste en dirección al Louvre, avanzaba a lo largo de la orilla derecha del Sena al atardecer, dejando atrás la Île de la Cité, Notre-Dame, las luces de la ciudad que se iban encendiendo poco a poco, hasta que por fin se detuvo en el pequeño Pont Louis-Philippe, que lleva a la Île Saint-Louis.

El color azul oscuro del cielo cubría París como un trozo de terciopelo. Era poco antes de las seis, la lluvia iba cesando lentamente, y me apoyé algo cansada en el pretil del viejo puente y me quedé mirando el Sena con aire pensativo. Las farolas se reflejaban temblando y brillando en el agua oscura... algo mágico y delicado como todo lo bello.

Había llegado hasta aquel tranquilo lugar después de ocho horas, miles de pasos y otros miles de ideas. Había necesitado todo ese tiempo para comprender que la profunda tristeza que pesaba como plomo en mi corazón no se debía sólo al hecho de que Claude me hubiera abandonado.

Yo tenía treinta y dos años y no era la primera vez que me sucedía algo parecido. Me había marchado, había sido abandonada, había conocido a hombres bastante más agradables que Claude, el *friqui*.

Creo que era esa sensación de que todo se acababa, de que todo cambiaba, de que las personas que me habían cogido de la mano ya no estaban, de que el suelo desaparecía bajo mis pies, de que entre el universo infinito y yo no había otra cosa que un paraguas azul cielo con pequeños lunares blancos.

Pero eso no mejoraba las cosas. Estaba allí sola, en un puente, los coches pasaban a mi lado, el pelo se me enredaba en la cara y agarraba el paraguas con la cabeza de pato como si también fuera a salir volando.

—¡Ayuda! —susurré, y me tambaleé un poco junto al muro de piedra.

—¿Mademoiselle? ¡Oh, *mon Dieu*, mademoiselle, no! ¡Espere, *arrêtez!* —Oí unos pasos apresurados a mi espalda y me asusté.

El paraguas se me escurrió de las manos, dio una voltereta en el aire, chocó contra el pretil y cayó interpretando un breve baile antes de aterrizar en el agua con un chapoteo casi imperceptible.

Me volví desconcertada y vi los ojos oscuros de un joven policía que me miraba con preocupación.

—¿Todo bien? —me preguntó, asustado. Era evidente que me había tomado por una suicida.

Asentí.

—Sí, claro. Todo bien. —Le lancé una sonrisa forzada y levantó las cejas como si no me creyera.

—No me creo una sola palabra, mademoiselle —dijo—. Llevo un rato observándola y no me parece una mujer a la que todo le va bien.

Sorprendida, guardé silencio y me quedé mirando el paraguas de lunares, que se alejaba despacio por el Sena. El policía siguió mi mirada.

—Siempre es lo mismo —dijo luego—. Ya me conozco esto de los puentes. Hace poco sacamos algo más abajo a una chica del agua helada. Justo a tiempo. Cuando alguien empieza a rondar por un puente, seguro que está enamorado o a punto de saltar al agua. —Sacudió la cabeza—. Nunca he entendido por qué los enamorados y los suicidas tienen siempre esa afinidad con los puentes. —Terminó su discurso y me miró con desconfianza—. Parece un poco confusa, mademoiselle. ¿No querrá hacer ninguna tontería, no? Una mujer tan guapa como usted. En el puente.

—¡Huy, no! —le aseguré—. Además, también las personas normales pueden estar en los puentes simplemente porque les gusta mirar el río.

—Pero usted tiene unos ojos muy tristes. —No se rendía—. Y parecía que quería dejarse caer.

—¡Qué tontería! —repliqué—. Sólo estaba un poco mareada —me apresuré a añadir, y me llevé la mano a la tripa sin querer.

—*Oh, pardon! Excusez-moi.* Mademoiselle... Madame... —Extendió las manos con un gesto de apuro—. No podía imaginar... *vous-êtes... enceinte?* Entonces debería tener más cuidado, si me permite decírselo. ¿Puedo acompañarla a su casa?

Sacudí la cabeza y estuve a punto de echarme a reír. No, no estaba embarazada precisamente.

Él inclinó la cabeza y sonrió con elegancia.

—¿Está segura, madame? La policía francesa está para protegerla. No se me vaya a caer... —Me miró la tripa plana—. ¿De cuántos meses está?

—Escuche, monsieur —respondí con voz firme—. No estoy embarazada y es bastante probable que tampoco lo esté en un futuro próximo. Simplemente me sentía un poco mareada, eso es todo.

Lo que no era extraño, pensé, pues a excepción de un café no había tomado nada en todo el día.

—¡Oh, madame... quiero decir, mademoiselle! —Visiblemente apurado, retrocedió un paso—. Discúlpeme, no quería ser indiscreto.

—Está bien —sollocé, esperando que se marchara.

Pero el hombre del uniforme azul oscuro no se movió. Era el típico policía de París, como los que estaba harta de ver en la Île de la Cité, donde se halla la comisaría central de Policía: alto, delgado, con buena pinta, siempre dispuesto a ligar. Era evidente que éste se había propuesto, además, convertirse en mi ángel de la guarda.

—Bueno, pues... —Me apoyé de espaldas en el pretil e intenté despedirme con una sonrisa. Un hombre mayor con gabardina pasó a nuestro lado y nos lanzó una mirada de curiosidad.

El policía se llevó dos dedos a la gorra.

—Bueno, si no puedo hacer nada más por usted...

—No, de verdad que no.

—Entonces, cuídese.

—Lo haré. —Apreté los labios y asentí un par de veces con la cabeza. Era el segundo hombre en veinticuatro horas que me decía que debía cuidarme. Alcé brevemente la mano, di media vuelta y apoyé de nuevo los codos en el muro del puente. Estudié con atención la catedral de Notre-Dame, que se alzaba como un cohete medieval en la oscuridad de la Île de la Cité.

Oí un carraspeo detrás de mí y estiré la espalda antes de girarme despacio.

—¿Sí? —dije.

—Entonces, ¿qué es? —preguntó, sonriendo como George Clooney en el anuncio de Nespresso—. ¿Mademoiselle o madame?

Oh. Dios. Mío. Quería ser desgraciada un rato y un policía estaba ligando conmigo.

—Mademoiselle, ¿qué si no? —contesté, y decidí largarme de allí. Las campanas de Notre-Dame empezaron a repicar y avancé por el puente a toda prisa hacia la Île Saint-Louis.

Algunos dicen que esta pequeña islita del Sena, que está justo detrás de la Île de la Cité, más grande, y a la que sólo se accede a través de puentes, es el corazón de París. Pero este viejo corazón late muy, muy despacio. Yo iba pocas veces hasta allí y siempre me sorprendía la tranquilidad que reina en este barrio.

Cuando giré por la Rue Saint-Louis, la calle principal, en la que se alinean pequeñas tiendas y restaurantes, vi por el rabillo del ojo que una figura alta, delgada y vestida de uniforme me seguía a una distancia prudencial. Mi ángel de la guarda no se rendía. ¿Qué pensaba ese hombre? ¿Que iba a intentarlo de nuevo en el próximo puente?

Aceleré mis pasos, echando casi a correr, y abrí la puerta de la primera tienda en la que vi luz. Era una pequeña librería y cuando entré en ella tropezando no podía imaginar que ese paso iba a cambiar mi vida para siempre.

En un primer momento pensé que la librería estaba vacía. En realidad, se encontraba tan llena de libros, estanterías y mesitas que no vi al dueño, que se hallaba al fondo de la tienda, con la cabeza inclinada sobre un viejo mostrador en el que también se amontonaban volúmenes en audaces formaciones. Estaba absorto en un libro de fotografías y pasaba las páginas con sumo cuidado. Parecía tan a gusto allí, con su pelo plateado y rizado y sus gafas de media luna, que no me atreví a molestarle. Me quedé quieta en aquel nido de calor y luz amarilla, y mi corazón empezó a latir más despacio. Me arriesgué a echar una cauta mirada al exterior. Delante del escaparate, en el que estaba escrito con letras doradas algo despintadas «LIBRAIRIE CAPRICORNE PASCAL FERMIER», vi a mi ángel de la guarda mirando los libros con interés.

Solté un suspiro sin querer y el viejo librero levantó la vista de su libro y me miró sorprendido antes de subirse las gafas.

—Ah... *bonsoir*, mademoiselle... No la he oído entrar —dijo con amabilidad, y su bondadoso rostro de mirada inteligente y fina sonrisa me recordó a una foto de Marc Chagall en su estudio. Sólo que este hombre no tenía ningún pincel en la mano.

—*Bonsoir*, monsieur —contesté algo apurada—. Discúlpeme, no quería asustarle.

—No, no —replicó él, y levantó las manos—. Es que pensaba que ya había cerrado. —Miró hacia la puerta, en cuya cerradura había un manojo de llaves, y sacudió la cabeza—. Cada vez se me olvidan más las cosas.

—¿Entonces ya ha cerrado? —pregunté, y avancé un paso con la esperanza de que el molesto ángel de la guarda se marchara de una vez.

—Eche un vistazo, mademoiselle. Tengo tiempo de sobra. —Sonrió—. ¿Busca algo concreto?

Busco una persona que me quiera de verdad, contesté para mis adentros. Huyo de un policía que piensa que quiero saltar por un puente y estoy haciendo como si quisiera comprar un libro. Tengo treinta y dos años y he perdido el paraguas. Me gustaría que por fin me ocurriera algo bonito.

Mis tripas sonaron sin ningún disimulo.

—No... no, nada concreto —me apresuré a decir—. Algo... agradable.

Me sonrojé. Probablemente me tomaría por una ignorante cuya capacidad de expresarse se limitaba a la polivalente palabra «agradable». Confié en que mis palabras hubieran tapado al menos los rugidos de mis tripas.

—¿Le apetece una galleta? —me preguntó monsieur Chagall.

Me puso debajo de la nariz una bandeja de plata con galletas de mantequilla y, tras un breve momento de duda, cogí una con un gesto de agradecimiento. Fue como un consuelo y mis tripas se calmaron enseguida.

—¿Sabe? Es que hoy no he comido —expliqué sin dejar de masticar. Por desgracia, soy de esas personas que se sienten obligadas a dar explicaciones de todo.

—Pasa a veces —dijo monsieur Chagall sin hacer más comentarios—. A lo mejor encuentra ahí lo que busca —añadió señalando una mesa llena de novelas.

Y lo encontré. Un cuarto de hora más tarde abandonaba la Librairie Capricorne con una bolsa de papel naranja en la que había impreso un pequeño unicornio blanco.

—Una buena elección —había dicho monsieur Chagall mientras envolvía el libro. El autor era un joven inglés y llevaba el bonito título de *La sonrisa de las mujeres*.

—Le va a gustar.

Asentí y busqué el dinero con la cara muy colorada, pues apenas podía ocultar mi sorpresa, lo que monsieur Chagall posiblemente tomó por un ataque de alegría anticipada ante la lectura del libro, mientras cerraba la puerta de la tienda a mis espaldas.

Cogí aire con fuerza y eché un vistazo a la calle vacía. Mi nuevo amigo policía había dejado de vigilarme. Al parecer, la probabilidad de que alguien que compra un libro se tire luego por un puente del Sena era muy pequeña desde el punto de vista estadístico.

Pero ése no era el motivo de mi sorpresa, que pronto se convirtió en excitación, aceleró mis pasos y me hizo subir a un taxi con el corazón palpitando a toda velocidad.

En el libro envuelto también en papel naranja que yo apretaba contra mi pecho como si fuera un valioso tesoro aparecía ya en la primera página una frase que me desconcertó, me intrigó, me electrizó:

La historia que quisiera contar comienza con una sonrisa. Y acaba en un pequeño restaurante con el sugerente nombre Le Temps des Cerises, que se encuentra en Saint-Germain-des-Près, allí donde late el corazón de París.

Aquélla sería la segunda noche en la que apenas dormí. Pero esta vez no fue un amante infiel lo que me robó el sueño, sino —quién iba a pensarlo de una mujer que era todo menos una apasionada de la lectura— ¡un libro! Un libro que me atrapó desde las primeras frases. Un libro que a ratos era triste y a ratos tan cómico que me hacía reír a carcajadas. Un libro que era delicioso y misterioso a la vez, pues, por muchas novelas que se lean, pocas veces va una a dar con una historia de amor en la que juega un papel importante su propio restaurante y en la que se describe a la protagonista de un modo que una cree estar mirándose en el espejo... ¡en un día que es muy, muy feliz y todo sale bien!

Cuando llegué a casa, dejé toda la ropa mojada encima del radiador y me puse un pijama suave y limpio. Preparé una jarra grande de té, me hice un par de sándwiches y escuché los mensajes del contestador. Bernadette había intentado hablar conmigo tres veces y se disculpaba por haber pisoteado mis sentimientos con la «delicadeza de un elefante».

No pude dejar de sonreír cuando oí sus palabras.

—Escucha, Aurélie, si quieres sentirte triste por ese idiota, siéntete triste, pero, por favor, no te enfades conmigo y llámame, ¿vale? ¡Pienso mucho en ti!

El enfado se me había pasado hacía tiempo. Puse la bandeja con el té, los sándwiches y mi taza favorita en la mesita de ratán que estaba junto al sofá amarillo azafrán, reflexioné un instante y le mandé a mi amiga un mensaje con estas palabras: «Querida Bernadette: ¡me da tanta rabia cuando tienes razón! ¿Vienes el miércoles por la mañana? Me alegro de tener noticias tuyas. Ahora me voy a dormir. *Bises*, Aurélie».

Naturalmente, lo de irme a dormir era mentira, pero todo lo demás no. Cogí el paquete de la Librairie Capricorne de la cómoda de la entrada y lo deposité con cuidado junto a la bandeja. Tenía la increíble sensación de que aquél era un paquete sorpresa muy personal.

Contuve mi curiosidad un poco más. Primero me bebí el té a pequeños sorbos, luego me comí los sándwiches, finalmente me puse de pie y cogí la manta de lana de mi dormitorio.

Era como si quisiera retrasar el momento en que todo iba a empezar.

Y luego, por fin, desenvolví el libro y lo abrí.

Si dijera ahora que las horas siguientes se pasaron volando, estaría diciendo una verdad a medias. En realidad, estaba tan concentrada en la historia que no podría decir si habían pasado una o tres o seis horas. Esa noche perdí toda noción del tiempo, me metí en la novela como los héroes de *Orfeo*, esa vieja película en blanco y negro de Jean Cocteau que, siendo una niña, vi una vez con mi padre. Sólo que yo no atravesé un espejo que había tocado poco antes con la palma de la mano, sino la tapa de un libro.

El tiempo se alargaba, se encogía, y luego desapareció por completo.

Yo estaba junto a ese joven inglés al que la pasión por el esquí de su colega francófilo (una complicada fractura de huesos en Verbier) lleva hasta París. Trabaja para Austin, el fabricante de automóviles, y debe ocuparse de la presentación del Mini-Cooper en Francia porque el director de márketing está de baja durante unos meses. El problema: sus conocimientos de francés son tan rudimentarios como su experiencia con los franceses y, en su desconocimiento del espíritu nacional galo, confía en que en París cualquiera (al menos la gente de la fábrica de París) domina la lengua del *empire* y va a cooperar con él.

Está horrorizado no sólo por la arriesgada forma de conducir de los automovilistas parisinos, que se apretujan en seis filas en las calles de dos carriles, no se interesan lo más mínimo por lo que ocurre detrás de ellos y reducen la regla de oro de la autoescuela de «retrovisor interior, retrovisor exterior, arrancar» a simplemente «arrancar», sino también por el hecho de que el francés medio no repara los golpes y arañazos y no se impresiona ante lemas publicitarios como *Mini, it's like falling in love* porque prefiere hacer el amor con las mujeres que con los coches.

Invita a bellas francesas a comer y casi le da un infarto cuando éstas, exclamando *«ah, comme j'ai faim!»*, piden el menú completo (y más caro) pero luego sólo pinchan tres veces en la *salade au chèvre*, se acercan tres veces el tenedor a la boca con el *boeuf bourguignon* y toman dos cucharadas de la *crème brûlée*, antes de dejar caer los cubiertos con elegancia sobre los restos de comida en el plato.

Ningún francés sabe lo que es hacer cola y nadie habla aquí sobre el tiempo. ¿Por qué? Hay temas más interesantes. Y apenas existen tabúes. Quieren saber por qué en mitad de la treintena todavía no tiene hijos («¿En serio *ninguno? ¿Ni siquiera uno? Zéro?»*), qué piensa de la política de los americanos en Afganistán, del trabajo infantil en India, si no son *très hexagonale* las obras de arte de cáñamo y poliestireno de Vladimir Wroscht en la galería La Borg (no conoce ni al artista ni la galería, ni siquiera el significado de la palabra «hexagonal»), si está satisfecho con su vida sexual y qué le parece que las mujeres se tiñan el vello púbico.

En otras palabras: nuestro héroe va de desmayo en desmayo.

Es el típico *gentleman* inglés que apenas habla. Y de pronto tiene que discutir todo. Y en todos los sitios posibles e imposibles. En la oficina, en el café, en el ascensor (cuatro pisos bastan para un acalorado debate sobre la quema de coches en los Banlieue, los suburbios de París), en los servicios de caballeros (¿es buena o mala la globalización?) y, naturalmente, en el taxi, pues, a diferencia de sus colegas de Londres, los taxistas franceses tienen una opinión (que también manifiestan) sobre cada tema y al viajero no se le permite quedarse absorto en sus propios pensamientos tras la mampara de cristal.

¡Tiene que *decir* algo!

Al final, el inglés se lo toma con humor británico. Y cuando después de algunos errores y extravíos se enamora de pronto de Sophie, un atractiva y caprichosa joven, el *understatement* inglés choca con la complejidad francesa y provoca numerosas confusiones y malentendidos. Hasta que al final todo acaba en una maravillosa *entente cordiale*. Si bien no en un Mini, sino en un pequeño restaurante llamado Le Temps des Cerises. Con manteles de cuadros rojos y blancos. En la Rue Princesse.

¡*Mi restaurante!* De eso no cabía la menor duda.

Cerré el libro. Eran las seis de la mañana y volvía a pensar que el amor era posible. Había leído 320 páginas y no estaba ni siquiera un poco cansada. Esa novela era como un viaje sumamente estimulante a otro mundo... aunque ese mundo me resultaba extrañamente conocido.

Si un inglés podía describir con tanto detalle un restaurante que, a diferencia de otros como La Coupole o la Brasserie Lipp, no aparecía en todas las guías, era porque había estado en él alguna vez.

Y cuando la protagonista de una novela se parece tanto a una misma, hasta en ese delicado vestido de seda verde oscuro que cuelga en su armario y el collar de perlas con el grueso camafeo ovalado que le han regalado al cumplir dieciocho años, o bien es una increíble casualidad o es que ese hombre ha visto alguna vez a esa mujer.

Pero si *esa* mujer encuentra precisamente *ese libro* entre cientos de libros en una librería en uno de los días más desgraciados de su vida, entonces eso ya no era ninguna casualidad. Era el destino el que me estaba hablando. Pero ¿qué me quería decir?

Pensativa, di la vuelta al libro y me quedé mirando la foto de un hombre de aspecto simpático, con el pelo rubio y corto y ojos azules, que estaba sentado en un banco de un parque inglés cualquiera, con los brazos elegantemente estirados por el respaldo, y que me sonreía.

Cerré los ojos un instante y pensé si había visto alguna vez ese rostro, esa sonrisa juvenil que desarmaría a cualquiera. Pero por mucho que rebusqué en los cajones de mi memoria no lo encontré.

Tampoco el nombre del autor me decía nada: Robert Miller.

No conocía a ningún Robert Miller, en realidad, no conocía a ningún inglés... excepto a los turistas ingleses que de vez en cuando llegaban desorientados hasta mi restaurante y a ese alumno de intercambio inglés de mi época del colegio que era de Gales y con su pelo rojo y sus numerosas pecas se parecía tanto al amigo de Flipper, el delfín.

Leí con atención la breve biografía del autor.

Robert Miller trabajaba como ingeniero para una importante empresa de automoción inglesa antes de escribir La sonrisa de las mujeres, *su primera novela. Adora los coches antiguos, París y la comida francesa, y vive con su yorkshire terrier,* Rocky, *en un* cottage *en las proximidades de Londres.*

—¿Quién eres, Robert Miller? —dije a media voz, y mi mirada regresó al hombre del banco del parque—. ¿Quién eres? ¿Y de qué me conoces?

Y de pronto empezó a crecer en mi mente una idea que cada vez me gustaba más.

Quería conocer a ese escritor que no sólo me había devuelto las ganas de vivir en una de las horas más oscuras de mi vida, sino que además parecía estar relacionado conmigo de alguna enigmática forma. Le escribiría. Le daría las gracias. Y luego le invitaría a una encantadora velada en mi restaurante y averiguaría qué significaba aquella novela.

Me incorporé y puse el dedo índice en el pecho de Robert Miller, que a lo mejor en ese momento había sacado a pasear a su pequeño perro en algún lugar de los Cotswolds.

—¡Hasta la vista, míster Miller!

Míster Miller me sonrió y, curiosamente, no dudé ni un instante en que iba a conocer a mi nuevo (¡y único!) escritor favorito.

Cómo podía haber imaginado que precisamente ese autor odiaba la publicidad.

2

—¿Qué significa eso de que ese autor odia la publicidad? —exclamó monsieur Monsignac poniéndose de pie de un salto.

Su enorme barriga temblaba de excitación y el trueno de su voz, cada vez más potente, hizo que los participantes en la reunión de la editorial se hundieran un poco más en sus asientos.

—Hemos vendido casi cincuenta mil ejemplares de ese estúpido libro. Ese Miller está a punto de entrar en la lista de los más vendidos. *Le Figaro* quiere hacer un gran reportaje sobre él.

Monsignac se tranquilizó un instante, levantó la mirada con un gesto soñador y dibujó con la mano derecha un gran titular en el aire.

—Título: *Un inglés en París*. El sorprendente éxito de Éditions Opale. —Luego dejó caer la mano sobre la mesa con tanta fuerza que a madame Petit, que redactaba el acta de la reunión, se le cayó el lápiz del susto—. ¿Y usted está ahí sentado queriendo decirme que ese hombre no tiene intención de mover su maldito culo inglés para venir un día a París? ¿En serio? ¡Dígame que no es verdad, André, dígamelo!

Vi su cara encendida, sus ojos claros que lanzaban rayos. No cabía ninguna duda: a Jean-Paul Monsignac, director y propietario de Éditions Opale, le iba a dar un infarto en los próximos segundos.

Y yo era el culpable.

—¡Monsieur Monsignac, por favor, tranquilícese! —Me agarré las manos—. Créame, hago todo lo que puedo. Pero monsieur Miller es todo un inglés. *My home is my castle,* ya sabe... Vive retirado en su *cottage,* se entretiene trabajando en sus coches... No está acostumbrado a tratar con la prensa y no le gusta ser el centro de atención. Quiero decir que... que todo eso no le hace precisamente simpático...

Noté que me estaba jugando el pellejo. ¿Por qué no había dicho simplemente que Robert Miller se había marchado un año de viaje y ni siquiera llevaba su iPhone?

—¡Que si patatín que si patatán! ¡Deje de decir tonterías, André! ¡Ocúpese de que el inglés se siente en el tren, cruce el canal y llegue aquí para contestar algunas preguntas y firmar un par de libros! Es lo menos que se puede esperar. Al fin y al cabo, este hombre —cogió el libro, lanzó una mirada a la contracubierta y lo dejó caer de nuevo sobre la mesa— era mecánico, no, *ingeniero,* antes de escribir su novela. Alguna vez habrá estado en contacto con la raza humana. ¿O es que es autista?

Gabrielle Mercier, una de las dos editoras, soltó una risita tapándose la boca con la mano. ¡Cómo me habría gustado estrangular a esa estúpida gansa!

—¡Claro que no es autista! —me apresuré a contestar—. Es sólo... bueno, un poco tímido.

—Como *cualquier* persona inteligente. Desde que conozco a las personas amo más a los animales. ¿Quién dijo eso? ¿Eh? ¿Lo sabe alguien? —Monsieur Monsignac miró alrededor con expectación. Nunca podía dejar de demostrar su buena formación. Había estudiado en la École Normale Supérieure, la mejor de París, y no pasaba un solo día en la editorial en que no se citara a algún filósofo o escritor célebre.

Curiosamente, la memoria de monsieur Monsignac funcionaba de un modo selectivo. Recordaba sin problema a los grandes literatos, pensadores y ganadores del Premio

Goncourt y nos ponía a todos de los nervios con sus citas y sentencias, pero no le ocurría lo mismo con la literatura ligera. O bien olvidaba al momento el nombre del autor, que pasaba a llamarse «ese tipo» o «ese inglés» o «ese escritor de códigos Da Vinci», o bien se perdía en grotescas deformaciones como Lars Stiegsson (Stieg Larsson), Nicolai Bark (Nicholas Spark) o Steffen Lark (Stephen Clarke).

—No es que me gusten demasiado los autores americanos, pero ¿por qué no tenemos ningún Steffen Lark en el catálogo? —había ladrado dos años antes en una reunión—. Un americano en París... ¡eso parece funcionar muy bien hoy en día!

Yo era el responsable de los libros en lengua inglesa y le indiqué con mucha delicadeza que Steffen Lark era un *inglés* que en realidad se llamaba Stephen Clarke y escribía ingeniosos libros sobre Francia que habían cosechado un gran éxito.

—Libros ingeniosos sobre París... Por un inglés... ¡Vaya, vaya! —exclamó monsieur Monsignac, sacudiendo su enorme cabeza—. ¡Deje de darme lecciones, André, y tráigame un Clarke de ésos! ¿Para qué le pago si no? ¿Tiene usted olfato o no?

Pocos meses después sacaba yo de mi cartera el manuscrito de un tal Robert Miller. No tenía nada que envidiar a su popular modelo en cuanto a gracia e ingenio. La apuesta salió bien, el libro se vendió magníficamente, y ahora me tocaba pagar por ello. ¿Cómo dice la frase? ¿Cuanto más alto se sube, más dura será la caída? Pues con Robert Miller yo me encontraba en caída libre, por así decirlo.

El hecho de que Jean-Paul Monsignac recordara finalmente el nombre de su nuevo autor de éxito («¿Cómo se llamaba ese inglés? ¿Meller?») se debió sólo a que éste tenía un tocayo famoso («No, monsieur Monsignac, Meller no... ¡*Miller*!») que había obtenido los más prestigiosos galardones («¿Miller? ¿Tiene algo que ver con *Henry* Miller?»).

Mientras los asistentes a la reunión meditaban si la cita era de Hobbes o no, de pronto pensé que, a pesar de sus horribles manías, Monsignac era el mejor editor y el más humano que había conocido en quince años de trabajo editorial. Me resultaba difícil mentirle, pero, al parecer, no tenía otra elección.

—¿Y si simplemente hacemos llegar por escrito las preguntas de *Le Figaro* a Robert Miller y pasamos luego sus respuestas a la prensa? Como hicimos una vez con aquella editorial coreana. —Era un último intento desesperado de evitar la desgracia. Y, naturalmente, no le convenció.

—¡No, no, no, no me gusta la idea! —Monsignac alzó las manos en señal de rechazo.

—Descartado... se pierde toda la espontaneidad —opinó Michelle Auteuil, mirando con desaprobación a través de sus gafas Chanel negras. Michelle llevaba ya varias semanas insistiéndome en que debíamos hacer algo con «ese simpático inglés». Hasta entonces yo me había hecho el sordo. Pero ahora tenía de su parte a uno de los periódicos más importantes y —lo que era peor— a mi jefe.

Michelle se ocupa del contacto con la prensa, viste siempre de negro o de blanco, y yo la odio porque sus observaciones no admiten discusión.

Está ahí sentada, con su impecable blusa blanca bajo un traje sastre negro, y dice frases como «eso *no* puede ser» cuando te acercas a ella con una idea que consideras grandiosa porque de algún modo crees en la bondad del ser humano que —sencillamente— se deja entusiasmar por un libro. «Ningún redactor cultural de este mundo lee en serio novelas históricas, André, ¡ya puede olvidarlo!». O dice: «¿Una presentación de un libro con una autora *desconocida* que además escribe *relatos breves*? ¡Por favor, André! ¿Quién va a salir de casa para eso? Estará al menos nominada para el Prix Maison, ¿no?». Luego suspira, pone sus ojos azules en blanco y mueve impaciente el pequeño bolígrafo plateado que siempre sostiene en la mano. «Realmente no tiene *ni idea* de cómo funciona la prensa hoy en día, ¿verdad? Necesitamos nombres, nombres, nombres. ¡Búsquese al menos un escritor famoso para el prólogo!».

Y antes de que uno pueda decir algo, suena de nuevo su móvil y saluda con voz animada a uno de esos tipos que trabajan en la televisión o en algún periódico, visten chaqueta de cuero, no leen novelas históricas «en serio» y ahora se sienten más atractivos porque una belleza de piernas largas y pelo negro liso bromea con ellos.

Todo eso se me pasó por la cabeza mientras Michelle Auteuil seguía sentada delante de mí como nieve recién caída y esperaba una reacción.

Carraspeé.

—¿Espontaneidad? —repetí para ganar tiempo—. Ése es precisamente el problema. —Dirigí a los demás una significativa mirada.

Michelle no hizo un solo gesto. Definitivamente, no pertenecía a esa clase de mujeres a las que las maniobras retóricas les hacen abandonar su reserva.

—Ese Miller no tiene una conversación tan divertida e ingeniosa como tal vez se podría pensar —continué—. Y tampoco es, como la mayoría de los escritores, muy espontáneo. Al fin y al cabo, no es uno de esos... —sencillamente, no pude evitar la indirecta y lancé una mirada a Michelle—, que se pasa día y noche en las televisiones y luego necesita un negro que le escriba los libros.

Los ojos azules de Michelle se hicieron más finos.

—¡Todo eso no me interesa! —A Jean-Paul Monsignac se le había agotado la paciencia definitivamente. Agitó el libro de Miller en el aire y no descarté del todo la posibilidad de que en los próximos segundos me lo lanzara a la cara—. No sea infantil, André. ¡Tráigame a ese inglés a París! ¡Quiero una bonita entrevista en *Le Figaro* con muchas fotos! ¡Y basta!

Mi estómago se encogió de forma bastante dolorosa.

—¿Y si dice que no?

Monsignac guiñó los ojos y guardó silencio durante un par de segundos. Luego dijo con la amabilidad de un verdugo:

—Entonces, ocúpese de que diga que sí.

Asentí angustiado.

—Al fin y al cabo, usted es el único de todos nosotros que conoce a ese Miller, ¿no?

Asentí de nuevo.

—Pero si usted no se cree capaz de traerlo hasta aquí, entonces puedo hablar *yo* con ese inglés. O tal vez... ¿Madame Auteuil?

Esta vez no asentí.

—No, no, eso sería... No estaría bien, no estaría nada bien —contesté a toda prisa, y sentí cómo la trampa se cerraba sobre mí—. Miller es un poco difícil, ya sabe... es decir, no es que sea desagradable, es más bien del tipo de Patrick Süskind, no es fácil de abordar, pero... lo conseguiremos. Hoy mismo me pongo en contacto con su agente.

Me llevé la mano a la barba y me apreté la barbilla con el pulgar y el resto de dedos con la esperanza de que no se me notara el pánico.

—*Bon* —exclamó Monsignac, y volvió a reclinarse en su sillón—. Patrick Süskind... ¡me gusta! —Soltó una risa benévola—. Bueno, no escribe de forma tan inteligente como Süskind, pero a cambio tiene mejor aspecto, ¿no es así, madame Auteuil?

Michelle sonrió con malicia.

—¡En efecto! ¡Mucho mejor aspecto! Por fin un autor al que se puede presentar ante la prensa con un beso en la mano. Llevo semanas diciéndolo. Y si nuestro estimado colega consigue compartir su maravilloso autor con nosotros, nada se opondrá a la felicidad.

Abrió su gruesa Filofax negra.

—¿Qué le parece una comida con los periodistas en la *brasserie* del Lutetia?

Monsignac hizo una mueca, pero guardó silencio. Creo que nadie, aparte de mí, sabía que no apreciaba demasiado el Lutetia debido a su pasado poco honroso.

—¡Ese viejo antro de nazis! —me había dicho una vez cuando nos invitaron a un acto en el viejo hotel—. ¿Sabía usted que Hitler tenía aquí su cuartel general?

—Después iremos de compras con nuestro autor por las calles de París, llenas de adornos navideños —prosiguió Michelle—. Será perfecto y podremos hacer por fin un par de fotos adecuadas. —Movió su bolígrafo de plata en el aire y hojeó su agenda—. ¿Qué tal a comienzos de diciembre? Eso daría un empujón adicional al libro... para las Navidades...

El resto de la reunión de la tarde de los martes transcurrió para mí como en una densa niebla. Me quedaban apenas tres semanas y no tenía ningún plan. Oía la voz de Jean-Paul Monsignac a lo lejos. Criticaba sin rodeos, reía en alto, flirteaba un poco con mademoiselle Mirabeau, la nueva y atractiva asistente editorial. El jefe animaba a su pequeña tropa, y las reuniones de Éditions Opale eran, no sin motivo, muy apreciadas y fuente de gran entretenimiento.

Pero esa tarde yo sólo tenía una idea. ¡Tenía que llamar a Adam Goldberg! Él era el único que podía ayudarme.

Hice un esfuerzo para mirar en cada momento a quien hablaba y recé para que la reunión acabara pronto. Se fijaron las fechas de diversos actos y se repasaron las ventas del mes de octubre. Se presentaron nuevos proyectos de libros que provocaron en el editor rechazo («¿Quién va a querer leer eso?»), incomprensión («¿Qué opinan los demás?») o aprobación («¡Magnífico! ¡Haremos de ella una Gavalda!»). Luego, cuando la tarde se acercaba a su fin, se desató una ardiente discusión acerca de si la novela policiaca de un heladero veneciano desconocido hasta entonces, al que su hábil agente americana elogiaba como «el Donna Leon masculino», merecía que se ofreciera por ella una suma con la que cualquier mortal normal podría comprarse un pequeño *palazzo*. Monsignac puso fin a los pros y contras cogiendo el manuscrito que le dio madame Mercier y guardándolo en su vieja cartera de piel marrón.

—Se acabó la discusión, seguiremos hablando mañana, déjenme echarle un vistazo.

Ésta podría haber sido la señal para la retirada si en ese momento no hubiera pedido la palabra mademoiselle Mirabeau. Con cierta timidez y una parsimonia que hizo bostezar a todos los presentes, habló de un manuscrito recibido sin previa solicitud en el que a partir de la tercera frase ya estaba claro que jamás vería la luz del mundo literario. Monsignac levantó la mano para calmar el pequeño tumulto que de pronto se sintió en la habitación. Mademoiselle Mirabeau estaba tan nerviosa que ni siquiera percibió las miradas de advertencia que Monsignac nos lanzaba a todos los demás.

—Lo ha hecho usted muy bien, hija mía —dijo cuando ella dejó por fin el último papel a un lado.

Mademoiselle Mirabeau, que sólo llevaba unas semanas trabajando con nosotros como editora, se puso roja de alivio.

—Pero probablemente no haya que tenerlo en consideración —dijo con voz apagada.

Monsignac asintió con gesto serio.

—Me temo que tiene usted razón, querida —dijo con paciencia—. Pero no se preocupe. Mucho de lo que se recibe para leer es basura. Lees el comienzo: basura. Echas un vistazo por la mitad: basura. El final: basura. Cuando algo así llega hasta tu mesa te puedes ahorrar el esfuerzo de... —alzó un poco más la voz—, bueno, no merece la pena seguir hablando de ello. —Sonrió.

Mademoiselle Mirabeau asintió educadamente; los demás se limitaron a sonreír. El director de Éditions Opale estaba en su elemento y se balanceaba adelante y atrás en su sillón.

—Le voy a desvelar un secreto, mademoiselle Mirabeau —dijo, y todos nosotros sabíamos lo que venía a continuación, pues todos lo habíamos oído alguna vez—. Un libro bueno es bueno en *todas* sus páginas —afirmó, y con esas solemnes palabras se dio por terminada la reunión.

Yo cogí todos mis manuscritos, corrí hasta el final del estrecho pasillo y entré en mi pequeño despacho.

Casi sin aliento, me dejé caer en la silla y marqué un número de Londres con dedos temblorosos.

El teléfono sonó un par de veces sin que nadie descolgara.

—¡Adam, contesta, maldita sea! —solté en voz baja, y entonces saltó el contestador.

—Literary Agency Adam Goldberg. Ha contactado con nuestro contestador automático. Lamentamos que haya llamado fuera de nuestro horario de oficina. Por favor, deje su mensaje después de oír la señal.

Cogí aire con fuerza.

—¡Adam! —dije, y hasta en mis oídos sonó esa palabra como un grito de socorro—. Soy André. Por favor, llámame en cuanto puedas. ¡Tenemos un problema!

3

Cuando sonó el teléfono me encontraba en el jardín de un encantador *cottage* inglés quitando un par de hojas secas de un arbusto lleno de olorosas rosas de té que trepaban por un muro de ladrillo.

Los pájaros piaban, la mañana estaba llena de una felicidad casi irreal y el sol me daba con suavidad en la cara. El comienzo perfecto de un día perfecto, pensé, y decidí no hacer caso al teléfono. Hundí la cara en una flor rosa especialmente grande y el timbre dejó de sonar.

Luego oí un sonido apagado y a mis espaldas escuché una voz que conocía muy bien, pero que de alguna manera no formaba parte de todo aquello.

—¿Aurélie...? ¿Estás durmiendo, Aurélie? ¿Por qué no contestas? Mmm... qué raro. ¿Estás en la ducha...? Escucha, sólo quería decirte que dentro de media hora estoy allí. Llevaré cruasanes y *pains au chocolat*, que te gustan mucho... ¿Aurélie? ¡Hooolaaa! ¡Holaholahola! ¡Contesta de una vez, por favor!

Abrí los ojos soltando un suspiro y me dirigí tambaleándome hasta el pasillo, donde estaba el teléfono.

—Hola, Bernadette —dije medio dormida, y el jardín de rosas inglés se desvaneció.

—¿Te he despertado? ¡Son ya las nueve y media! —Bernadette es de esas personas a las que les gusta levantarse temprano y para ella las nueve y media ya es casi mediodía.

—Hmm... Hmm... —Bostecé, volví a mi habitación, sujeté el teléfono entre la cabeza y el hombro y busqué con el pie mis viejas bailarinas, que estaban debajo de la cama. Uno de los inconvenientes de tener un pequeño restaurante es que no se tienen las tardes libres. Pero la ventaja indiscutible es que por la mañana se puede empezar el día sin prisas—. ¡Tenía un sueño tan bonito...! —dije, y abrí las cortinas.

Miré el cielo —¡no hacía sol!— y me quedé pensando en el *cottage* de verano.

—¿Estás mejor? ¡Enseguida estoy contigo!

Sonreí.

—Sí. Mucho mejor —contesté, y comprobé con sorpresa que era verdad.

Habían pasado tres días desde que Claude me había abandonado, y el día anterior, mientras por la mañana hacía algo somnolienta las compras en el mercado y por la tarde saludaba muy sonriente a los clientes en el restaurante y les recomendaba el *loup de mer* que Jacquie preparaba tan bien, ni siquiera había pensado en él. Sólo pensaba en Robert Miller y su novela. Y en mi idea de escribirle.

Sólo una vez, cuando Jacquie me pasó un brazo por el hombro con gesto paternal y dijo: «*Ma pauvre petite*, cómo ha podido hacerte eso ese canalla. *Ah, les hommes sont des cochons*, ven aquí, tómate un plato de bullabesa», sentí un pequeño pinchazo en el corazón, pero en cualquier caso no tuve necesidad de llorar. Y cuando por la noche llegué a casa, me senté en la mesa de la cocina con una copa de vino tinto, hojeé otra vez el libro, y luego estuve un buen rato sentada delante de un papel en blanco, con la pluma en la mano. No podía recordar cuándo había sido la última vez que había escrito una carta, y ahora le iba a escribir una carta a un hombre al que ni siquiera conocía. La vida era extraña.

—¿Sabes una cosa, Bernadette? —dije, y me dirigí a la cocina para poner la mesa—. Ha pasado algo muy curioso. Creo que tengo una sorpresa para ti.

Una hora más tarde Bernadette estaba sentada frente a mí, mirándome con asombro.

—¿Que has leído un *libro*?

Había llegado con un ramo de flores y una bolsa enorme llena de cruasanes y *pains au chocolat* para consolarme y, en vez de hallar a una pobre desgraciada con el corazón roto que empapaba de lágrimas un pañuelo tras otro, se había encontrado a una Aurélie que, muy animada y con los ojos brillantes, le contaba la novelesca historia de un paraguas de lunares que salía volando, de un policía en un puente que la había seguido, de una vieja librería en la que Marc Chagall le había ofrecido galletas y de un libro maravilloso que había encontrado. ¡Todo ello unido por el destino! Una Aurélie que le contaba que se había pasado toda la noche leyendo ese libro que le había hecho olvidar las penas de amor y la había llenado de curiosidad. Una Aurélie que le hablaba de su sueño y le decía que le había escrito una carta al autor y que si todo aquello no era sorprendente.

Tal vez hablé demasiado deprisa, porque Bernadette no captó lo esencial.

—O sea, que te compraste un libro de esos de autoayuda y luego te sentiste mejor —dijo resumiendo mi milagro personal en pocas palabras—. ¡Es maravilloso! No pensaba que tú leyeras ese tipo de libros, pero lo importante es que te haya ayudado.

Sacudí la cabeza.

—No, no, no, no lo has entendido, Bernadette. No era uno de esos libros de psicología. ¡Es una novela y yo salgo en ella!

Bernadette asintió.

—Quieres decir que la protagonista piensa igual que tú y que por eso te ha gustado tanto. —Sonrió y extendió los brazos con gesto teatral—. ¡Bienvenida al mundo de los libros, querida Aurélie! Tengo que decir que tu entusiasmo me hace albergar esperanzas. ¡A lo mejor llegas a ser una editora bastante pasable!

Solté un gemido.

—Bernadette, ahora escúchame. Sí, no leo muchos libros, y no, no estoy delirando sólo porque me he leído una novela cualquiera. Ese libro me ha gustado, y mucho. Ésa es una cuestión. Y la otra cuestión es que sale una chica, una mujer joven que es como yo. Se llama Sophie, pero tiene el pelo rubio oscuro, largo y rizado, es delgada y de estatura mediana, y lleva mi vestido. Y al final está sentada en mi restaurante, que se llama Le Temps des Cerises y está en la Rue Princesse.

Bernadette estuvo un rato sin decir nada. Luego comentó:

—¿Y esa mujer de la novela también está con un tipo retorcido y totalmente imbécil llamado Claude que la engaña todo el tiempo con otra?

—No, no lo está. No está con nadie, y luego se enamora de un inglés al que le resultan muy extrañas las costumbres de los franceses. —Lancé un trozo de cruasán a Bernadette—. ¡Además, Claude no siempre me engañaba!

—¡Quién sabe! ¡Pero no hablemos de Claude! ¡Quiero ver ahora mismo ese libro tan maravilloso!

Bernadette estaba entusiasmada. A lo mejor se debía sólo a que le parecía estupendo todo lo que me alejaba de Claude y me devolvía la tranquilidad. Me puse de pie y cogí el libro, que estaba en el aparador.

—Toma —dije.

Bernadette observó el título.

—*La sonrisa de las mujeres* —leyó en voz alta—. Un bonito título. —Pasó las hojas con interés.

—Mira... aquí —dije muy nerviosa—. Y aquí... ¡Lee esto!

Los ojos de Bernadette iban de un lado a otro mientras yo aguardaba expectante.

—Sí —dijo finalmente—. Un poco extraño sí es. ¡Pero, *mon Dieu*, qué casualidades tan curiosas! Quién sabe, a lo mejor el autor conoce tu restaurante o ha oído hablar de él. Un amigo que comió en él durante un viaje de negocios a París. Algo así. Y, no me malinterpretes ahora, por favor, tú eres muy especial, Aurélie, pero seguro que no eres la única mujer con el pelo rubio oscuro, largo y rizado...

—¿Y qué pasa con el vestido? ¿Qué pasa con el vestido? —insistí.

—Sí, el vestido... —Bernadette reflexionó un instante—. ¿Qué quieres que te diga? Es un vestido que compraste alguna vez en algún sitio. Supongo que no es un modelo que Karl Lagerfeld diseñó especialmente para ti, ¿no? En otras palabras, otras mujeres pueden tener ese vestido. O lo llevaba un maniquí en un escaparate. Existen tantas posibilidades...

Hice un gesto de insatisfacción.

—Pero entiendo que todo esto te resulte sumamente extraño. A mí me pasaría lo mismo.

—No puedo creer que todo sea fruto de la casualidad —manifesté—. Sencillamente, no lo creo.

—Mi querida Aurélie, *todo* es casualidad o cosa del destino, si así se quiere. Yo, por mi parte, creo que existe una explicación muy sencilla para estas curiosas coincidencias. En cualquier caso, has encontrado ese libro en el momento oportuno, y me alegro de que te haga pensar en otras cosas.

Afirmé con la cabeza, y me sentí un poco decepcionada. De algún modo, había esperado una reacción algo más dramática.

—Pero tienes que admitir que algo así no ocurre con frecuencia —dije—. ¿O a ti te ha pasado alguna vez?

—Lo admito —contestó ella riéndose—. Y no, no me ha pasado nunca algo así.

—A pesar de que lees mucho más que yo —añadí.

—Sí, a pesar de que leo más —repitió ella—. Y es una pena. —Lanzó una mirada escrutadora al libro y le dio la vuelta—. Robert Miller —dijo—. Nunca he oído hablar de él. En cualquier caso, tiene una pinta impresionante este Robert Miller.

Asentí.

—Y su libro me ha salvado la vida. Es una forma de hablar —añadí enseguida.

Bernadette alzó la mirada.

—¿Le has escrito *eso*?

—No, claro que no —respondí—. En cualquier caso, no así directamente. Pero sí, le he dado las gracias. Y le he invitado a comer en mi restaurante, que, según tus palabras, o bien ya conoce, o ha oído hablar de él. —No le dije nada de la foto.

—*Oh, là là* —exclamó Bernadette—. Pero quieres saberlo, ¿no?

—Sí —contesté—. Además, algunos lectores escriben cartas a los autores cuando les han gustado sus libros. No es algo tan raro.

—¿Quieres leerme la carta? —preguntó Bernadette.

—¡De ningún modo! —Sacudí la cabeza—. Secreto epistolar. Además, ya he cerrado el sobre.

—¿Y lo has enviado?

—No. —Entonces me di cuenta de que no había pensado en la dirección—. ¿Cómo se hace cuando se quiere escribir al autor de un libro?

—Bueno, podrías escribir a la editorial y ellos le mandarán la carta a él. —Bernadette cogió de nuevo el libro—. Déjame ver —dijo, y buscó en las primeras páginas—. ¡Ah, aquí está! Copyright Éditions Opale, Rue de l'Université, París. —Volvió a dejar el libro en la mesa de la cocina—. No está muy lejos de aquí —dijo, y bebió un sorbo de café—. Podrías ir y entregar la carta en persona. —Me hizo un guiño—. Así llegará antes.

—Eres tonta, Bernadette —dije—. ¿Y sabes una cosa? Eso es exactamente lo que voy a hacer.

Y así fue como a primera hora de la tarde di un pequeño rodeo y recorrí la Rue de l'Université para echar un sobre alargado en el buzón de Éditions Opale. «A la atención del escritor Robert Miller/Éditions Opale», ponía en el sobre. Al principio había escrito sólo «Éditions Opale, para entregar al señor Robert Miller». Pero «A la atención del escritor» sonaba más serio, según me pareció. Y reconozco que me quedé pensativa cuando oí cómo la carta aterrizaba con un ruido apagado al otro lado de la gran puerta de entrada.

Cuando se envía una carta siempre se pone algo en movimiento. Se inicia un diálogo. Se quieren compartir novedades, vivencias y sensaciones, o se quiere saber algo. Una carta tiene siempre un remitente y un destinatario. Por lo general, da pie a una respuesta, a no ser que se escriba una carta de despedida. Pero incluso entonces lo que se escribe está dirigido a una persona y, a diferencia de lo que se escribe en un diario, provoca una reacción en alguien.

No habría podido plasmar con palabras lo que esperaba como reacción a esta carta. En cualquier caso, era más que poner simplemente un punto tras mi agradecimiento por un libro.

Esperaba una respuesta —a mi carta y a mis preguntas— y me resultaba muy excitante la idea de conocer al autor que había hecho terminar su obra en Le Temps des Cerises. Pero no tan excitante como lo que luego ocurrió.

4

Era como si a Adam Goldberg se le hubiera tragado la tierra. No contestaba, y a cada hora que pasaba yo me iba poniendo más nervioso. Llevaba desde la tarde anterior intentando hablar con él. El hecho de que en teoría se pudiera llamar a alguien a cuatro números distintos y a pesar de todo fuera imposible encontrarle me hizo odiar la era digital.

En su agencia de Londres saltaba incansable el contestador, cuya grabación me sabía ya de memoria. En su móvil del trabajo no contestaba nadie, pero no podía dejarle ningún mensaje, aunque el abonado recibiría un sms avisándole de mi llamada, ¡qué tranquilizador! En el número de su casa el teléfono sonaba unos minutos antes de que en el contestador se oyera la voz alegre del hijo de seis años de Adam.

«Hi, the Goldbergs are not at home. But don't you worry, we'll be back soon and then we can taaaaalk...». Seguía una risita y un crujido, y luego la indicación de que en caso necesario se podía llamar al cabeza de familia a su número de móvil privado.

«In urgent cases you can reach Adam Goldberg on his mobile...». Un nuevo crujido, luego un susurro. *«What's your mobile number, daddy?».* Y luego la voz infantil repetía a gritos otro número de teléfono que yo hasta entonces desconocía. Si se marcaba ese número, una nueva voz automática le comunicaba a uno con mucha amabilidad que el abonado «no estaba disponible en ese momento». Esta vez

ni siquiera se podía dejar un mensaje, sino que le pedían a uno que volviera a intentarlo más tarde. «*This number is temporarily not available, please try again later*», decía de forma lapidaria. Apreté los dientes.

Por la mañana, de nuevo en la editorial, escribí un correo a la agencia con la esperanza de que Adam contestara sus emails estuviera donde estuviese.

> *Querido Adam, estoy intentando localizarte por todos los medios. ¿Dónde te escondes? ¡¡¡Esto está que arde!!! Por favor, llámame URGENTEMENTE, mejor al móvil. Se trata de Robert Miller, el escritor que tiene que venir a París. Saludos, André.*

Un minuto después llegaba la respuesta y respiré aliviado... hasta que leí el mensaje:

> *Lo siento, no estoy en la oficina. Si es urgente puede localizarme en mi teléfono móvil.*

¿Qué podía hacer? A continuación venía el número que, cuando se marcaba, estaba *temporarily not available*. Y así se cerraba el círculo.

Intenté trabajar. Repasé manuscritos, contesté emails, escribí el texto de un par de solapas, me tomé mi café bien cargado número ciento cincuenta y no perdí de vista el teléfono. Había sonado varias veces a lo largo de la mañana, pero nunca era mi amigo y colega Adam Goldberg el que estaba al otro lado de la línea.

Primero llamó Hélène Bonvin, una autora francesa muy agradable y también muy habladora. O bien se encontraba en plena euforia creativa, y entonces me contaba hasta el más mínimo detalle que había plasmado en el papel y, si por ella fuera, me habría leído el manuscrito completo por teléfono; o bien estaba en plena crisis creativa, y entonces yo tenía que reunir todas mis fuerzas para convencerla de que era una escritora maravillosa.

Esta vez estaba en crisis.

—Estoy totalmente vacía, no se me ocurre nada —se lamentaba por el auricular.

—¡Ay, Hélène, eso ya lo ha dicho en otras ocasiones y al final sale siempre una novela estupenda!

—Esta vez no —dijo con voz seria—. La historia no encaja por ninguna parte. ¿Sabe una cosa, André? Ayer estuve todo el día sentada delante de esa estúpida máquina y por la noche borré todo lo que había escrito porque era sencillamente *horroroso*. Vulgar y sin ideas y lleno de clichés. ¡Nadie quiere leer algo así!

—¡Pero, Hélène, eso no es cierto! Usted escribe muy bien... Lea los entusiastas comentarios de sus lectores en Amazon. Además, es normal tener un bajón de vez en cuando. A lo mejor le viene bien tomarse un día libre, sin escribir nada. Seguro que luego fluyen las ideas, ya verá.

—No. Tengo una sensación muy extraña. No puede ser. Será mejor que olvidemos esa novela... y yo...

—¿Qué tonterías está diciendo? —la interrumpí—. ¿Quiere tirar la toalla en los últimos metros? ¡El libro está casi terminado!

—Puede ser, pero no es *bueno* —contestó ella con obstinación—. Tendría que reescribirlo entero. En realidad, puedo borrarlo todo.

Solté un suspiro. Hélène Bonvin siempre con lo mismo. Mientras que la mayoría de los autores con los que yo trabajaba evitaban las primeras páginas muertos de miedo y necesitaban un tiempo hasta que se atrevían a empezar, a esta mujer le daba el ataque de pánico cuando ya había escrito tres cuartas partes del libro. Entonces, de pronto, ya no se le ocurría nada, todo era un asco, lo peor que había escrito nunca.

—Hélène, escúcheme bien. ¡No va a borrar nada! Envíeme lo que ha escrito y lo miraré ahora mismo. Y luego hablamos de ello, ¿de acuerdo? Apuesto a que va a ser fantástico, como siempre.

Estuve otros diez minutos tratando de convencer a Hélène Bonvin antes de colgar totalmente agotado. Luego me puse de pie y fui a la secretaría, donde madame Petit estaba charlando tranquilamente con mademoiselle Mirabeau.

—¿Ha llamado Adam Goldberg? —pregunté, y madame Petit, que esa mañana había embutido sus formas barrocas en un vistoso vestido de flores, me sonrió por encima de su taza de café.

—No, monsieur Chabanais —contestó con amabilidad—. Se lo habría dicho inmediatamente. Sólo ha llamado un traductor, monsieur Favre, que tenía un par de preguntas, pero llamará más tarde. Y... ¡ah, sí! Ha llamado su madre, que le devuelva la llamada enseguida.

—¡Santo cielo! —Levanté las manos con un gesto de desagrado. Cuando mi madre me pedía que le devolviera la llamada enseguida, como mínimo me tenía una hora al teléfono. Y nunca era nada urgente.

A diferencia de mí, ella tenía mucho tiempo, y le gustaba llamarme a la editorial porque allí siempre contestaba alguien al teléfono. Si yo no estaba, charlaba un rato con madame Petit, que le parecía «encantadora». En algún momento yo le había dado a *maman* mi número de la editorial... para casos urgentes. Por desgracia, su idea de lo que era urgente era muy distinta a la mía, y siempre me llamaba, con su intuición infalible, justo cuando estaba a punto de salir para ir a una cita o estaba leyendo a toda prisa un manuscrito que había que maquetar esa misma tarde.

—Imagínate, el viejo Orban se ha caído de la escalera mientras cogía cerezas y ahora está en el hospital... ¡Fractura del cuello del fémur! ¿Qué te parece? Quiero decir... ¿por qué tiene que subirse a los árboles a su edad?

—¡*Maman*, por favor! ¡Ahora no tengo tiempo!

—¡*Mon Dieu*, André, siempre andas con prisas! —decía ella entonces, y era imposible no notar cierto tono de reproche en su voz—. Pensé que te interesaría; al fin y al cabo, cuando eras pequeño pasabas tanto tiempo con los Orban...

Por lo general, esas conversaciones acababan de forma poco amable. O bien yo me sentaba en mi mesa y dejaba que ella siguiera hablando mientras intentaba seguir trabajando y decía tantas veces «¡ajá!» o «¡vaya!» en el momento menos adecuado que mi madre acababa gritando: «¡André!, ¿¡me estás escuchando?!»; o bien antes de que se embalara la cortaba con un irritado «¡ahora no puedo!», y entonces tenía que oír que estaba demasiado nervioso y que probablemente se debía a que no comía bien.

Y para evitar que *maman* estuviera enfadada conmigo durante cien años tenía que prometerle que por la noche la llamaría «tranquilamente» desde casa.

Por eso era mejor para todos que no me localizara en la oficina.

—Si llama mi madre, dígale que estoy en una reunión y que la llamaré por la noche —le repetía una y otra vez a madame Petit, pero la secretaria hizo causa común con *maman*.

—¡Pero André... si es su *madre*! —me decía cada vez que había ignorado mi petición. Y cuando quería enojarme, añadía además—: A mí también me parece que a veces está usted muy nervioso.

—Escúcheme, madame Petit —le dije en esta ocasión—. Estoy muy agobiado y no debe pasarme en ningún caso... en *ningún* caso con mi madre. Ni con nadie que me haga perder el tiempo... excepto si es Adam Goldberg o alguien de su agencia. ¡Espero haberme expresado con claridad!

La atractiva mademoiselle Mirabeau me miró con los ojos muy abiertos. Cuando me hice cargo de ella en sus primeras semanas en la editorial y le expliqué con paciencia cómo funcionaba todo, me miró con admiración y me dijo que era igual que ese guapo editor inglés de la película basada en el *thriller* de John le Carré *La casa Rusia* —ése de ojos marrones y barba—, aunque en joven, naturalmente.

Yo me había sentido en cierto modo halagado. Bueno, quiero decir que a qué hombre no le gustaría ser Sean Connery en el papel de un editor y *gentleman* británico (en joven) que no sólo es un hombre muy leído, sino que además es lo suficientemente inteligente como para engañar a todos los servicios secretos. Pero ahora vi su mirada desconcertada y me pasé la mano con brusquedad por mi barba marrón bien recortada. Probablemente, en este instante ella me veía como un monstruo.

—Como usted quiera, monsieur Chabanais —me contestó madame Petit con tono cáustico. Y, cuando salí, oí cómo le decía a mademoiselle Mirabeau—: ¡Pues sí que está hoy de mal humor! Y su madre es una mujer mayor tan encantadora...

Cerré de golpe la puerta de mi despacho y me dejé caer en la silla. Malhumorado, fijé la mirada en la pantalla del ordenador y analicé mi rostro, que se reflejaba en la superficie azul oscuro. No, hoy no tenía absolutamente nada que ver con el atractivo y maduro Sean. Excepto que estaba esperando la llamada de un agente que, aunque no tenía ningún documento secreto, sí compartía un secreto conmigo.

Adam Goldberg era el agente de Robert Miller. El elocuente y hábil inglés dirigía con éxito desde hacía años su propia agencia literaria en Londres y me había resultado simpático desde nuestra primera conversación. Desde entonces habíamos compartido tantas ferias de libros y tantas veladas divertidas en clubs de Londres y bares de Fráncfort que ya éramos buenos amigos. Él había sido también quien me había ofrecido y vendido por una suma más bien discreta el manuscrito de Robert Miller.

Ésa era, al menos, la versión oficial.

—¡Bien hecho, André! —había exclamado monsieur Monsignac cuando le conté que tenía el contrato cerrado, y casi me sentí desfallecer.

—No temas —había dicho Adam sonriendo—. Queríais un Stephen Clarke, pues ya tenéis uno. Recuperaréis con creces el dinero invertido. Y, además, tú les ahorras la traducción. ¡No puede ir mejor!

Y todo había ido muy bien, demasiado bien. ¿Quién habría podido imaginar que la pequeña novela parisina de Robert Miller se iba a vender tan bien?

Me recliné en la silla y pensé en cuando, durante la Feria de Fráncfort, estaba con Adam en el Jimmy's Bar y le expliqué el tipo de novela que buscábamos para nuestra editorial.

Animado por los vapores etílicos, le había contado a grandes rasgos un posible argumento y le había pedido que me buscara una novela de ese tipo.

—Lo siento, pero en este momento no puedo ofrecerte nada así —había contestado Adam. Y luego añadió sin darle mayor importancia—: Pero me gusta la trama. ¡Enhorabuena! ¿Por qué no escribes tú mismo el libro? Yo se lo venderé luego a Éditions Opale como si nada.

Y allí había empezado todo.

Al principio rechacé la idea riéndome.

—¡Vaya idea! ¡Jamás! No podría hacerlo. Yo leo novelas, no las *escribo*.

—¡Tonterías! —exclamó Adam—. Has trabajado con tantos autores que ya sabes cómo funciona la cosa. Tienes ideas originales, un buen sentido para el suspense, nadie escribe emails tan ingeniosos como tú, ¡y le das cien vueltas a ese Stephen Clarke!

Tres horas y algunos mojitos después yo ya casi tenía la sensación de ser Hemingway.

—Pero no puedo firmar ese libro con mi nombre —objeté—. Yo *trabajo* en la editorial.

—¡Y no tienes que hacerlo, hombre! Firmar hoy con el nombre de uno es algo totalmente anticuado. Yo mismo represento a algunos autores que tienen dos o tres nombres y escriben para distintas editoriales. John le Carré se llama en realidad David Cornwell. Te encontraremos un bonito seudónimo —dijo Adam—. ¿Qué tal Andrew Ballantine?

—¿Andrew Ballantine? —Hice una mueca—. Ballantine es el nombre de una editorial y, además, yo me llamo Andrew y vendo el libro, eso puede quedar...

—¡Está bien, está bien! Espera, ya lo tengo: ¡Robert Miller! Bien, ¿qué te parece? Es tan normal que suena muy auténtico.

—¿Y si la cosa sale mal?

—No va a salir mal. Tú escribes tu pequeño libro. Yo se lo ofrezco a vuestra editorial, a través de ti, yo me ocupo de los contratos. Vais a ganar una buena suma, algo así siempre funciona bien. Tú recibirás tu parte. El viejo Monsignac tendrá por fin su novela a lo Stephen Clarke. ¡Y al final, todos contentos! Se acabó.

Adam chocó su mojito contra mi copa.

—¡Por Robert Miller! ¡Y su novela! ¿O es que no te atreves? *No risk, no fun.* ¡Venga, va a ser muy divertido! —Y se rio como un niño pequeño.

Observé a Adam, que estaba sentado delante de mí y de muy buen humor. ¡De pronto parecía todo tan sencillo! Y cuando pensé en mi sueldo nada espectacular y en mi cuenta bancaria siempre en números rojos, me pareció muy tentadora la idea de conseguir unos ingresos adicionales. Aunque esta profesión era muy bonita, como editor —incluso como editor ejecutivo— no se ganaba precisamente mucho... ni de lejos. Conocía a muchos editores que en su tiempo libre trabajaban además como traductores o publicaban antologías navideñas para mejorar su salario más bien modesto. El sector editorial no era precisamente como el del automóvil. Pero las personas tenían, en cambio, historias mucho más interesantes.

Eso me llamaba siempre la atención cuando, en cualquier feria del libro, desde las escaleras mecánicas veía frente a mí a toda una falange de bibliófilos hablando, pensando o riendo. Sobre toda la feria se cernía un animado susurro y millones de ideas e historias hacían vibrar el recinto. Era una familia bulliciosa, inteligente, alegre, orgullosa, ingeniosa, exaltada, despierta, habladora y de espíritu muy vivaz. Y era un privilegio formar parte de ella.

Naturalmente, junto a los grandes editores de carácter fuerte que eran odiados o admirados estaban también esos mánagers que afirmaban que en principio da igual tratar con latas de refresco que con libros, que lo importante es el márketing y, sí, claro, también un poco el contenido, al que llamaban *content*. Pero tampoco esos tipos se mostraban a la larga indiferentes al producto con el que trabajaban día tras día, y al final no era lo mismo tener en las manos un libro terminado que una lata de refresco.

En ningún otro sitio me encontraba a la vez con tanta gente estimulante, inteligente, ingeniosa, llena de curiosidad y rápida. Todos lo sabían todo, y con la frase «¿habéis oído el último rumor?» se desvelaban confidencialmente todos los secretos que guardaba el mundillo editorial.

¿Habéis oído el último rumor? Al parecer, Marianne Dauphin tiene un lío con el director de márketing de Garamond y está embarazada. ¿Habéis oído el último rumor? La editorial Borani está en quiebra y la van a vender este año a una empresa de perfumería. ¿Habéis oído el último rumor? Los editores de Éditions Opale escriben ahora sus propios libros, y ese tal Robert Miller es en realidad francés, ¡ja, ja, ja!

Noté cómo todo empezaba a dar vueltas a mi alrededor. En aquel entonces estaba permitido fumar y a las tres de la madrugada el Jimmy's Bar era una agobiante amalgama de humo, voces y alcohol.

—Pero ¿por qué tiene que ser un nombre inglés? Eso me va a complicar mucho las cosas —dije a Adam con la lengua pesada.

—¡Ay, Andy, venga! ¡Eso *es* lo bueno! Un parisino que escribe sobre París... no le interesa a nadie. No, no, tiene que ser un autor auténticamente inglés que se adapte a todos los clichés. Humor británico, un *hobby* extravagante, a ser posible un tipo con muy buena pinta y un perro pequeño. ¡Ya lo estoy viendo! —Y asintió—: Robert Miller es perfecto, créeme.

—Muy astuto —dije, impresionado, y me comí un puñado de almendras saladas.

Adam dejó caer la ceniza de su cigarrillo y se reclinó en su asiento de cuero poniéndose cómodo.

—*It's not clever... it's brilliant!* —dijo, como su personaje favorito, King Rollo, solía decir cada diez minutos en la película de dibujos animados del mismo nombre.

El resto era historia. Escribí el libro, que me resultó más fácil de lo que había imaginado. Adam se ocupó de los contratos y de la foto del autor: utilizó la imagen de su hermano, dos años mayor que él, un ingenuo dentista de Devonshire que en toda su vida había leído un máximo de cinco libros y que había sido informado más o menos —en realidad, más menos que más— de que era el autor de una novela. «*How very funny*» era, según Adam, todo lo que había dicho al respecto.

Puse en duda que ese tranquilo hombre encontrara tan divertido venir a París para hablar de su libro ante los periodistas y hacer una lectura en público. ¿Conocía realmente la ciudad que, según se decía en el libro, «adoraba»? ¿O nunca había salido de su aletargado Devonshire? ¿Era capaz de hablar y leer en público? A lo mejor tenía un defecto de dicción o no estaba dispuesto a participar en ese numerito del hombre de paja. Entonces me di cuenta de que en realidad no sabía nada acerca del hermano de Adam, aparte de que era libra (y, por ello, según Adam, un ejemplo de equilibrio y serenidad) y un dentista de pura sangre (fuera lo que fuese lo que eso significaba). Ni siquiera sabía su nombre. No, claro que lo sabía. Robert Miller.

—¡Maldita sea! —Solté una risa desesperada y maldije la tarde en que se había puesto en marcha ese descabellado plan—. *It's not clever... it's brilliant!* —dije imitando a mi amigo. Sí, ésa había sido realmente la idea inspirada por el alcohol más brillante que el astuto Adam había tenido jamás y ahora todo amenazaba con irse a pique y yo iba a tener serios problemas.

—¿Qué hago?, ¿qué hago? —murmuré, y me quedé mirando como hipnotizado el salvapantallas, que ya se había activado y mostraba diversas imágenes de playas de ensueño en el Caribe. ¡Lo que habría dado por estar bien lejos de allí, echado en una de esas tumbonas blancas debajo de las palmeras, con un mojito en la mano, sin otra cosa que hacer que pasarme horas y horas mirando el cielo azul!

Alguien llamó a la puerta con suavidad.

—¿Qué pasa ahora? —grité con brusquedad, y me puse de pie.

Mademoiselle Mirabeau entró indecisa en el despacho. Llevaba un gran montón de folios impresos y me miró como si yo fuera un ogro que se comía a las niñas rubias en el desayuno.

—Disculpe, monsieur Chabanais, no quería molestarle.

¡Cielos, tenía que dominarme!

—¡No, no, no molesta... entre! —Lo intenté con una sonrisa—. ¿Qué ocurre?

Se acercó y dejó el montón de papeles encima del escritorio.

—Ésta es la traducción italiana que me dio la semana pasada para que la leyera. Ya la he terminado.

—Bien, bien, la veré luego. —Cogí el montón y lo dejé a un lado.

—Es una traducción muy buena. Apenas he tenido que tocarla

Mademoiselle Mirabeau juntó las manos en la espalda y se quedó quieta, como si hubiera echado raíces en el suelo.

—Me alegra oírlo —dije—. A veces se tiene suerte.

—He intentado escribir también los textos de las solapas. Están encima.

—Estupendo, mademoiselle Mirabeau. Gracias. Muchas gracias.

Un sutil tono rosa cubrió su delicado rostro en forma de corazón. Luego dijo de improviso:

—Lamento que esté de tan mal humor, monsieur Chabanais.

¡Santo cielo, sí que era encantadora! Carraspeé.

—Bueno, no es para tanto... —contesté con la esperanza de que sonara como si lo tuviera todo bajo control.

—No parece que tenga las cosas fáciles con ese tal Miller. ¡Pero seguro que consigue convencerle! —Me lanzó una sonrisa de ánimo y se dirigió hacia la puerta.

—¡Seguro! —respondí, y por un dichoso momento olvidé que el problema no era Robert Miller, sino el hecho de que no existía.

Ocurrió como me lo esperaba. En el momento en que quité el papel a mi *baguette* de jamón y le di un enérgico mordisco, sonó el teléfono. Cogí rápidamente el auricular e intenté dejar en un lado de la boca el trozo de pan aún sin masticar.

—Hmm... ¿sí?

—Le llama una mujer. Dice que se trata de Robert Miller... ¿debo pasársela o no? —Era madame Petit, que sin ninguna duda seguía mosqueada.

—Sí, sí, claro —contesté, intentando tragar como fuera el trozo de *baguette*—. Es la ayudante de Goldberg, ¡pásemela, pásemela! —A veces madame Petit no sabía sumar dos más dos.

Sonó un ruido en el teléfono y luego una voz femenina que preguntaba casi sin aliento:

—¿Hablo con monsieur Chabanais?

—Al aparato —contesté, liberado ya del último resto de *baguette*. Las ayudantes de Adam tenían siempre unas voces muy agradables, pensé—. ¡Qué bien que me llame tan pronto, tengo que hablar urgentemente con Adam! ¿Dónde se ha metido?

La larga pausa al otro lado de la línea me irritó. De pronto sentí un escalofrío y me acordé de la horrible historia del otoño anterior, cuando un agente americano que iba a la Feria del Libro sufrió un derrame cerebral y se cayó por las escaleras.

—Porque Adam está bien, ¿no?

—Eh... pues... Lo siento, pero no tengo nada que decir sobre eso. —La voz sonaba algo confusa—. En realidad, mi llamada está relacionada con Robert Miller.

Era evidente que había leído el email que le había enviado a Adam. Adam y yo habíamos acordado no contar *a nadie* nuestro pequeño secreto y confiaba en que hubiera mantenido su promesa.

—Pues por eso tengo que hablar urgentemente con Adam —dije con cierta prevención—. Robert Miller debe venir a París, como probablemente sepa usted ya.

—¡Ah! —exclamó la voz muy contenta—. ¡Eso es fantástico! No, no lo sabía. Dice usted... ¿ha recibido mi carta? Espero que no le haya importado que se la haya enviado de ese modo. ¿Sería tan amable de hacérsela llegar a Robert Miller? Es sumamente importante para mí, ¿sabe?

Me sentí como Alicia en el País de las Maravillas cuando se encuentra con el Conejo Blanco.

—¿Qué carta? ¡No he recibido ninguna carta! —exclamé desconcertado—. Dígame: usted llama de la agencia Goldberg International, ¿no?

—¡Oh, no! Soy Aurélie Bredin. No llamo de ninguna agencia. Me temo que le han pasado mal la llamada. Me gustaría hablar con el responsable de las obras de Robert Miller —dijo la voz con tono amable.

—Al aparato. —Tuve la sensación de que la conversación empezaba a repetirse. No conocía a ninguna Aurélie Bredin—. Bien, madame Bredin, ¿qué puedo hacer por usted?

—Ayer por la tarde le dejé una carta para Robert Miller, y quería asegurarme de que había llegado a sus manos y de que usted se la entregará.

¡Por fin caí en la cuenta! Esa gente de la prensa era muy, pero que muy rápida.

—¡Ah, ya sé! Es usted la mujer de *Le Figaro*, ¿no? —Me reí sin ganas.

—No, monsieur.

—Ya, pero... entonces... ¿quién es usted?

La voz suspiró.

—Aurélie Bredin, se lo acabo de decir.

—¿Y qué más?

—La carta —repitió la voz impaciente—. Me gustaría que le entregara mi carta a monsieur Miller.

—¿De qué carta está hablando? No he recibido ninguna carta.

—No puede ser. Ayer la llevé yo personalmente. Un sobre blanco. Dirigida al escritor Robert Miller. *¡Tiene* que haber recibido esa carta! —La voz no se rendía, pero yo estaba empezando a perder la paciencia.

—Escúcheme, señora, si le digo que no tengo ninguna carta, debe creerme. A lo mejor llega todavía, en ese caso se la entregaremos. ¿Quedamos en eso?

Mi propuesta no pareció causarle gran entusiasmo.

—¿Sería posible que me dieran la dirección de Robert Miller? O a lo mejor tiene una dirección de correo electrónico en la que se le pueda localizar...

—Lo siento, pero no damos las direcciones de los autores. Tienen derecho a la privacidad. —¡Santo cielo! ¿Qué se habría imaginado esa mujer?

—¿Y no podría hacer una excepción? Es realmente importante.

—¿Qué quiere decir con «importante»? ¿Qué relación tiene usted con Robert Miller? —pregunté con desconfianza. Me resultaba sorprendente estar haciendo esa pregunta, pero la respuesta que vino a continuación me pareció aún más asombrosa.

—Bueno, si lo supiera realmente... ¿Sabe? He leído su libro... un libro muy bueno... y tiene cosas que... Sí, bueno... me gustaría hacerle un par de preguntas al autor... y darle las gracias... por haberme salvado la vida...

Me quedé mirando el auricular con incredulidad. Estaba claro que aquella señora no estaba bien de la cabeza. Probablemente era una de esas lectoras chifladas que persiguen sin piedad a un escritor y demuestran su desbordante entusiasmo escribiéndole cosas como «¡tengo que conocerte *sin falta!*», «¡piensas justo igual que yo!» o «¡quiero tener un hijo tuyo!».

Vale, tengo que admitir que hasta entonces no habían aparecido tales frases en las cartas dirigidas a Robert Miller —o sea, a mí—. Pero había recibido algunos escritos emocionados que yo *le había pasado* a él. En otras palabras: los había leído y, como una cierta vanidad me había impedido tirarlos, al final los había guardado en el último rincón del armario metálico de mi despacho.

—Bien —dije—. Me alegro mucho. Pero, a pesar de todo, no puedo darle la dirección de Miller. Tiene que entenderlo. No puede ser de otra manera.

—Pero usted ha dicho que no ha recibido mi carta. ¿Cómo va a hacérsela llegar? —preguntó la voz con una mezcla de rebeldía y desaliento.

Me habría gustado zarandear a la voz, pero las voces por teléfono tienen la peculiaridad de que no pueden ser zarandeadas.

—Madame... ¿cómo era su nombre?

—Bredin. Aurélie Bredin.

—Madame Bredin —dije, intentando mantener la calma—, en cuanto esa carta llegue a mi bandeja del correo se la entregaré a Robert Miller, ¿de acuerdo? A lo mejor no es hoy ni mañana, pero me ocuparé de ello. Y ahora lamento tener que interrumpir esta conversación. Debo hacer otras cosas que, al parecer, no son tan importantes como *su carta*, pero hay que hacerlas. Le deseo que tenga un buen día.

—¿Monsieur Chabanais? —exclamó la voz de pronto.

—Todavía al aparato —contesté de mal humor.

—¿Y qué hacemos si se ha perdido la carta? —La voz temblaba un poco.

Nervioso, me pasé la mano por el pelo. Ante mis ojos apareció una mujer mayor con el pelo revuelto y mucho tiempo libre que garabateaba línea por línea en el papel con sus dedos artríticos y se reía para sus adentros.

—Entonces, mi querida madame Bredin, le puede escribir una nueva carta. *Bonne journée.*

Por mí puede escribirle cien, pensé furioso mientras colgaba el teléfono. Nadie va a alcanzar jamás su objetivo.

Apenas había colgado el teléfono cuando se abrió la puerta de mi despacho y madame Petit asomó la cabeza.

—¡Monsieur Chabanais! —dijo con cierto tono de reproche—. ¡Monsieur Goldberg ha intentado dos veces hablar con usted y siempre está comunicando! Ahora le tengo a la espera, ¿puedo...?

—¡Sí! —grité—. ¡Por todos los cielos, sí!

Mi amigo Adam siempre hacía gala de una serenidad budista.

—¡Ya era hora! —le regañé cuando soltó su tranquilo «Hi-Andy-how-is-it-going?» por el auricular—. ¿Dónde te habías metido? No sabes la que se ha liado. ¡Yo aquí tirando del carro y tú no contestas en ninguno de tus malditos aparatos! ¿Cómo es que no han asaltado tu agencia? Me están volviendo loco con ese estúpido Miller. Señoras mayores medio locas que llaman para pedirme su dirección. Monsignac que quiere organizar una lectura en público. *Le Figaro* que quiere publicar un reportaje. ¿Y sabes lo que ocurrirá cuando el viejo se entere de que no existe ningún Miller? ¡Pues que tendré que recoger todas mis cosas y largarme!

En algún momento tenía que coger aire y Adam aprovechó la ocasión para decir también algo.

—*Calm down, my friend* —dijo—. Todo saldrá bien. Tranquilízate. ¿A cuál de tus preguntas debo responder primero?

Gruñí por el auricular.

—Bueno... he estado unos días en Nueva York y he visitado algunas editoriales, Carol me ha acompañado y Gretchen ha sufrido una intoxicación alimentaria, por eso no había nadie en la agencia. Mi familia ha aprovechado para ir a Brighton a ver a la abuela. Emma se llevó el móvil de casa, pero se dejó el cargador. Y mi móvil se ha vuelto loco, a lo mejor es que no había suficiente cobertura, en cualquier caso tus mensajes llegaban tan entrecortados que no entendía nada de lo que estaba pasando. La ley de Murphy, todo un clásico...

—¿La ley de Murphy? —pregunté—. ¿Qué disculpa es ésa?

—No es una disculpa. Lo que puede salir mal, saldrá mal —dijo Adam—. Ésa es la ley de Murphy. ¡Pero no te asustes, Andy! En primer lugar, *no* vas a recoger todas tus cosas. Y en segundo lugar, vamos a salir de ésta.

—Querrás decir que vas a salir de ésta —repliqué—. Tienes que decirle a tu hermano el dentista guaperas que ya puede presentarse en París para hacer de Robert Miller durante un par de días. Al fin y al cabo, el asunto de la foto fue idea tuya. Yo no quería *ninguna* foto, ¿te acuerdas? Pero no tenías bastante con todos esos estúpidos detalles. Foto, perro, *cottage*, humor. —Guardé silencio durante un instante—. Vive con su pequeño perro *Rocky* en un *cottage*. ¡*Rocky*! —Fue como si vomitara el nombre—. ¿A quién se le ocurre llamar a su perro *Rocky*? ¡Es absurdo!

—Para un inglés es muy normal —afirmó Adam.

—¡Ah! ¡Vale! *Bon*. ¿Y qué tal tu hermano? Quiero decir... ¿le gustan las bromas? ¿Se expresa bien? ¿Crees que podrá actuar de forma convincente?

—Oh... *well*... creo que sí —dijo Adam, y noté un cierto titubeo en su voz.

—¿Qué? —insistí—. Ahora no me digas que tu hermano ha emigrado a Sudamérica.

—¡Oh, no! Mi hermano no subiría nunca a un avión. —Adam guardó silencio de nuevo, pero ya no parecía tan relajado como antes.

—Sí... ¿Y...? —seguí insistiendo.

—*Well* —dijo—. Sólo existe un pequeño problemilla...

Solté un suspiro y me pregunté si nuestro no-autor no habría abandonado este mundo.

—No sabe nada del libro —dijo Adam con toda tranquilidad.

—¿*Qué*? —grité, y en una novela habrían aparecido las letras en cuerpo ciento veinticinco—. ¿No le has *dicho* nada? Quiero decir... es una *broma*, ¿no? —Yo estaba descompuesto.

—No, no es broma —se limitó a responder Adam.

—Pero me contaste que había dicho que *how very funny*. *How very funny*... ¡Ésas fueron sus palabras!

—Bueno, para ser sincero... ésas fueron *mis* palabras —confesó Adam, compungido—. No había ningún motivo para contárselo todo. El libro no iba a salir en Inglaterra. Y aunque así fuera... mi hermano no lee cosas así. Lo máximo que lee son libros especializados sobre los avances en la técnica de los implantes.

—¡Dios mío, Adam! —dije yo—. ¡Qué valor tienes! ¿Y qué pasa con la foto? Quiero decir, ¡es su foto!

—¡Ah, bueno! Sam lleva ahora barba, nadie le reconocería en esa foto.

Adam se había calmado otra vez. Pero yo no.

—Vale, ¡genial! *How very funny!* —grité muy alterado—. ¿Y ahora? ¿Puede afeitarse la barba? Si es que está dispuesto a participar en todo este juego, *¡después* de que tú no le hayas dicho ni una sola palabra! ¡Oh, Dios mío! ¡Oh, Dios mío! *C'est incroyable!* ¡Sí! ¡Se acabó! *Fini!* Será mejor que vaya recogiendo todo esto.

Mi mirada vagó por las estanterías llenas de papeles y los montones de manuscritos que todavía quería repasar. Por el enorme cartel de la última exposición de Bonnard en el Grand Palais, que mostraba un apacible paisaje del sur de Francia. Por la pequeña estatua de bronce que había sobre mi mesa, que me había traído una vez de Villa Borghese, en Roma, y que representaba el momento de la transformación de la bella Dafne, que huía de Apolo, en un árbol.

A lo mejor lo más fácil era que yo también me transformara en un árbol, pensé, no huyendo de un dios, sino de un furibundo Jean-Paul Monsignac.

—Usted tiene unos ojos perfectos —me había dicho cuando me contrató—. Una mirada franca, noble. *Eh bien!* Me gustan las personas que pueden mirarle a uno a los ojos.

Mi mirada siguió vagando melancólica por la pequeña y coqueta ventana de marco blanco y cristal doble, desde la que se podía ver la torre de la iglesia de Saint-Germain por encima de los tejados de las demás casas y un trozo de cielo azul en los días de primavera. Solté un profundo suspiro.

—¡Ahora no te eches atrás, André! —sonó la voz de Adam a lo lejos—. ¡Saldremos de ésta!

«Saldremos de ésta» era, sin duda, su lema. No el mío. Al menos en ese momento.

—Sam me debe un favor —prosiguió Adam sin hacer caso de mi mutismo—. Es un buen tipo y colaborará con nosotros si se lo pido, confía en ello. Esta noche le llamo y se lo cuento todo, ¿de acuerdo?

Enrollé el cable del teléfono en los dedos sin decir nada.

—¿Cuándo sería el viaje? —preguntó Adam.

—A comienzos de diciembre —murmuré, y observé mis dedos atrapados.

—¡Ah, entonces tenemos más de dos semanas! —exclamó Adam muy contento, y yo no pude hacer otra cosa que sorprenderme.

Para mí el tiempo era inexorable. Para él era un aliado.

—Te llamaré en cuanto haya hablado con mi hermano. No hay motivo para inquietarse —dijo quitándole hierro al asunto. Y luego mi amigo inglés puso fin a la conversación con una variante de su frase favorita—. *Don't worry.* Saldremos de ésta *sin problema.*

El resto de la tarde transcurrió sin incidencias. Intenté trabajar en el montón de papeles que había sobre mi mesa, aunque no conseguí concentrarme del todo.

En algún momento entró Gabrielle Mercier con gesto serio para hacerme saber que tras la lectura de la novela del heladero italiano (planteamiento – nudo – desenlace) monsieur Monsignac no tenía esperanzas de poder hacer de él un Donna Leon. «¿Un *heladero* escritor? Eso puede ser muy original, ¿no?», había dicho Monsignac con desprecio. «Si me pregunta, prosa mediocre. ¡Y ni siquiera es emocionante! ¡Qué descaro pedir tanto dinero por eso! *Ils sont fous, les Américains!*». Lo mismo pensaba madame Mercier, quien desde hacía unos veinticinco años compartía siempre la opinión del editor y con eso estaba claro que el manuscrito podía rechazarse.

Hacia las seis entró madame Petit con un par de cartas y contratos que había que firmar. Luego me deseó buenas tardes con gran amabilidad y se despidió con la advertencia de que el correo del día estaba en secretaría.

—Sí, sí —dije, y asentí con cordialidad.

En los días buenos madame Petit me llevaba el correo y lo dejaba personalmente sobre mi mesa. Generalmente me preguntaba también si quería un buen café («¿Qué le parecería un buen café, monsieur Chabanais?»). Cuando estaba enfadada conmigo —como hoy—, quedaba privado de ese doble privilegio. Madame Petit no era sólo una magnífica secretaria con unos pechos enormes para la media de París. También era una mujer con principios.

Por lo general, yo llegaba hacia las diez a la editorial y me quedaba hasta las siete y media. Las pausas de mediodía podían alargarse bastante, sobre todo cuando iba a comer con un autor; a veces nos daban las tres. *«Monsieur Chabanais est en rendez-vous»*, decía entonces madame Petit con gran profesionalidad si alguien preguntaba por mí. A partir de las cinco reinaba por fin la tranquilidad en Éditions Opale, donde normalmente había un gran ajetreo, y era cuando se podía trabajar de verdad. El tiempo pasaba volando y, si tenía mucho que hacer, podía ocurrir que de pronto mirara el reloj y fueran ya las nueve. Decidí irme pronto. Había sido un día muy agitado.

Apagué la vieja calefacción que había debajo de la ventana, guardé el manuscrito de mademoiselle Mirabeau en mi vieja cartera, tiré de la cadenita metálica que colgaba de la lámpara verde oscuro de mi mesa y se apagó la luz.

—¡Basta por hoy! —murmuré y cerré la puerta del despacho a mis espaldas. Pero en el gran plan de la divina providencia no estaba previsto que terminara ya mi día.

—Disculpe —dijo la voz que aquella tarde había acabado con mis nervios—. ¿Podría decirme dónde puedo encontrar a monsieur Chabanais?

Estaba plantada ante mí como si hubiera surgido del suelo. Pero no era una anciana de ochenta años testaruda que me perseguía con sus supuestas cartas perdidas. La propietaria de «la voz» era una mujer joven y esbelta con un abrigo de lana marrón oscuro y botas de ante. Llevaba al cuello una bufanda de punto atada de modo informal. Su media melena se movió en el aire y brilló como el oro bajo la suave luz del pasillo cuando, vacilante, dio un paso hacia mí.

Sus ojos verde oscuro me miraron con gesto interrogante.

Era jueves por la tarde, un poco después de las seis, y yo tenía un *déjà-vu* que en un primer momento no pude situar muy bien.

Me quedé inmóvil, observando la figura de pelo rubio como si fuera una aparición.

—Busco a monsieur Chabanais —dijo de nuevo muy seria. Y luego sonrió. Fue como si un rayo de sol cruzara el pasillo—. ¿Sabe usted quizás dónde está?

¡Dios mío! Yo conocía esa sonrisa. La había visto un año y medio antes aproximadamente. Era esa sonrisa increíblemente cautivadora con la que empezaba la historia de mi novela.

Lo de las novelas es un asunto muy delicado. ¿De dónde sacan los autores las historias? ¿Están en su interior y hay luego determinadas circunstancias que hacen que salgan a la superficie? ¿Las atrapan los escritores en el aire? ¿Reflejan la vida de personas reales?

¿Qué es real? ¿Qué es inventado? ¿Qué ha existido y qué no ha existido nunca? ¿Influye la imaginación sobre la realidad? ¿O es la realidad la que influye sobre la imaginación?

El ilustrador y dibujante de cómics David Shrigley dijo en cierta ocasión: «Cuando la gente me pregunta de dónde saco las ideas les digo que no sé. Es una pregunta estúpida. Si supiera de dónde saco mis ideas ya no serían mis ideas. Serían las ideas de otro y yo se las habría robado. Las ideas no vienen de ninguna parte, aparecen de pronto en la cabeza. A lo mejor vienen de Dios o de poderes oscuros o de algo muy diferente».

Mi teoría es que se puede dividir en tres grandes grupos a las personas que escriben novelas y nos cuentan algo.

Unos escriben siempre sobre sí mismos... y algunos de ellos se cuentan entre los grandes de la literatura.

Otros tienen un talento envidiable para *inventar* historias. Van en el tren, miran por la ventanilla y, de pronto, tienen una idea.

Y luego están aquellos que, por así decirlo, son los impresionistas de los escritores. Su talento consiste en *encontrar* historias.

Van por el mundo con los ojos bien abiertos y captan situaciones, ambientes y pequeñas escenas como si cogieran cerezas de los árboles.

Un gesto, una sonrisa, el modo en que alguien se pasa la mano por el pelo o se ata los cordones de los zapatos. Instantáneas tras las que se esconden historias. Imágenes que se convierten en historias.

Ven a una pareja de enamorados pasear una tarde por el Bois de Boulogne y se preguntan hacia dónde les va a llevar la vida a cada uno de ellos. Se sientan en un café y observan a dos amigas que conversan animadamente. Ellas no saben todavía que pronto una va a traicionar a la otra con su novio. Se preguntan adónde se dirige la mujer de ojos tristes que viaja en el metro con la cabeza apoyada en el cristal.

Están en la cola del cine y oyen por casualidad una discusión increíblemente divertida entre la taquillera y una pareja de ancianos que pregunta si hacen descuento a los *estudiantes*. ¡No se puede inventar algo mejor! Ven la luz de la luna llena que extiende su reflejo plateado sobre el Sena y su corazón rebosa de palabras.

No sé si es muy osado por mi parte considerarme un escritor. ¡Al fin y al cabo he escrito una pequeña novela! Pero si lo hiciera, me incluiría sin duda en esta tercera categoría. Yo soy una de esas personas que *encuentran* las historias.

Y así, un día encontré a la protagonista de mi novela en un pequeño restaurante.

Me acuerdo perfectamente. Esa tarde de primavera vagaba yo solo por Saint-Germain, la gente ya estaba sentada en las terrazas de restaurantes y cafés, y me metí en una calle pequeña por la que no solía ir. Mi novia de entonces quería un collar como regalo de cumpleaños y me había hablado de una diminuta tienda de la diseñadora israelí Michal Negrin que se encontraba en la Rue Princesse. Encontré la tienda, salí de ella poco después con un paquete de envoltorio nostálgico y entonces —sin estar preparado— la vi a *ella*.

Estaba tras la ventana de un restaurante que tenía el tamaño de un cuarto de estar y hablaba con un cliente sentado a una pequeña mesa de madera con mantel de cuadros rojos y blancos dándome la espalda. La suave luz amarillenta hacía brillar su larga melena peinada con raya en medio, y fue ese pelo que flotaba en el aire con cada movimiento lo primero que me llamó la atención.

Me detuve y retuve cada detalle de esa joven: el sencillo vestido verde de delicada seda que llevaba con la naturalidad de una diosa romana de la primavera y cuyos tirantes dejaban sus hombros y brazos al aire; las manos de dedos largos que se movían con elegancia cuando hablaba.

Vi cómo se llevaba la mano al cuello y jugueteaba con una cadenita de diminutas perlas blancas que acababa en una gran piedra tallada de aspecto antiguo.

Y luego alzó la vista un instante y sonrió.

Fue esa sonrisa la que me cautivó y me llenó de alegría a pesar de que no iba dirigida a mí. Yo estaba ahí afuera, tras el cristal, como un mirón y sin atreverme a respirar... ¡tan perfecto me pareció ese momento!

Luego se abrió la puerta del restaurante, algunas personas salieron a la calle riendo, el instante había pasado, la bella muchacha se giró y desapareció, y yo seguí mi camino.

Yo nunca había comido, ni tampoco lo hice después, en ese pequeño y acogedor restaurante cuyo nombre me pareció tan poético que no pude por menos que situar el final de mi novela en él... en Le Temps des Cerises.

Mi novia recibió su flamante collar como regalo. Poco tiempo después me dejó.

Y lo que me quedó fue la sonrisa de una desconocida que me inspiró y avivó mi imaginación. La bauticé como Sophie y la llené de vida. Le encomendé la romántica historia que me había inventado.

Y ahora, de pronto, estaba delante de mí y yo me preguntaba muy seriamente si era posible que la protagonista de una novela fuera una persona de carne y hueso.

—¿Monsieur? —La voz había adoptado un tono desconfiado y yo regresé al pasillo de Éditions Opale, donde seguía estando ante la puerta de mi despacho ya cerrada.

—Disculpe, mademoiselle —dije, intentando dominar mi desconcierto—. Estaba distraído. ¿Qué me decía?

—Me gustaría hablar con monsieur Chabanais, si es posible —repitió.

—Bueno... está hablando con él —contesté, y su gesto de sorpresa me dejó claro que ella también se había hecho otra idea del hombre que pocas horas antes había sido tan grosero con ella por teléfono.

—¡Oh! —exclamó, y sus finas cejas oscuras se alzaron—. ¡Es *usted!* —Su sonrisa desapareció.

—Sí, soy yo —repetí con simpleza.

—Entonces hemos hablado esta tarde por teléfono —dijo—. Soy Aurélie Bredin, ¿se acuerda? La de la carta a su autor... monsieur Miller. —Sus ojos verde oscuro me miraron llenos de reproche.

—Sí, claro que me acuerdo. —Tenía unos ojos endemoniadamente bonitos.

—Seguro que le sorprende que me haya presentado aquí así sin más.

¿Qué debía responder? Mi grado de sorpresa era probablemente mil veces superior a lo que ella podía imaginar. Era casi un milagro que Sophie, la protagonista de mi novela, apareciera de pronto ante mí y me hiciera preguntas. Que fuera *ella* la mujer que esa tarde quería que le diera la dirección de un autor (¡que ni siquiera existía!) porque su libro (¡o sea, mi libro!) le había salvado la vida. Pero ¿cómo debía explicárselo? Ni siquiera yo mismo entendía ya nada, y tenía la sensación de que en cualquier momento iba a salir alguien de un rincón en medio de risas grabadas para la televisión y me iba a decir con una alegría exagerada: «¡Has sido víctima de la cámara oculta, ja, ja, ja!».

Así que me quedé mirándola y esperé a que se ordenaran mis ideas.

—Bueno... —dijo ella, y carraspeó—. Como usted esta tarde se mostraba tan... —hizo una pequeña pausa—, tan impaciente y nervioso, he pensado que sería mejor venir personalmente a ver qué ha pasado con mi carta.

Ésas fueron las palabras clave. ¡Magnífico! ¡Sólo llevaba allí cinco minutos y ya hablaba como *maman!* Desperté de golpe de mi estado catatónico.

—Escúcheme, mademoiselle, esta tarde estaba hasta arriba de trabajo. ¡Pero no me mostré nervioso ni impaciente!

Me miró con gesto pensativo, luego asintió.

—Cierto —dijo—. Para ser sincera le diré que fue más bien *grosero*. Me preguntaba si todos los editores son así de groseros o si era ésa su especialidad, monsieur Chabanais.

Sonreí.

—De ningún modo, aquí tratamos de hacer nuestro trabajo y, por desgracia, a veces hay alguien que nos lo impide, mademoiselle... —Había vuelto a olvidar su nombre.

—Bredin. Aurélie Bredin. —Me tendió la mano y sonrió.

La cogí y en ese mismo instante me pregunté qué podía hacer para mantener sujeta esa mano (y si era posible no sólo la mano) más tiempo del necesario. Luego la solté.

—Bueno, mademoiselle Bredin, en cualquier caso me alegro de conocerla personalmente. No todos los días se encuentran lectoras tan comprometidas.

—¿Ha encontrado ya mi carta?

—¡Oh, sí! Claro que sí —mentí y asentí—. Estaba en mi bandeja del correo.

¿Qué iba a pasar? O estaba ya en mi bandeja del correo o lo estaría al día siguiente o al otro. Y aunque esa carta no apareciera nunca, el resultado sería el mismo: esa maravillosa carta no llegaría jamás a su destinatario, sino que en el mejor de los casos acabaría en el fondo del armario metálico de mi despacho.

Sonreí satisfecho.

—Entonces, ya se la puede hacer llegar a Robert Miller —dijo ella.

—Naturalmente, mademoiselle Bredin, no se preocupe. Su carta está en tan buenas manos como las del autor. Aunque...

—¿Aunque qué? —repitió ella inquieta.

—Aunque yo en su lugar no me haría muchas ilusiones. Robert Miller es un hombre sumamente reservado, por no decir *difícil*. Vive retirado en su pequeño *cottage* desde que le abandonó su mujer. Dedica toda su atención a su pequeño perro... *Rocky* —fabulé.

—¡Oh! —exclamó ella—. ¡Qué triste!

Asentí afligido.

—Sí, realmente triste. Robert siempre ha sido un poco especial, pero ahora... —Solté un suspiro profundo y convincente—. Estamos intentando que venga a París para una entrevista con *Le Figaro*, pero tengo pocas esperanzas.

—¡Qué curioso! ¡Nunca lo habría pensado! Su novela es tan... Está tan llena de vida y humor... —dijo ella pensativa—. ¿Conoce a monsieur Miller personalmente? —Me miró por primera vez con interés.

—Bueno... —Carraspeé de modo significativo—. Creo poder decir que soy una de las pocas personas que conoce *realmente* a Robert Miller. Al fin y al cabo, he trabajado intensamente con él en su libro, y me valora mucho.

Parecía impresionada.

—Es un libro muy bonito. —Y luego añadió—: ¡Ay, me gustaría mucho conocer a ese Miller! ¿Cree que existe alguna posibilidad de que me conteste?

Me encogí de hombros.

—¿Qué le voy a decir, mademoiselle Bredin? Creo que no, pero tampoco soy Dios.

Jugueteó con los flecos de su bufanda.

—Verá... No se trata de la carta de una lectora en sentido *estricto*. Me llevaría mucho tiempo contárselo ahora todo, monsieur Chabanais, y tampoco es asunto suyo, pero monsieur Miller me ha sido de gran ayuda en un momento difícil y me gustaría mostrarle mi agradecimiento, ¿entiende?

Asentí. Apenas podía esperar a abalanzarme sobre la bandeja del correo para leer lo que mademoiselle Aurélie Bredin tenía que decirle a monsieur Robert Miller.

—Bueno, tendremos que esperar —opiné yo de forma salomónica—. ¿Cómo es eso que dicen los ingleses? Esperar y beber té.

Mademoiselle Bredin hizo un cómico gesto de desesperación.

—Pero no me gusta esperar —dijo.

—¡A quién le gusta esperar! —repliqué con aires de importancia y tuve la sensación de tener la situación controlada. Ni en sueños se me habría ocurrido que pocas semanas después iba a ser yo el que esperara inquieto y desesperado la respuesta decisiva de una enfadada mujer de ojos verdes que iba a determinar la última frase de mi novela. ¡Y también mi vida!

—¿Puedo dejarle mi tarjeta? —inquirió mademoiselle Bredin, y sacó de su bolso de piel una pequeña tarjeta de visita blanca con dos cerezas rojas.

—Es sólo por si Robert Miller viene por fin a París. A lo mejor sería usted tan amable de avisarme. —Me lanzó una mirada de conspiración.

—Sí, estaremos en contacto. —Tengo que admitir que en ese momento yo no quería otra cosa. Aunque, por motivos comprensibles, habría preferido dejar a Robert Miller al margen. Para ser sincero, empezaba a odiar a ese tipo. Cogí la tarjeta y apenas pude ocultar mi sorpresa—. Le Temps des Cerises —leí a media voz—. ¡Oh! ¿*Trabaja* usted en ese restaurante?

—Ese restaurante es *mío* —contestó ella—. ¿Lo conoce?

—Eh..., no..., sí..., en realidad no —tartamudeé. Debía tener cuidado con lo que decía—. ¿No es ése...? ¿No es ése el restaurante que aparece en la novela de Miller? ¡Vaya, menuda casualidad!

—¿*Es* una casualidad?

Me miró con gesto pensativo y por un momento me pregunté si sabría algo. ¡No, era imposible! ¡Completamente imposible! Sólo Adam y yo sabíamos que Robert Miller se llamaba en realidad André Chabanais.

—*Au revoir,* monsieur Chabanais. —Me sonrió por última vez antes de darse la vuelta para marcharse—. A lo mejor lo descubro pronto con su ayuda.

—*Au revoir,* mademoiselle Bredin.

Yo también le sonreí y confié en que no lo descubriera nunca.

5

—**M**iller —dijo Bernadette—. Miller... Miller... Miller. —Estaba sentada delante del ordenador, con el cuerpo inclinado sobre el teclado, escribiendo el nombre de Robert Miller—. Vamos a ver lo que Google tiene que decir al respecto.

Era otra vez lunes y durante el fin de semana habían pasado tantas cosas en el restaurante que no había encontrado tiempo para dedicarme a mi nueva actividad favorita: buscar y encontrar a Robert Miller.

El viernes habíamos tenido dos grandes reservas: un cumpleaños en el que se cantó y se brindó mucho y un grupo de hombres de negocios que al parecer habían adelantado a noviembre su cena de Navidad y no encontraban el momento de marcharse.

Jacquie había empezado a sudar y a soltar tacos porque Paul, el segundo jefe de cocina, se había puesto enfermo y él tenía que ocuparse de todo.

Además, ninguno de los comensales quiso el menú con pescado. Todos pidieron *à la carte* y Jacquie se quejaba de que había comprado demasiado salmón y de que ahora ya no podría deshacerse de él.

Pero mi mente estaba muy lejos de allí. Mis ideas giraban en torno a un atractivo inglés que a lo mejor estaba tan solo como yo.

—Imagínate, su mujer le ha abandonado y ahora sólo le queda su pequeño perro —le había contado a Bernadette cuando la llamé el domingo por la tarde. Yo estaba tumbada en el sofá y tenía el libro de Miller en la mano.

—¡No, *chérie!* Éste es el baile de los corazones solitarios. A él le han abandonado, a ti te han abandonado. A él le gusta la cocina francesa, a ti te gusta la cocina francesa. Y él ha escrito sobre tu restaurante y a lo mejor también sobre ti. Yo sólo puedo decir: *Bon appétit!* —bromeó—. ¿Te ha llamado ya tu triste inglés?

—¡En serio, Bernadette! —repliqué, y me puse un cojín en la nuca—. En primer lugar, no es *mi* inglés; en segundo lugar, todas estas *casualidades* me resultan sorprendentes; y en tercer lugar, no *puede* haber recibido mi carta todavía. —Tuve que pensar de nuevo en la extraña conversación que había mantenido un par de días antes en Éditions Opale—. Espero que ese «extraño hombre de la barba» haya enviado mi carta realmente.

Con «extraño hombre de la barba» me refería a monsieur Chabanais, que cada vez me inspiraba menos confianza.

Bernadette se rio.

—¡Le das demasiadas vueltas a la cabeza, Aurélie! Dime un motivo por el que ese tipo se quedaría con tu carta.

Miré pensativa el cuadro del lago Baikal que colgaba en la pared de enfrente y que mi padre había comprado hacía muchos años a un pintor ruso en Ulán Bator, durante un viaje de aventura en el Transiberiano. Era una imagen idílica que me gustaba mucho. En la orilla se balanceaba una vieja barca sobre el agua, detrás se extendía el lago. Era claro, estaba rodeado de un paisaje primaveral y brillaba con un azul insondable. «Más vale no pensarlo», había dicho mi padre. «Es uno de los lagos más profundos de Europa».

—No sé —contesté, y dejé vagar mi mirada por la resplandeciente superficie del lago, donde las luces y las sombras jugueteaban entre sí—. Es sólo una sensación. A lo mejor está celoso y quiere proteger a su autor sagrado del resto de personas. O de mí.

—¡Ay, Aurélie! ¿Qué estás diciendo? ¡Eres una vieja conspiradora!

Me incorporé.

—¡No lo soy! Ese hombre *era* muy raro. Primero se comportó por teléfono como un cancerbero. Y luego, cuando me dirigí a él en la editorial, me miró como un perturbado mental. Al principio ni siquiera reaccionó a mis preguntas, sólo me miraba fijamente como si no estuviera bien de la cabeza.

Bernadette chasqueó la lengua con impaciencia.

—A lo mejor sólo estaba sorprendido. O tenía un mal día. ¡Dios mío, Aurélie! ¿Qué *esperabas?* Ni siquiera te conoce. Le llamas por teléfono. Luego te presentas más tarde en la editorial sin avisar, asaltas al pobre hombre, que en ese momento se iba a casa, y le preguntas por una carta que para él es una carta cualquiera de una perturbada cazadora de autógrafos cualquiera que se cree muy importante. La verdad es que me sorprende que no te pusiera de patitas en la calle. Imagínate que todos los lectores asaltaran la editorial para convencerse personalmente de que se entrega su carta a un autor. Yo, por mi parte, *odio* que los padres aparezcan de pronto sin avisar en la puerta de clase para discutir por qué su maravilloso hijo está castigado.

Tuve que reírme.

—Está bien, está bien. A pesar de todo, estoy contenta de haber podido hablar con ese hombre.

—Puedes estarlo. Al fin y al cabo, monsieur Cancerbero estuvo luego muy amable contigo.

—Pero sólo para decirme que el autor no se iba a poner en contacto conmigo porque es poco sociable y vive amargado en su *cottage* y no tiene tiempo para tonterías —repliqué.

—Y te va a decir cuándo viene Robert Miller a París —prosiguió Bernadette sin inmutarse—. ¿Qué más quieres, señorita Nunca-tengo-bastante?

Sí, ¿qué más quería?

Quería descubrir más cosas acerca de ese inglés que parecía tan simpático y escribía cosas tan bonitas, y ése era el motivo por el que estaba con Bernadette delante del ordenador esa mañana de lunes, una semana después de que empezara todo.

—Me alegro de que los lunes por la mañana no tengas que ir al colegio y podamos vernos —le dije, y me invadió un sentimiento de agradecimiento cuando vi a mi amiga con gesto concentrado buscando para mí todos los Miller del mundo.

—Hmm... hmm... —dijo Bernadette. Se sujetó un mechón rubio detrás de la oreja y miró la pantalla como hechizada—. ¡Mierda! Lo he escrito mal. No, no quiero decir Niller, sino M-i-l-l-e-r.

—¿Sabes? Yo por las tardes no puedo quedar con nadie, como la mayoría de la gente. Tengo que estar en el restaurante. —Me incliné sobre ella para poder ver yo también algo—. Aunque... ahora que Claude se ha largado no está mal tener algo que hacer por las tardes —seguí diciendo—. Estas tardes de invierno puede sentirse una muy sola.

—Si quieres, podemos ir al cine —propuso Bernadette—. Émile está en casa y yo puedo salir. ¿Has sabido algo de Claude? —preguntó de pronto.

Sacudí la cabeza y le agradecí que esta vez dijera simplemente Claude.

—No esperaba otra cosa de ese idiota —gruñó, y frunció el ceño—. ¡Increíble eso de desaparecer así, sin más! —Luego su voz se volvió más amable—: ¿Le echas de menos?

—Pues sí —dije, y yo misma me sorprendí un poco de lo mucho que había mejorado mi situación sentimental desde aquel desdichado día en que me había perdido por las calles de París—. Por las noches se me hace un poco raro estar sola en la cama. —Reflexioné un instante—. Resulta extraño que de pronto ya nadie te pase el·brazo por encima.

Bernadette tuvo entonces su gran momento de empatía.

—Sí. Me lo imagino perfectamente —dijo, sin añadir que, por supuesto, no era lo mismo el brazo de un hombre agradable que el de un idiota—. Pero quién sabe lo que va a ocurrir. —Me miró y me guiñó un ojo—. De momento, ya has encontrado una estupenda distracción. Y aquí lo tenemos: Robert Miller, doce millones doscientas mil entradas. Bueno, ¿qué te parece?

—¡Oh, no! —Observé la pantalla con incredulidad—. ¡No puede ser!

Bernadette pinchó en un par de entradas al azar.

—Robert Miller, artista contemporáneo. —Se abrió una ventana compuesta por rayas de diversos colores—. ¡Oh, sí! ¡Realmente *muy* contemporáneo! —Cerró de nuevo la página—. ¿Y qué tenemos aquí? Rob Miller, Rugby Union Player. ¡Vaya, qué deportista! —Deslizó el cursor por la pantalla—. Robert Taylor Miller, agente secreto americano, espió para la Unión Soviética. Vaya, éste no debe de ser, ya está muerto. —Se rio. Era evidente que la búsqueda empezaba a parecerle divertida—. ¡Buf! —gritó de pronto—. ¡Robert Miller, puesto 224 entre los más ricos del mundo! ¿Quieres pensártelo un poco, Aurélie?

—Así no vamos a ninguna parte —dije—. Tienes que poner «Robert Miller escritor».

Bajo «Robert Miller escritor» seguía habiendo seiscientas cincuenta mil entradas, lo que seguía siendo todo un desafío.

—¿No podías haberte buscado un autor con un nombre menos corriente? —dijo Bernadette, y fue pinchando en la primera página que se abrió. Había de todo: desde un hombre que publicaba libros sobre el entrenamiento de los caballos, pasando por un profesor que había escrito en Oxford University Press algo sobre las colonias inglesas, hasta un autor inglés de aspecto horriblemente siniestro que había sacado un libro sobre las guerras de los bóers.

Bernadette señaló la foto.

—Éste no puede ser, ¿no?

Sacudí la cabeza.

—¡Por todos los santos, no! —grité.

—Así no vamos a encontrar nada —dijo Bernadette—. Dime el título de la novela.

—*La sonrisa de las mujeres.*

—Bien... bien... bien... —Movió los dedos por el teclado—. ¡Ajá! —dijo de pronto—. Aquí lo tenemos: ¡Robert Miller, *La sonrisa de las mujeres!* —Sonrió con gesto triunfal y contuve la respiración—. Robert Miller en Éditions Opale... Vaya, ¡mierda! ¡Te lleva a la página de la editorial! Y ésta de aquí... es la página de Amazon, pero sólo para la edición francesa... Es curioso, debería poder encontrarse la versión inglesa en algún sitio. —Pulsó de nuevo un par de teclas, luego sacudió la cabeza—. Nada que hacer —dijo—. Aquí sólo pone algo sobre Henry Miller, *La sonrisa al pie de la escala...* Un buen libro, por cierto... pero éste no es nuestro hombre.

Mientras pensaba, Bernadette se dio unos golpecitos con el dedo índice en los labios.

—No tiene página web, no tiene Facebook... Míster Miller es un misterio, al menos en internet. Quién sabe, a lo mejor está tan chapado a la antigua que rechaza la tecnología moderna. A pesar de todo, me resulta muy extraño no poder encontrar el libro en inglés. —Cerró el ordenador y me miró—. Me temo que no puedo ayudarte.

Decepcionada, me recliné en el respaldo de la silla. Al parecer, hoy en día todavía no se podía encontrar todo con la ayuda de internet.

—¿Y qué hacemos ahora? —pregunté.

—Ahora nos hacemos una pequeña ensalada con queso de cabra, es decir, *tú* preparas una exquisita *salade au chèvre* para las dos. De algo debe servir tener una amiga cocinera, ¿no crees?

Solté un suspiro.

—¿No se te ocurre nada más?

—Sí —respondió—. ¿Por qué no llamas al cancerbero de la editorial y le preguntas si Robert Miller tiene una página en internet y por qué no puedes encontrar la edición original inglesa de su novela? —Se puso de pie y se dirigió a la cocina—. ¡No, no le llames! —gritó mientras abría la puerta de la nevera—. Será mejor que le mandes un email al pobre hombre.

—No tengo su dirección de correo electrónico —repliqué sin ganas, y seguí a Bernadette hasta la cocina. Cerró la nevera y me puso una lechuga de hoja de roble en la mano.

—Eso no es ningún problema, querida.

Miré la lechuga con cara de aburrimiento, aunque ella no era culpable de nada. Bernadette tenía razón. Claro que no era ningún problema conseguir la dirección de correo electrónico de gente tan poco interesante como André Chabanais, el editor de Éditions Opale.

6

—¡Vaya, vaya! Así que todo esto le resulta extraño
—murmuré, y estudié de nuevo el email que había impreso por la tarde en la editorial—. Mi querida mademoiselle Aurélie, todo esto es más que extraño.

Suspirando, dejé el email a un lado y cogí de nuevo la
carta, que entretanto me sabía ya de memoria y me gustaba mucho más que ese mensaje tan poco amable.

Las cosas empezaban a complicarse demasiado y, a pesar de todo, no podía dejar de sorprenderme de que una
misma persona fuera capaz de escribir cartas tan diferentes. Me recliné en mi viejo sillón de cuero, encendí un cigarrillo y dejé caer la caja de cerillas de Les Deux Magots en
la pequeña mesa auxiliar.

Había intentado dejar de fumar varias veces, la última
después de la Feria del Libro, cuando el peor estrés parecía haber pasado ya y mi vida volvía a sus cauces habi-
tuales.

Le había podido dejar claro a la mañana siguiente a
Carmencita, una ardiente portuguesa que desde hacía tres
años me miraba echando chispas con sus ojos negros y que
esta vez me había invitado primero a cenar y luego a su hotel, que por el momento estaba cubierta mi necesidad de
mujeres a las que podía regalar un collar. Cuando Carmencita por fin se marchó de muy mal humor (no sin antes
arrancarme la promesa de que el año siguiente la invitaría
a comer), pensé que el desafío del resto del año iba a con-

sistir en repasar todos los manuscritos que la euforia de la feria me había hecho solicitar.

Pero desde el último martes los pequeños paquetes azules llenos de pitillos nocivos para la salud se habían convertido de nuevo en mis mejores acompañantes.

Los primeros cinco cigarrillos me los fumé cuando Adam no me devolvía la llamada. Cuando por fin me llamó el jueves, guardé el tabaco en un cajón de mi mesa y decidí olvidar su existencia. Luego, por la tarde, apareció como caída del cielo esa chica de ojos verdes, y mis sentimientos sufrieron el mayor revuelo que yo había conocido. Me encontraba sumido en un bello sueño que era a la vez una pesadilla. Tenía que deshacerme de la testaruda mademoiselle Bredin antes de que descubriera la verdad sobre Robert Miller, pero a la vez no deseaba otra cosa que volver a ver a esa mujer de arrebatadora sonrisa.

Después de que mademoiselle Bredin desapareciera por el final del pasillo me había encendido otro cigarrillo. Luego me precipité hacia la secretaría, en la que durante el día mandaba madame Petit, y rebusqué en mi bandeja de plástico verde hasta encontrar un sobre blanco alargado dirigido «A la atención del escritor Robert Miller/Éditions Opale». Asomé de nuevo la cabeza por la puerta —no fuera a ser que mademoiselle volviera y me encontrara mirando el correo ajeno—, y luego abrí a toda prisa y sin usar el abrecartas el sobre escrito a mano que desde hacía un par de días había estado en distintos lugares de mi casa y cuyo contenido había leído una y otra vez.

París, noviembre de 20**

Estimado Robert Miller:

Esta noche me ha quitado usted el sueño y quiero darle las gracias por ello. Acabo de leer su libro La sonrisa de las mujeres. *¿Qué digo leer? He devorado esa novela tan* maravillosa que cayó en mis manos por casualidad ayer por la tarde (se puede decir que cuando huía de la policía) en una pequeña librería. Con esto quiero decir que no buscaba su libro. Mi gran pasión es la cocina, no la lectura. Normalmente. Pero su libro me ha encantado, me ha entusiasmado, me ha hecho reír, y es sencillo y está lleno de sabiduría al mismo tiempo. En una palabra: su libro me hizo feliz un día en el que yo me sentía más desgraciada que nunca (penas de amor, visión pesimista de la vida), y el hecho de que yo encontrara su libro justo en ese momento (¿o fue su libro el que me encontró a mí?) fue para mí una suerte.

Es posible que todo esto le resulte muy extraño, pero cuando leí la primera frase supe que esa novela iba a significar mucho para mí. No creo en las casualidades.

Estimado monsieur Miller, antes de que piense que soy una loca debe saber un par de cosas.

El Temps des Cerises que aparece varias veces en su libro y que usted describe con tanto cariño es mi restaurante. Y su Sophie soy yo. La similitud es sorprendente, y si observa la foto que le adjunto entenderá a qué me refiero.

No sé cómo encaja todo esto, pero me pregunto si nos hemos visto alguna vez. No lo recuerdo. Usted es un escritor inglés de éxito, yo una cocinera francesa de un restaurante no muy conocido de París. ¿Dónde han podido cruzarse nuestros caminos?

Como podrá comprender, todas estas «casualidades», que de algún modo no pueden ser tales, no me dejan tranquila.

Le escribo con la esperanza de que usted pueda darme alguna explicación. Por desgracia, no tengo su dirección y sólo puedo ponerme en contacto con usted a través de la editorial. Para mí sería un honor poder invitar a una comida preparada por mí en Le Temps des Cerises al hombre que escribe libros así y al que considero que debo tanto.

Según deduzco de la reseña sobre usted que aparece en el libro (y también de su novela), usted adora París, y he *pensado que a lo mejor viene por aquí con frecuencia. Me encantaría que pudiéramos conocernos personalmente. Y a lo mejor se desvelaban así algunos enigmas.*

Supongo que desde que ha aparecido su libro recibirá muchas cartas de admiración y que no tendrá tiempo de contestar a todos sus lectores. Pero yo no soy un lector cualquiera, en eso tiene que creerme. La sonrisa de las mujeres ha sido un libro muy especial para mí en todos los sentidos. Y es una mezcla de profunda gratitud, gran admiración e impaciente curiosidad lo que me ha hecho escribirle esta carta. Me alegraría mucho recibir una respuesta por su parte, y me encantaría que aceptara la invitación a cenar en Le Temps des Cerises.

Con mis más cordiales saludos,
Aurélie Bredin

PS: Es la primera vez que escribo a un autor. Y tampoco suelo invitar a desconocidos a comer, pero creo que mi carta estará en buenas manos con usted, a quien considero todo un gentleman *inglés.*

Tras leer la carta por primera vez me dejé caer en la silla de madame Petit y me fumé otro cigarrillo.

Tengo que admitir que si yo hubiera sido Robert Miller, me habría considerado un hombre afortunado. No habría dudado un segundo y habría contestado a esa carta, que era mucho más que la carta de un lector convencional. ¡Ay! Habría dejado con gusto que esa bella cocinera me invitara en su pequeño restaurante a una *diner à deux* privada (la invitación sonaba tentadora) y tal vez a algo más (que imaginaba aún más tentador).

Pero yo era sólo André Chabanais, un editor normal que *hacía* que era Robert Miller, ese magnífico, divertido y a la vez serio escritor que llegaba al corazón de mujeres bellas y desgraciadas.

Di una calada al cigarrillo y observé con detenimiento la foto que Aurélie Bredin había adjuntado. En ella llevaba el mismo vestido verde (era evidente que se trataba de uno de sus vestidos favoritos), su pelo suelto caía sobre los hombros y sonreía con cariño a la cámara.

Y tampoco entonces iba dirigida a mí esa sonrisa. Cuando se hizo esa foto ella estaba sonriendo a alguien, probablemente al tipo que más tarde le rompió el corazón (penas de amor, visión pesimista de la vida). Y cuando la había metido en el sobre lo había hecho para sonreír así a Robert Miller. Si hubiera sabido que iba a ser yo (y no su *gentleman* inglés) el que iba a abrir la carta, no habría mostrado una sonrisa tan encantadora, de eso estaba seguro.

Apagué el cigarrillo, tiré la colilla a la papelera y guardé la carta con el sobre en mi cartera.

Cuando por fin abandoné la editorial después de un día tan lleno de acontecimientos, ya se dirigían hacia mi despacho, riendo y parloteando, las mujeres filipinas que por las noches limpiaban las oficinas y se llevaban los residuos.

—¡Oooh, missiu Sabanais, tlabaja siemple tanto! —exclamaron alegres, y asintieron con gesto apenado. Yo también asentí, si bien más distraído que alegre. Ya era hora de llegar a casa. Hacía frío, pero no llovía, cuando bajé por la Rue Bonaparte preguntándome por qué huiría mademoiselle Bredin de la policía. No parecía una de esas personas que roban una camiseta en Monoprix. ¿Y qué significaba en ese contexto ese «se puede decir»? ¿Habría defraudado a Hacienda la propietaria de Le Temps des Cerises? ¿O es que el policía del que escapaba cuando se escondió en la librería era su novio, un tipo violento con el que había discutido y que la perseguía?

Pero la pregunta más importante me la hice cuando introduje el código con el que se abría el portal de la Rue des Beaux-Arts por el que se accedía a mi vivienda.

¿Cómo se conquistaba el corazón de una mujer a la que se le había metido en la cabeza conocer a un hombre al que admiraba y al que pensaba que le había unido el destino? Un hombre que —ironías de ese mismo destino— ni siquiera existía. Un ser creado por dos imaginativos aprendices de brujo que se creían muy listos y que trabajaban en un sector que vendía sueños.

Si hubiera leído esa historia en una novela, me habría parecido muy divertida. Pero cuando se tenía que representar el curioso papel protagonista en aquel asunto la cosa ya no tenía tanta gracia.

Abrí la puerta de mi casa y encendí la luz. Lo que necesitaba era una idea genial (que, por desgracia, no tenía todavía). Aunque una cosa sí sabía: Robert Miller, ese perfecto *gentleman* inglés con su ridículo *cottage* que escribía tan bien, no cenaría jamás con Aurélie Bredin. Pero tal vez sí lo hiciera, si lo organizaba bien, el francés mucho más elegante André Chabanais con su vivienda alquilada en la Rue des Beaux-Arts.

Ese elegante francés escuchaba pocos minutos más tarde su contestador automático, en el que encontró los reproches de su madre, que le pedía que se pusiera de una vez al aparato.

—¿André? Sé perfectamente que estás en casa, *mon petit chou*. ¿Por qué no contestas? ¿Vas a venir a comer el domingo? Podías ocuparte alguna vez de tu anciana madre, me aburro, ¿qué voy a hacer todo el día? No voy a estar siempre leyendo libros —lloriqueaba, y yo busqué nervioso el paquete de cigarrillos en el bolsillo de la chaqueta.

Luego se oyó la voz de Adam.

—¡*Hi*, Andy, soy yo! ¿Todo bien? Mi hermano está en un congreso en Sant'Angelo y no vuelve hasta el domingo por la tarde. Ja, ja, ja, cómo se lo pasan estos médicos, ¿verdad?

Se reía con toda tranquilidad, y yo me pregunté si acaso no se daba cuenta de que el tiempo corría. ¿Es que su hermano no tenía móvil? ¿Es que no había teléfonos en ese Sant'Angelo (dondequiera que estuviese)? ¿Qué estaba pasando?

—He pensado que será mejor que llame a Sam cuando vuelva a casa y tenga la cabeza despejada —añadió Adam—. *Anyway*, te llamaré cuando haya hablado con Sam, el fin de semana vamos a estar con unos amigos en Brighton, pero puedes llamarme al móvil cuando quieras.

—¡Sí, sí, claro, puedo llamarte al móvil cuando quiera! —Y encendí otro cigarrillo.

—Bueno, cuídate. ¡Ah, André! —Alcé la cabeza—. Y no temas, amigo. Llevaremos a Sam a París.

Asentí con resignación y me dirigí a la cocina para ver qué quedaba en la nevera. El resultado no estuvo nada mal. Encontré una bolsa de judías verdes frescas que cocí en agua con sal y me freí un filete de ternera. Inglesa, naturalmente.

Cuando terminé de cenar me senté a la mesa redonda del cuarto de estar con una copa de Côtes du Rhone y una hoja de papel y anoté mis reflexiones estratégicas acerca del asunto Aurélie Bredin = A.B. Dos horas más tarde había escrito las siguientes anotaciones:

1   Robert Miller ignora la carta y *no* contesta. Probablemente A.B. se dirige a su persona de contacto en la editorial para ver qué pasa con el autor. André Chabanais = A.C. dice que el autor no quiere tener contacto con nadie. A.C. no da más información. A.B. no insiste y en algún momento pierde el interés por el asunto. Tampoco le interesa A.C. como posible mediador.

2   Robert Miller no contesta la carta, pero A.C. le ofrece su ayuda. Con ello se gana el afecto de A.B. Pero los pensamientos de A.B. se dirigen en la dirección equi-

vocada, esto es, hacia el autor, no hacia el editor. ¿Puede él ayudarla realmente? No. Pues Robert Miller no existe. A.C. tiene que ganar tiempo para demostrar a A.B. que es un tipo encantador (y que el inglés es en realidad un estúpido, pero debe hacerlo como de pasada).

3 Robert Miller contesta con amabilidad, pero sin interés. La llama se mantiene encendida. El autor remite a A.B. a su magnífico editor (A.C.) y le indica que quizá viaje pronto a París, pero que no sabe si va a ser posible un encuentro, ya que tiene muchos compromisos.

4 A.C. organiza algo. Le pregunta a A.B. si quiere unirse a una cita que tiene con Miller (¿una cena?). Ella acepta y está agradecida. Naturalmente, no acude el autor, que supuestamente se disculpa en el último momento. A.B. se enfada con el autor, dice que no se puede confiar en él. A.B. y A.C. pasan una velada estupenda y A.B. se da cuenta de que le gusta más el simpático editor que el complicado autor.

Asentí satisfecho cuando leí otra vez el punto 4. No era una mala idea para empezar. Faltaba por ver si era genial. En cualquier caso, quedaban un par de preguntas sin contestar:

1 ¿Merecía la pena montar todo ese teatro por Aurélie Bredin? *¡Sí, por supuesto!*
2 ¿Debía saber ella la verdad en algún momento? *¡No, nunca!*
3 ¿Qué pasaría si Sam Goldberg viniera a París haciéndose pasar por Robert Miller para hacer una entrevista y una lectura de su libro y A.B. se enterara?

A esas horas de la noche ya no se me ocurría ninguna respuesta para esta última pregunta. Me puse de pie, vacié el cenicero (cinco colillas) y apagué la luz. Estaba terriblemente cansado y lo que más me preocupaba era qué iba a pasar si Robert Miller *no* venía a París.

El viernes por la mañana monsieur Monsignac me esperaba en mi despacho.

—¡Ah, mi querido André, ya está usted aquí, *bonjour, bonjour!* —exclamó al verme, balanceándose adelante y atrás con sus zapatos de ante marrón y con ganas de conversación—. Le he dejado sobre su mesa el manuscrito de una joven y bella autora. Es la hija del último galardonado con el Premio Goncourt, al que me une una gran amistad, y haciendo una excepción le pediría que lo mirara *lo antes posible.*

Me quité la bufanda y asentí. En todo el tiempo que llevaba en Éditions Opale no me había ocurrido nunca que monsieur Monsignac no quisiera algo lo antes posible. Lancé una mirada al manuscrito de la hija del galardonado con el Goncourt, que estaba guardado en una carpeta de plástico transparente y tenía el melancólico título de *Confessions d'une fille triste (Confesiones de una chica triste).* Eran como mucho quinientas páginas y, probablemente, bastaría con leer cinco de ellas para estar harto de la habitual introspección narcisista que en la actualidad se presenta tan a menudo como literatura trascendental.

—Sin problema, le diré algo antes del mediodía —dije, y colgué mi abrigo en el estrecho armario que había junto a la puerta.

Monsignac tamborileó con los dedos en su camisa de rayas azules y blancas. No es que fuera bajo, pero yo casi le sacaba dos cabezas y era bastante más ancho que yo. No obstante, sabía vestirse bien. Odiaba las corbatas, llevaba zapatos hechos a mano y bufandas de cachemir y, a pesar de su corpulencia, parecía sumamente ágil.

—Magnífico, André. ¿Sabe? Eso es lo que me gusta de usted. Es tan poco pretencioso... No es grandilocuente, no hace preguntas innecesarias, *hace* fáciles las cosas. —Me miró con sus brillantes ojos azules y me dio una palmada en el hombro—. Llegará lejos. —Luego me hizo un guiño—. En caso de que sea una basura, escriba un par de frases constructivas sobre el argumento, ya sabe, tiene un gran potencial y se espera con impaciencia lo que la autora pueda escribir, etcétera, etcétera, y rechácelo con delicadeza.

Asentí y esbocé una sonrisa. Y luego, cuando ya me tenía entre la espada y la pared, Monsignac se giró de nuevo y pronunció la frase que yo había estado esperando.

—¿Y bien? ¿Ya está arreglado lo de Robert Miller?

—Estoy en contacto con su agente, Adam Goldberg, y éste no pierde la esperanza —contesté. El viejo monsieur Orban (el que hacía poco se había caído de un árbol cuando recogía cerezas) me había dado una vez un consejo. «Si mientes, mantente lo más cerca posible de la verdad, chico», me había dicho una vez que hice novillos un precioso día de primavera y quise contarle a mi madre una mentira que ponía los pelos de punta, «será más fácil que te crean».

—Dice que conseguiremos a Miller —añadí con valentía y mi pulso se aceleró—. En el fondo se trata sólo de... eh... sintonización. Creo que el lunes sabré algo más.

—Bien... bien... bien... —Jean-Paul Monsignac salió por la puerta con gesto de satisfacción y yo rebusqué en mi cartera. Y después de haber recibido una pequeña dosis de nicotina (tres cigarrillos) me tranquilicé un poco. Abrí la ventana y dejé que entrara el aire limpio y frío.

El manuscrito de Françoise Sagan era muy pobre. Aparte del hecho de que una joven que no sabe muy bien lo que quiere (y cuyo padre es un conocido escritor) viaja a una isla del Caribe y allí nos hace participar en sus experiencias sexuales con un habitante negro de la isla (que se pasa todo el tiempo colocado), no había nada digno de mención. Cada dos párrafos describía la situación de la protagonista, que en realidad no interesaba a nadie, ni siquiera al amante caribeño. Al final, la joven se marcha, la vida se abre como un gran interrogante ante ella y no sabe por qué está tan triste.

Yo, por mi parte, tampoco lo sabía. Si yo de joven hubiera tenido la oportunidad de pasar ocho increíbles semanas en una isla de ensueño y dejarme distraer por una belleza caribeña en todas las posturas y en playas de arena blanca, no me habría sentido triste y melancólico, sino loco de alegría. A lo mejor carecía de la hondura necesaria.

Redacté una nota discreta e hice una copia para monsieur Monsignac. A mediodía entró madame Petit con el correo y me preguntó con desconfianza si había fumado.

La miré con gesto de ingenuidad y alcé las manos.

—Usted *ha* fumado, monsieur Chabanais —dijo ella, y examinó el pequeño cenicero que había sobre mi mesa detrás de la bandeja del correo—. Ha fumado hasta en *mi* despacho, lo he olido esta mañana al entrar. —Sacudió la cabeza con gesto de desaprobación—. No empiece otra vez con eso, monsieur Chabanais, es *muy* poco saludable, ya lo sabe.

Sí, sí, sí, ya lo sabía todo. Fumar era poco saludable. Comer era poco saludable. Beber era poco saludable. Todo con lo que se disfrutaba era poco saludable o engordaba. Estar excitado era poco saludable. Trabajar mucho era poco saludable. En el fondo, la vida en sí era una empresa peligrosa, y al final uno se caía de una escalera mientras recogía cerezas o le atropellaba un coche de camino a la panadería, como a la portera de la novela *La elegancia del erizo*.

Asentí sin decir nada. ¿Qué iba a decir? Tenía razón. Esperé a que madame Petit saliera del despacho para sacar otro cigarrillo del paquete, me recliné en mi asiento y unos segundos más tarde estaba observando cómo se desvanecían lentamente los pequeños aros de humo blanco que soltaba en el aire.

Desde que madame Petit me reprochara haber fumado en el despacho habían pasado otras cosas inquietantes que, lamentablemente, ponían en peligro mi modo de vida saludable. El momento más sano y menos excitante había sido probablemente la comida del domingo con *maman* en Neuilly, aunque no podría afirmar que unos platos llenos de chucrut, carne de cerdo y salchichas (la madre de mi madre procedía de Alsacia, de ahí que el chucrut sea para ella una necesidad) fueran lo mejor para el cuerpo. Tampoco el hecho de que la «sorpresa» que *maman* me había anunciado por teléfono resultara ser su hermana, siempre enferma, y su prima favorita, una mujer habladora y sorda (lo que la hacía hablar a gritos y no la convertía en *mi* prima favorita), a la que habían invitado, consiguió que la comida con vajilla alsaciana fuera un placer para mí. El chucrut me cayó como una piedra en el estómago, y las tres ancianas, que no paraban de dirigirse a un tipo como yo, de treinta y ocho años y un metro ochenta y cinco de estatura, como *mon petit boubou* o *mon petit chou* (mi pequeño repollo), casi acabaron con mis nervios. Por lo demás, todo transcurrió como siempre, aunque multiplicado por tres.

Me preguntaron si no estaba más delgado («¡no!»), si no me iba a casar pronto («¡en cuanto aparezca la persona adecuada!»), si *maman* podía confiar en tener pronto un nieto al que poder alimentar con chucrut («¡seguro, qué ilusión!»), si me iba todo bien en el trabajo («¡claro, todo va genial!»). Entremedias, no paraban de pedirme que comiera un poco más o que les contara «qué novedades había».

—¿Qué hay de nuevo, André? ¡Cuenta, cuenta!

Tres pares de ojos me miraban expectantes y yo era algo así como un programa de la radio. Esa pregunta resultaba siempre fastidiosa. Las verdaderas novedades de mi vida no las podía contar (¿o alguien de aquella mesa habría entendido que estaba muy nervioso porque había adoptado una segunda identidad como escritor inglés y el asunto estaba a punto de destaparse?), así que las entretuve con la última rotura de una cañería en mi viejo edificio, y no estuvo mal, porque la capacidad de concentración del trío de damas no aguantó mucho (a lo mejor es que lo que yo les contaba no era suficientemente interesante). En cualquier caso, la prima dura de oído me interrumpió enseguida con un fuerte «*¿quién* se ha muerto?» (repitió esa misma frase unas cinco veces a lo largo de la comida, sospecho que cada vez que ya no podía seguir el hilo de la conversación), y nos centramos en temas más importantes (las citas médicas, las flebitis, las reformas de la casa, los jardineros que no trabajan bien o las asistentas descuidadas, los conciertos de Navidad, los entierros, los concursos de la televisión y la vida de vecinos desconocidos para mí o personas de un pasado lejano), antes de que por fin se sirvieran el queso y la fruta.

Llegado ese punto, la capacidad de mi estómago y yo estábamos tan agotados que me disculpé un momento y salí al jardín a fumar (tres cigarrillos).

A pesar de que me tomé tres comprimidos masticables contra la acidez, pasé la noche del domingo al lunes dando vueltas en la cama (el queso de cabra y el camembert me habían acabado de rematar) y tuve horribles pesadillas en las que el hermano de Adam, el atractivo autor de *bestsellers*, estaba en su moderna consulta de odontólogo, tumbado en una camilla con una mademoiselle Bredin a medio vestir, abrazándola y gimiendo con pasión, mientras yo permanecía sentado en el sillón de dentista sin poder moverme (y también gimiendo) porque una ayudante me estaba sacando las muelas.

Cuando me desperté bañado en sudor estaba tan alterado que me habría gustado ponerme a fumar en ese momento.

Pero todo aquello fue un verdadero placer comparado con lo que me esperaba el lunes.

Adam llamó bien temprano a la editorial con la noticia de que, aunque al principio su hermano se había enfadado un poco, al final había captado la gracia de todo el asunto Miller y estaba dispuesto a colaborar por esta vez («*He took it like a man*», fue el ocurrente comentario de Adam).

En cualquier caso, las nociones de francés de Sam tenían sus límites naturales, era todo lo contrario a un hombre de letras y sus conocimientos sobre coches antiguos eran escasos.

—Bueno, me temo que antes tenemos que instruirle bien —dijo Adam—. Para la lectura en público puedes prepararle unos párrafos y así él sólo tendrá que ensayar. —En cuanto a lo de afeitarse la barba... Bueno, eso iba a requerir un cierto trabajo de convicción por parte de Adam.

Nervioso, me tiré del cuello alto del jersey, que de pronto parecía querer ahogarme. Naturalmente, sería mejor que *Robert Miller* tuviera el aspecto de Robert Miller (el de la foto) y el *dentista* tuviera el aspecto del dentista, le hice saber. Todo aquello se estaba complicando demasiado.

—Sí, claro —dijo Adam—, hago lo que puedo. —Y luego añadió algo que me hizo necesitar enseguida los cigarrillos—. Por lo demás, Sam podría ir el lunes que viene no, el siguiente... Bueno, quiero decir que *sólo* puede ir ese día.

Fumé lo más deprisa que pude.

—¿Estás loco? —grité—. ¿Y cómo vamos a arreglarlo?

La puerta del despacho se abrió sin hacer ruido, mademoiselle Mirabeau se asomó con mirada interrogante y una carpeta de plástico transparente en la mano y se quedó esperando.

—¡*Ahora no!* —grité muy nervioso, moviendo la mano en el aire—. ¡Por Dios, no me mire con cara de tonta! ¿No *ve* que estoy hablando por teléfono? —gruñí.

Me miró horrorizada. Luego su labio inferior empezó a temblar y la puerta se cerró tan en silencio como se había abierto.

—*Ahora* tampoco va a ir —dijo Adam con tono tranquilizador, y volví a prestar atención al teléfono—. El lunes sería perfecto. Yo llegaría con Sam el domingo y así podríamos hablar con calma.

—Perfecto, perfecto —resoplé—. ¡Sólo faltan dos semanas! Algo así hay que prepararlo bien. ¿Cómo vamos a conseguirlo?

—*It's now or never* —se limitó a replicar Adam—. ¡Deberías alegrarte de que funcione!

—Me alegro como un loco —dije yo—. ¡Qué bien que no sea mañana!

—¿Cuál es el problema? *Le Figaro* ya está preparado, según tengo entendido. Y con respecto a la lectura en público, probablemente sea mejor que tenga lugar en un sitio pequeño. ¿O preferirías una lectura en la Fnac?

—¡No, claro que no! —respondí. Cuanto menos forzáramos la situación, mejor. Todo el asunto debía resultar lo menos espectacular posible. ¡Faltaban dos semanas! Me entró calor. Apagué el cigarrillo con dedos temblorosos—. ¡Tío, me encuentro fatal!

—¿Y eso? Todo marcha bien —replicó Adam—. A lo mejor es que no has desayunado como deberías. —Me mordí el puño—. Tostadas, huevos y beicon: con eso tienes energía para todo el día —me aleccionó mi amigo inglés—. El desayuno que hacéis vosotros... ¡eso es para debiluchos! Galletas y un cruasán. ¡Nadie puede vivir con eso!

—No entremos ahora en detalles, ¿vale? —repliqué—. Si no, tendré que hablar yo también de la cocina inglesa.

No era la primera vez que discutía con Adam acerca de las ventajas e inconvenientes de nuestra cultura culinaria.

—¡No, no, por favor! —Pude ver cómo Adam sonreía—. Prefiero que me digas que la fecha está bien antes de que mi hermano se arrepienta.

Cogí aire con fuerza.

—*Bon*. Hablaré ahora mismo con nuestro departamento de prensa. Por favor, ocúpate de que tu hermano conozca al menos a grandes rasgos el argumento de la novela antes de venir.

—Lo haré.

—¿Es tartamudo?

—¿Estás loco? ¿Por qué iba a ser tartamudo? Habla perfectamente y tiene una dentadura preciosa.

—Eso me tranquiliza. Y, Adam, otra cosa...

—¿Sí?

—Sería bueno que tu hermano tratase todo este asunto con la máxima discreción. No debe contar a nadie por qué viaja contigo a París. Ni a sus viejos amigos del club, ni a sus vecinos y, preferiblemente, tampoco a su mujer. Una historia así corre entre la gente más deprisa de lo que uno piensa y el mundo es muy pequeño.

—No te preocupes, Andy. Los ingleses somos *muy discretos*.

Frente a todos mis temores, Michelle Auteuil se alegró mucho cuando oyó que Robert Miller quería venir pronto a París.

—¿Cómo lo ha conseguido tan deprisa, monsieur Chabanais? —exclamó sorprendida, e interpretó un verdadero trémolo con su bolígrafo—. ¡El autor no parece tan complicado como usted siempre dice! Hablaré ahora mismo con *Le Figaro*. He contactado también con dos pequeñas librerías. —Cogió su tarjetero y rebuscó entre las tarjetas—. Es estupendo que todo haya salido bien y... ¿quién sabe? —Me sonrió, y sus pendientes negros en forma de corazón se movieron alegres en torno a su esbelto cuello—. A lo mejor podemos hacer en primavera un viaje promocional a Inglaterra... ¡una visita al *cottage* de Robert Miller! ¿Qué le parece?

Se me encogió el estómago.

—Magnífico —dije, y creí saber cómo se siente un agente doble. Decidí que el bueno de Robert Miller debía morir en cuanto hubiera terminado su visita a París.

Con el viejo Corvette por un terraplén sin quitamiedos. Desnucado. Qué tragedia, al fin y al cabo no era tan mayor. Sólo había sobrevivido el perro. Y, por fortuna, no podía hablar. Ni escribir. Como fiel consejero y bondadoso editor de Miller que yo era, tal vez debiera hacerme cargo del pequeño *Rocky*.

Tras la blanca frente de Michelle Auteuil se veía su cerebro trabajando.

—¿Sigue escribiendo? —preguntó.

—Oh, creo que sí —me apresuré a contestar—. Aunque cada vez se toma más tiempo... y no sólo debido a su entretenido *hobby*. Ya sabe, siempre está trabajando en sus coches antiguos. —Hice que pensaba—. Creo que para su primera novela necesitó... siete años. Sí. Casi como John Irving. Aunque peor.

Reí satisfecho y dejé a madame Auteuil confusa en su despacho. Me encantaba la idea de matar a Miller. Sería mi salvación.

Pero antes de morir, el *gentleman* inglés debía hacerme un pequeño favor.

* * *

El email de Aurélie Bredin me llegó a las 17.13. Hasta entonces no había fumado ningún cigarrillo... todavía. Curiosamente, casi sentí mala conciencia al abrir el mensaje. Al fin y al cabo, había leído la carta que con tanta confianza ella le había escrito a Robert Miller. Llevaba su foto en mi cartera sin que ella lo supiera.

Todo aquello no estaba bien. Pero tampoco estaba tan mal. Pues ¿quién si no yo iba a abrir el correo dirigido al escritor?

El encabezamiento del mensaje ya me hizo sentir intranquilo.

Asunto: ¡¡¡Preguntas sobre Robert Miller!!!

Solté un suspiro. Tres admiraciones no presagiaban nada bueno. Sin conocer el resto del email tuve la desagradable sensación de que no iba a poder responder a las preguntas de mademoiselle Bredin de forma satisfactoria.

Estimado monsieur Chabanais:

Hoy es lunes y han pasado ya algunos días desde nuestro encuentro en su editorial. Espero que entretanto haya enviado ya mi carta a Robert Miller y, aunque usted no me diera muchas esperanzas, confío en recibir pronto una respuesta. Es probable que una de sus tareas consista en proteger a su autor de los admiradores insistentes, pero ¿no cree que se toma su labor demasiado en serio? En cualquier caso, le agradezco su amabilidad y tengo hoy un par de preguntas que seguro que usted puede contestar.

1. *¿Tiene Robert Miller algo así como una página de internet? Por desgracia, no he podido encontrar nada en la red.*

2. *También he buscado la edición original inglesa y, curiosamente, no he podido encontrar nada. ¿En qué editorial apareció la novela de Miller en Inglaterra? ¿Y cuál es el título en inglés? Cuando se introduce el nombre de Robert Miller en Amazon.uk sólo hay una entrada de la edición francesa. Pero el libro es una traducción del inglés, ¿no? En él aparece al menos el nombre del traductor.*

3. *En nuestra primera conversación telefónica usted mencionó que era posible que el autor viniera pronto a París para hacer una lectura en público. Me gusta-*

ría mucho asistir. ¿Se ha fijado ya alguna fecha? Si
es posible, quisiera reservar dos asientos.

Con la esperanza de no haber abusado de su amabilidad
y de su tiempo, espero su pronta respuesta.

Saludos cordiales,
Aurélie Bredin

Cogí el tabaco y me dejé caer pesadamente en la silla. *Mon Dieu*, Aurélie Bredin quería saber demasiado. ¡Maldita sea, qué obstinada era! Tenía que detener sus investigaciones como fuera. Los dos últimos puntos especialmente me daban dolor de tripa.

¡Prefería no imaginar lo que podría ocurrir si la entusiasmada mademoiselle Bredin se encontraba con un Robert Miller, más conocido como Samuel Goldberg, al margen de todo e iniciaba una conversación personal con él!

Pero la probabilidad de que la bella cocinera tuviera conocimiento de la lectura programada era mínima. Yo, al menos, no se lo iba a contar. Y como la entrevista en *Le Figaro* aparecería como pronto al día siguiente, tampoco habría ningún peligro por esa parte. Entonces todo habría pasado y ya se me ocurriría algo si ella descubría el artículo o se enteraba de que había habido una lectura en público.

(El hecho de que mademoiselle Bredin quisiera reservar *dos* asientos me había llamado la atención de forma desagradable. ¿Por qué necesitaba dos invitaciones? Era imposible que tuviera ya un nuevo admirador si acababa de sufrir su peor fracaso sentimental. Si hacía falta, yo podría consolarla).

Encendí otro cigarrillo y seguí pensando.

El punto dos, la pregunta sobre la versión original, era más problemático, ya que no *existía* ninguna versión en inglés y menos aún una editorial inglesa. Tendría que pensar una respuesta que resultara satisfactoria y que no llevara a mademoiselle Bredin a buscar al (inexistente) traductor. Tampoco iba a encontrar en internet nada sobre este tipo. Pero ¿qué pasaría si llamaba a la editorial y levantaba la liebre? Sería mejor que añadiera enseguida al traductor a mi lista de muertos. No había que infravalorar la energía de esa delicada mujer. Con lo decidida que estaba, seguro que al final llegaría hasta el mismísimo monsieur Monsignac.

Imprimí el email para llevármelo a casa. Allí podría pensar tranquilamente en lo que se podía hacer.

El papel salió de la impresora con un sonido apagado, me incliné hacia delante y lo cogí. Ya tenía dos cartas de Aurélie Bredin. Aunque ésta no era demasiado agradable.

Repasé otra vez las líneas impresas e intenté encontrar alguna palabra amable para André Chabanais. No hallé ninguna. Esa joven podía tener la lengua muy afilada. Se podía leer claramente entre líneas lo que pensaba del editor con el que había hablado una semana antes en los pasillos de la editorial: ¡nada! Era evidente que no había causado una gran impresión en Aurélie Bredin.

Aunque habría esperado un poco más de agradecimiento. Sobre todo si se tenía en cuenta que en realidad habíamos sido mi libro y yo los que la habíamos hecho feliz cuando más hundida estaba. Había sido *mi* humor el que la había hecho reír. Habían sido *mis* ideas las que la habían cautivado.

Sí, tengo que admitir que me dolió un poco que me despachara con unas pocas palabras, que tampoco eran muy amables, y unos «saludos cordiales» mientras mi álter ego era cortejado con elegancia y despedido con «mis más cordiales saludos».

Enfadado, di una calada al cigarrillo. Había llegado el momento de iniciar la fase dos y dirigir la admiración de mademoiselle Bredin hacia la persona adecuada.

Era evidente que mi aparición en el pasillo no había sido precisamente como para dar alas a la fantasía de una mujer. Había guardado silencio, había tartamudeado, la había mirado fijamente. Y antes, al teléfono, me había mostrado impaciente. Sí, *grosero*. No era de extrañar que la chica de los ojos verdes no se dignara mirarme.

De acuerdo, yo no era un tipo tan encantador como ese dentista de la foto del libro. Pero tampoco estoy tan mal. Soy alto, elegante y, a pesar de que en los últimos años no he hecho mucho deporte, mi cuerpo está bien entrenado. Tengo los ojos marrón oscuro, el pelo castaño, la nariz recta y las orejas pegadas a la cabeza. Y la discreta barba que llevo desde hace un par de años no le ha gustado nunca a *maman*. Al resto de las mujeres les parece muy «masculina». Al fin y al cabo, mademoiselle Mirabeau me había comparado recientemente con el editor de la película *La casa Rusia*.

Pasé el dedo con delicadeza por la pequeña estatua de bronce de Dafne que decoraba mi mesa. Lo que necesitaba, y lo necesitaba enseguida, era una oportunidad para mostrar a Aurélie Bredin mi cara más dulce.

Dos horas más tarde estaba yo en mi casa dando vueltas a la mesa del cuarto de estar, en la que reposaban en pacífica armonía una carta escrita a mano y un email impreso. En el exterior un viento desapacible barría las calles y había empezado a llover. Miré afuera: una señora mayor se peleaba con su paraguas, que amenazaba con darse la vuelta, y dos enamorados se cogieron de la mano y echaron a correr para refugiarse en un café.

Encendí las dos lámparas que había a derecha e izquierda del aparador, debajo de la ventana, y puse el CD de *Paris Combo*. Sonó la primera canción. Unos rítmicos acordes de guitarra y una suave voz de mujer inundaron la habitación.

«*On n'a pas besoin, non non non non, de chercher si loin...
On trouve ce qu'on veut à côté d'chez soi...*», entonó la cantante,
y yo escuché sus dulces palabras como si fueran una reve-
lación. No siempre había que buscar lejos, a veces se encuentra muy cerca lo que se está buscando.

De pronto supe lo que tenía que hacer. Escribiría dos
cartas. Una como André Chabanais. Otra como Robert Miller. Aurélie Bredin recibiría esa misma tarde en su correo
el email de respuesta del editor. Y la carta de Robert Miller
se la echaría yo personalmente en su buzón el miércoles,
pues por desgracia el despistado autor había tirado el sobre
con la dirección y me había enviado la contestación a mí
para que se la entregara a ella.

Lanzaría dos anzuelos, y lo mejor de todo era que en
ambos casos sería yo el pescador. Y si mi plan salía bien, el
viernes por la noche mademoiselle Bredin se sentaría en
La Coupole y pasaría una agradable velada con monsieur
Chabanais.

Cogí mi portátil y lo abrí, luego escribí la dirección de
correo electrónico de Aurélie Bredin y dejé los formalis-
mos a un lado.

Asunto: ¡¡¡Respuestas sobre Robert Miller!!!

Chère mademoiselle Bredin:

*Dado que ya nos conocemos un poco, me gustaría re-
nunciar al «Muy estimada mademoiselle Bredin», y espero
que a usted no le parezca mal.*

*En cuanto a su pregunta más importante, si bien no ha
sido formulada directamente: naturalmente que le he enviado su carta a Robert Miller, incluso la he mandado como
«urgente» para que su paciencia no se agote demasiado.
¡No piense tan mal de mí! No puedo reprocharle que me
considere un tipo raro. El día que apareció usted tan de repente en la editorial pasaron cosas poco agradables, y la-*

mento que tuviera la impresión de que yo trato de evitar de algún modo que usted contacte con Robert Miller. Es un autor magnífico y yo le aprecio mucho, pero también es un hombre bastante testarudo que vive apartado del mundo. No estoy muy seguro de que conteste a su carta, pero le deseo a usted que lo haga. Una carta tan bonita no puede quedar sin respuesta.

Borré esta última frase rápidamente. Yo no podía saber si la carta era bonita o no. Al fin y al cabo, me había limitado a enviársela a Robert Miller. Debía tener mucho cuidado para no ponerme en evidencia. En vez de eso escribí:

Si yo fuera el autor le contestaría a usted inmediatamente, pero eso no va a servirle de nada. Es una lástima que monsieur Miller no pueda ver lo guapa que es la lectora que le escribe. ¡Debería haberle enviado una foto suya!

No pude evitar incluir esa pequeña indirecta.

En cuanto al resto de sus preguntas:

1. *Por desgracia, Robert Miller no tiene página web. Es, como ya le he mencionado, un hombre muy reservado y no quiere dejar huella en internet. Hasta tuvimos dificultades para conseguir una foto suya para el libro. A diferencia de la mayoría de los autores, no le gusta que le reconozcan por la calle. No hay nada que odie más que alguien se pare de pronto delante de él y diga: «¿No es usted Robert Miller?».*

2. *En realidad, no existe edición inglesa de la novela. Por qué es así, es una larga historia con la que no quiero aburrirla en este momento. Sólo le diré que*

el agente que representa a Robert Miller, también un
inglés al que conozco bien, llegó directamente con el
manuscrito a nuestra editorial y nosotros lo tradu-
jimos. Hasta el momento no se ha publicado una
versión en inglés. Puede ser que la novela no sea
demasiado adecuada para el público inglés o que
el mercado inglés demandara otros temas en ese
momento.

3. *En la actualidad no está claro si monsieur Miller va*
   a estar disponible para la prensa próximamente, de
   momento parece que no.

Esto era mentira, pero también era verdad. En realidad, a París vendría un dentista que iba a contestar un par de preguntas y firmar un par de libros como si fuera Miller.

Para él fue un golpe muy duro que su mujer lo abando-
nara, y desde entonces le cuesta tomar decisiones. En cual-
quier caso, si viniera a París para una lectura en público
sería para mí un placer reservarle a usted una, o mejor di-
cho, dos invitaciones.

Hice una pausa y repasé la carta. Todo sonaba muy creíble, me pareció. Y, ante todo, el conjunto no era nada *grosero*. Y entonces lancé mi primer anzuelo:

Querida mademoiselle Bredin, espero haber respondido
a sus preguntas con este email. Me gustaría poder ayu-
darla más, pero entenderá que no puedo ponerme por en-
cima de los deseos (y derechos) de nuestro autor. En cual-
quier caso (y si me promete que no divulgará el secreto), a
lo mejor se puede organizar un encuentro informal.
Casualmente, me reuniré con Robert Miller el próximo
viernes para hablar con él de su nuevo libro. Ha sido una

idea imprevista, ese día él tiene cosas que hacer en París y, aunque no dispone de mucho tiempo, nos vamos a ver para cenar. Si le apetece y tiene tiempo de organizarse, tal vez podría dejarse caer por allí, como por casualidad, y brindar con nosotros, de este modo tendría al menos la oportunidad de saludar personalmente a su autor favorito.

Es lo único que puedo hacer por usted de momento, y lo hago sobre todo para que no vuelva a escribirme emails con un tono tan ofendido.

Bien, ¿qué le parece?

Era lo mejor y *más inmoral* que podía hacer por ella de momento y estaba bastante seguro de que Aurélie Bredin iba a morder el anzuelo. Era inmoral sobre todo porque al final la persona que le interesaba no iba a acudir a la cena. Pero eso no podía saberlo mademoiselle Bredin.

Envié el mensaje con «muy cordiales saludos» y me dirigí con paso firme a mi mesa para coger una hoja de papel y un bolígrafo.

Seguro que ella *venía*, sobre todo cuando leyera la carta de Robert Miller que me disponía a escribir. Me senté a la mesa, me serví una copa de vino y di un buen trago.

«*Dear Miss Bredin*», escribí con letra pomposa.

Y luego estuve un rato sin escribir nada. Estaba delante de un papel en blanco y ni siquiera sabía cómo empezar. Mi facilidad de palabra había desaparecido. Tamborileé con los dedos en la mesa y traté de pensar en Inglaterra.

¿Cómo escribiría un tipo que se llamaba Miller y que vivía solo y abandonado en un *cottage*? ¿Y cómo debía reaccionar a las preguntas de mademoiselle Bredin? ¿Era una casualidad que la protagonista de su novela fuera igual que la autora de la carta? ¿Era un misterio? ¿Ni siquiera él mismo se lo podía explicar? ¿Era una larga historia que algún día él le contaría a ella con calma?

Saqué la foto de Aurélie Bredin de la cartera, dejé que ella me sonriera y me perdí en agradables fantasías.

Pasado un cuarto de hora me puse de pie. Aquello no tenía ningún sentido.

—Míster Miller, no es usted nada disciplinado —dije con tono de reproche.

Era poco después de las diez, el paquete de tabaco estaba vacío y necesitaba comer algo cuanto antes. Me puse el abrigo e hice un gesto de despedida hacia la mesa.

—Enseguida vuelvo, entretanto puede ir usted pensando algo —dije—. Ya se le ocurrirá algo... ¡es usted escritor!

Seguía lloviendo cuando empujé la puerta de cristal empapada de La Palette, que a esa hora estaba bastante lleno. Me rodeó un animado barullo de voces y vi que en la parte posterior del bistró, en penumbra, estaban todas las mesas ocupadas.

La Palette, con sus sencillas mesas de madera y las paredes atestadas de cuadros, era muy frecuentado por artistas, galeristas y estudiantes, pero también por la gente del mundo editorial. Iban allí a comer o simplemente a tomar un café o una copa de vino. El viejo local estaba a sólo dos pasos de mi casa. Yo iba allí con frecuencia y casi siempre me encontraba a algún conocido.

—*Salut, André! Ça va?* —Nicolas, uno de los camareros, me saludó con la mano—. Un tiempo de perros, ¿no?

Me sacudí un par de gotas y asentí.

—Pues sí.

Me abrí paso entre la gente, me acerqué a la barra y pedí un *croque-monsieur* y una copa de vino tinto.

Curiosamente, el alegre bullicio que reinaba a mi alrededor me sentó bien. Me bebí el vino, di un mordisco al pan caliente, pedí otra copa de vino y eché un vistazo al local. Después de un día tan ajetreado, noté cómo la tensión iba disminuyendo y me sentía más relajado. A veces bastaba con alejarse un par de pasos de un problema para verlo todo mejor. Escribir una carta como Robert Miller era un juego de niños. Al fin y al cabo, se trataba tan sólo de insistir en la idea fija de Aurélie Bredin hasta conseguir interponerme entre el autor y ella.

No siempre era una ventaja trabajar en un sector que vivía exclusivamente de palabras, historias e ideas, y había habido momentos de mi vida en los que me habría gustado tener algo más palpable, más real, más monumental, algo que se creara con las manos, como hacer una estantería de madera o un puente, algo que fuera más materia y menos espíritu.

Cada vez que veía la Torre Eiffel alzarse tan audaz e imperturbable en el cielo de París pensaba con orgullo en mi bisabuelo, un ingeniero que ideó muchos inventos y participó en la construcción de ese impresionante monumento de hierro y acero.

¡Qué magnífica sensación debía de ser poder crear algo así!, me había dicho yo con frecuencia. Aunque en ese momento no me habría querido cambiar por mi bisabuelo. Yo no podía construir ninguna Torre Eiffel (ni siquiera una estantería de madera, la verdad), pero sabía manejar las palabras. Podía escribir cartas e inventar la historia adecuada. Algo que sedujera a una mujer romántica que no creía en las casualidades.

Pedí otra copa de vino tinto y me imaginé la velada con Aurélie Bredin, a la que pronto le seguiría, de eso estaba seguro, una cena mucho más íntima en Le Temps des Cerises. Sólo tenía que mover los hilos con habilidad. Y un día, cuando Robert Miller llevara ya mucho tiempo olvidado y tuviéramos muchos maravillosos años de convivencia a nuestras espaldas, tal vez incluso le contara toda la verdad. Y nos reiríamos los dos juntos.

Ése era el plan. Pero, naturalmente, nada salió según lo previsto.

No sé por qué, pero de algún modo las personas no pueden evitarlo. Hacen planes y planes. Y luego se sorprenden si esos planes no funcionan.

Y así estaba yo, sentado en la barra y recreándome en mis visiones de futuro, cuando alguien me dio un golpecito en el hombro. Una cara sonriente apareció ante mí y enseguida regresé al presente.

Delante de mí estaba Silvestro, mi viejo profesor, con el que había dado algunas clases el año anterior para refrescar mi italiano ya oxidado.

—¡*Ciao*, André, me alegro de verte! —dijo—. ¿Quieres sentarte con nosotros? —Señaló una mesa a su espalda en la que había dos hombres y tres mujeres. Una de ellas, una atractiva pelirroja con pecas y una bonita boca, nos miró sonriendo. Silvestro siempre andaba rodeado de chicas especialmente guapas.

—Ésa es Giulia —dijo Silvestro, guiñándome un ojo—. Una nueva alumna. Preciosa, y todavía hay posibilidades... —Hizo un gesto a la pelirroja—. Bueno, ¿qué? ¿Vienes?

—Es muy tentador —dije, sonriendo—, pero no, gracias. Tengo cosas que hacer.

—¡Ay, ahora olvídate del trabajo! Trabajas demasiado. —Silvestro gesticuló.

—No, no. Esta vez es un asunto privado —dije yo con ademán pensativo.

—Aaaah, quieres decir que... tienes un plan, ¿no? —Silvestro me miró con picardía y esbozó una sonrisa.

—Sí, se podría decir que sí. —Le devolví la sonrisa y pensé en el papel en blanco que había dejado en casa y que de pronto empezaba a llenarse de palabras y frases. Me entró mucha prisa.

—*Pazzo*, ¿por qué no me lo has dicho? ¡Bueno, entonces no quiero ser un estorbo! —Silvestro me dio un par de palmadas en el hombro antes de volver a su mesa.

—¡Chicos, tiene planes! —oí que decía, y los demás hicieron gestos y se rieron.

Cuando me dirigí hacia la puerta abriéndome paso entre los clientes que charlaban y bebían en la barra, creí ver durante unas décimas de segundo una figura esbelta de pelo largo, rubio y oscuro que estaba sentada al fondo y gesticulaba ostensiblemente.

Sacudí la cabeza. ¡Qué locura! Aurélie Bredin estaba en ese momento en su pequeño restaurante de la Rue Princesse. Y yo estaba un poco bebido.

Entonces se abrió la puerta, entró un chorro de aire frío y con él un hombre desgarbado con el pelo rizado y rubio y una chica morena con un abrigo rojo carmín que se pegaba mucho a él.

Parecían muy felices y me aparté para dejarles pasar. Luego salí a la calle con las manos en los bolsillos.

En París hacía frío y llovía, pero el tiempo no importa cuando se está enamorado.

7

—En el fondo, todo esto te parece una locura, ¿verdad? ¡Admítelo sin reparos!

Llevaba ya un buen rato sentada con Bernadette en La Palette, que esa tarde estaba lleno hasta los topes. Habíamos conseguido una mesa al fondo, junto a la pared, y nuestra discusión ya no se centraba en *Vicky Cristina Barcelona*, la película que acabábamos de ver, sino en lo realistas o poco realistas que eran las expectativas de una tal Aurélie Bredin.

Bernadette suspiró.

—Yo creo que, a la larga, tal vez sería mejor centrar las energías en proyectos más realistas; de lo contrario, luego volverás a sentirte decepcionada.

—¡Ajá! —admití—. Pero si esa tal Cristina se lía con un español completamente desconocido que le dice que le gustaría irse a la cama no sólo con ella, sino también con su amiga, ¿eso a ti te parece *realista*?

Nuestras opiniones sobre la protagonista de la película eran bastante diferentes.

—Yo no he dicho eso. Sólo he dicho que me parece *comprensible*. Al fin y al cabo, el tipo es sincero. Eso me gusta. —Me sirvió un poco de vino—. ¡Dios mío, Aurélie! Es sólo una película. ¿Por qué te pones así? A ti te parece poco creíble lo que pasa, a mí me parece creíble. A ti te ha caído mejor Vicky, a mí Cristina. ¿Tenemos que discutir por eso?

—No. Lo que pasa es que me molesta que midas las cosas con un doble rasero. Sí, puede que sea poco probable que ese hombre me conteste, pero *no* es poco realista —dije yo.

—¡Ay, Aurélie! No se trata de eso. Hoy te he ayudado a buscar información sobre ese autor en internet. Todo esto me parece muy divertido y emocionante. Pero no me gustaría que volvieras a sufrir una desilusión. —Me cogió de la mano y suspiró—. Parece que se te dan bien las historias desesperadas, ¿sabes? Primero estuviste con ese extraño diseñador gráfico que cada dos semanas desaparecía y estaba un poco loco. Y ahora sólo hablas de ese misterioso autor que, aparte de lo que tú interpretas en su novela, parece ser un tanto difícil.

—Eso es lo que dice ese raro cancerbero. ¿Sabes tú si es verdad? —Me quedé callada y, ofendida, hice unos dibujos con el tenedor en la servilleta.

—No, no lo sé. Escucha, yo sólo quiero que seas feliz. Y a veces tengo la sensación de que te entusiasmas con cosas que no pueden salir bien.

—Pero un pediatra... eso sí sale bien, ¿no? —repliqué—. Es algo muy realista.

Búscate mejor un pediatra agradable en vez de encapricharte siempre de cosas tan poco realistas, me había dicho Bernadette cuando, al salir del cine, me pregunté en voz alta cuánto tardaría en llegar una carta desde Inglaterra a Francia.

—Vale, no debí decir eso del pediatra —dijo ella ahora—. Aunque ese Olivier es realmente agradable.

—Sí, un tipo aburrido muy agradable. —En verano, cuando yo todavía estaba con Claude, Bernadette me había presentado en su fiesta de cumpleaños al doctor Olivier Christophle, y desde entonces no había perdido la esperanza de que alguna vez formáramos pareja.

—Sí, sí, tienes razón —dijo Bernadette, moviendo la mano en el aire—. No es lo bastante excitante. —Una ligera sonrisa jugueteó en sus labios—. Está bien. De momento esperaremos impacientes a ver cuánto tiempo necesita el servicio de correos para traer una carta desde Inglaterra a París. Y me gustaría que siguieras manteniéndome al tanto de este asunto, ¿de acuerdo? Y si alguna vez llega el momento de salir con un pediatra aburrido muy agradable, puedes decírmelo tranquilamente.

Arrugué la servilleta y la lancé sobre mi plato, en el que todavía se veían restos de una tortilla de jamón.

—*D'accord!* Lo haremos así —dije, y busqué el monedero en el bolso—. Te invito.

Noté un leve soplo de aire en la espalda y encogí los hombros tiritando.

—¿Por qué la gente tiene que dejar la puerta tanto tiempo abierta? —dije, y acerqué la bandejita con la cuenta.

Bernadette me miró estupefacta, luego guiñó los ojos.

—¿Qué pasa? ¿Es que he dicho ya algo malo? —pregunté.

—No, no. —Bajó rápidamente la mirada y en ese momento me di cuenta de que no me había mirado a mí—. Vamos a tomar un café —dijo. Alcé las cejas con gesto de sorpresa.

—¿Desde cuándo tomas café a estas horas? Siempre dices que luego no puedes dormir.

—Pues ahora me apetece tomar un café. —Me miró como si quisiera hipnotizarme y sonrió—. Mira, mira —dijo, y sacó del bolso una cartera de piel—. ¿Has visto estas fotos de Marie? Es en casa de mis padres, en Orange, en el jardín.

—No... Bernadette... ¿qué... qué significa esto? —Noté que sus ojos observaban intranquilos a través de mí—. ¿Qué estás mirando?

Bernadette veía todo el bistró mientras que yo estaba frente a una pared forrada de tablas de madera de la que colgaba un cuadro.

—Nada. Estoy buscando al camarero. —Parecía inquieta e hice ademán de volverme—. ¡No te vuelvas! —siseó Bernadette, agarrándome del brazo, pero ya era demasiado tarde.

En el centro de La Palette, justo en el paso hacia la parte posterior del bistró, donde estábamos sentadas nosotras, estaba Claude esperando para ocupar una mesa junto a la ventana en la que el camarero en ese momento estaba cobrando. Con un brazo envolvía cariñosamente a una joven que, con su pelo negro y sus mejillas rosadas, parecía una princesa mongola. Llevaba un entallado abrigo rojo adornado con un diminuto volante en los puños y en el bajo. Y era evidente que estaba embarazada.

Me pasé todo el viaje a casa llorando. Bernadette iba sentada a mi lado en el taxi, me sujetaba el brazo con fuerza y me iba dando un pañuelo tras otro.

—¿Y sabes qué es lo peor? —dije sollozando algo más tarde, cuando Bernadette se sentó junto a mí en la cama y me obligó a tomar un vaso de leche caliente con miel—. Ese abrigo rojo... hace poco lo vimos juntos en un escaparate, en la Rue du Bac, y yo dije que me lo pedía por mi cumpleaños...

Lo que más me dolía era la traición. Las mentiras. Conté los meses hacia atrás con los dedos y llegué a la conclusión de que seis meses antes Claude ya me engañaba. ¡Maldita sea, parecía tan feliz con su princesa mongola, apoyando la mano en su incipiente barriga!

Esperamos a que los dos ocuparan su mesa junto a la ventana. Luego salimos a la calle a toda prisa. Pero Claude no me habría visto en ningún caso. Sólo tenía ojos para su Blancanieves.

—¡Ay, Aurélie! Cuánto lo siento. Ahora que ya lo habías superado. ¡Y mira esto! Es como de novela barata.

—Él no debía haberle regalado ese abrigo... no tiene corazón. —Miré a Bernadette con cara de lástima—. ¡Esa mujer está ahí, con *mi* abrigo, y parece tan feliz! ¡Y yo, que dentro de poco es mi cumpleaños, estoy aquí, completamente sola... y sin abrigo! Es totalmente injusto.

Bernadette me pasó la mano por el pelo.

—Bebe un poco de leche —dijo—. ¡Claro que es injusto! Y horrible. Algo así no debería ocurrir, pero las cosas no siempre salen según lo planeado. Y, en realidad, no se trata de Claude, ¿verdad?

Sacudí la cabeza y tomé un sorbo de leche. Bernadette tenía razón, en realidad no se trataba de Claude, sino de algo que al final siempre toca nuestra alma, el amor hacia una persona que todos buscamos, hacia la que extendemos las manos durante toda nuestra vida para tocarla y retenerla.

Bernadette parecía pensativa.

—Sabes que yo nunca he tenido muy buena opinión de Claude —dijo—. Pero a lo mejor ha encontrado ya a la mujer de su vida. A lo mejor hacía tiempo que te lo quería decir y estaba esperando el momento apropiado. Un momento que, naturalmente, nunca llega. Y luego murió tu padre. Y entonces era aún más difícil, y él no quiso abandonarte precisamente en esa situación. —Torció la boca como hacía siempre que estaba pensando—. Podría ser.

—Pero el abrigo... —insistí yo.

—El abrigo... ¡eso es imperdonable! Para eso tenemos que pensarnos algo. —Se inclinó sobre mí y me dio un beso—. Ahora intenta dormir, es muy tarde. —Hundió su dedo índice en mi colcha—. Y tú no estás sola, ¿me oyes? Alguien cuida siempre de ti... Tu vieja amiga Bernadette.

Oí cómo se alejaban sus pasos lentamente. ¡Tenía una forma de andar tan firme y segura!

—Buenas noches, Aurélie —gritó otra vez, y crujió el suelo de madera de la entrada. Luego apagó la luz y oí cómo la puerta se cerraba a sus espaldas.

—Buenas noches, Bernadette —susurré—. Me alegro de que existas.

No sé si se debió a la leche caliente con miel, pero esa noche dormí sorprendentemente bien. Cuando me desperté, el sol iluminaba mi dormitorio por primera vez en muchos días. Me levanté y abrí las cortinas. Un cielo claro y azul cubría París o al menos el pequeño rectángulo que, entre las paredes del patio, podía ver desde mi balcón.

Siempre se ve sólo una parte del conjunto, pensé mientras me preparaba el desayuno. Me gustaría poder ver alguna vez todo el conjunto.

La noche anterior, cuando había visto a Claude con su novia embarazada y la imagen se me clavó como una aguja en el corazón, me pareció ver toda la verdad. Pero era sólo *mi* verdad, mi visión de las cosas. La verdad de Claude era otra. Y la verdad de la mujer del abrigo rojo también era otra diferente.

¿Se podía entender a una persona en su intimidad más profunda? ¿Lo que la movía, lo que la empujaba, lo que soñaba?

Puse los platos en el fregadero y dejé correr el agua sobre ellos.

Claude me había engañado, pero a lo mejor yo también me había dejado engañar. Jamás le pregunté nada. A veces se vive mejor con la mentira que con la verdad.

Claude y yo no habíamos hablado nunca en serio sobre el futuro. Él nunca me había dicho: «Quiero tener un hijo contigo». Y yo tampoco se lo había dicho nunca a él. Habíamos recorrido juntos un corto tramo del camino. Había habido momentos más bonitos y menos bonitos. Y no tenía sentido exigir justicia en asuntos del corazón.

El amor era lo que era. Ni más, ni menos.

Me sequé las manos. Luego me dirigí a la cómoda de la entrada y abrí el cajón. Saqué la foto en la que salíamos Claude y yo y la miré un rato.

—Te deseo suerte —dije, y luego la puse en la vieja caja de puros donde guardo mis recuerdos.

Antes de salir de casa para ir al mercado y comprar en la carnicería, fui hasta el dormitorio y pegué un nuevo papel en mi pared de las reflexiones.

Sobre el amor cuando se acaba

El amor, cuando se acaba, es siempre triste.
Rara vez es generoso.
El que abandona tiene mala conciencia.
El que es abandonado se lame las heridas.
El fracaso casi duele más que la separación.
Pero al final cada uno es lo que era siempre.
Y a veces queda una canción,
una hoja de papel con dos corazones,
el dulce recuerdo de un día de verano.

8

Cuando recibí la llamada estaba intentando pedir perdón a una ofendidísima mademoiselle Mirabeau.

Ya durante la reunión me había llamado la atención que la asistente, siempre tan amable, no se hubiera dignado mirarme, y cuando yo hice un esfuerzo y hablé con tanto humor sobre un libro que incluso la altiva Michelle Auteuil estuvo a punto de caerse de la silla, la joven rubia apenas hizo un solo gesto. Todos mis intentos de hablar con ella después de la reunión, mientras íbamos juntos por el pasillo, habían fracasado. Ella sólo dijo «sí» y «no», y no le pude sacar nada más.

—Venga un momento a mi despacho —dije cuando llegamos a la secretaría.

Ella asintió y me siguió en silencio.

—Por favor —dije, señalando una de las sillas que había alrededor de una pequeña mesa redonda—. Siéntese.

Mademoiselle Mirabeau se sentó como una condesa ofendida. Cruzó los brazos, cruzó las piernas, y yo no pude evitar quedarme admirado ante las medias de seda de rejilla que llevaba debajo de la minifalda.

—¿Y bien? —dije con jovialidad—. ¿Dónde le aprieta el zapato? Dígamelo. ¿Qué ocurre?

—Nada —contestó ella, y miró el parqué como si hubiera descubierto algo sorprendente.

Era peor de lo que me temía. Cuando las mujeres afirman que no pasa «nada», significa que están muy enfadadas.

—Hmm... —dije—. ¿Está segura?

—Sí —contestó. Era evidente que había decidido dirigirme sólo frases de una sola palabra.

—¿Sabe una cosa, mademoiselle Mirabeau?

—No.

—No la creo.

Florence Mirabeau me obsequió con una fugaz mirada antes de volver a centrarse en el parqué.

—Venga, mademoiselle Mirabeau, no se enfade. Dígale al viejo André Chabanais por qué está tan ofendida, de lo contrario no voy a poder dormir esta noche.

Noté que tuvo que contener una sonrisa.

—Tampoco es usted tan viejo —replicó—. Y si no puede usted dormir, se lo merece. —Se tiró de la falda y yo esperé—. ¡Me dijo que no le mirara con cara de tonta! —soltó finalmente.

—¿Le he dicho yo eso? Eso es... sí, eso es una monstruosidad.

—Pues lo ha dicho. —Me miró por primera vez—. Ayer, cuando hablaba por teléfono. Me trató fatal. Yo sólo quería entregarle ese informe. Usted me había dicho que era urgente y me pasé todo el fin de semana leyendo y ayer dejé otros compromisos y lo hice lo más deprisa posible. Y así me lo agradece. —Después de esas encendidas palabras tenía las mejillas rojas—. Me trató de forma muy grosera.

Ahora que lo decía, recordé mi nerviosa conversación telefónica con Adam Goldberg, que mademoiselle Mirabeau había interrumpido.

—*Oh, mon Dieu, mon Dieu*, lo siento. —Miré a la pequeña mimosa que estaba sentada ante mí con cara de reproche—. Lo siento, lo siento *de verdad* —repetí otra vez con gran énfasis—. ¿Sabe? Yo no quería ofenderla, estaba tan alterado...

—Aun así —dijo ella.

—No, no —dije yo, alzando las manos—. Eso no es una disculpa. Prometo mejorar. De verdad. ¿Me perdona?

La miré con gesto de arrepentimiento. Ella bajó la mirada y sus labios temblaron mientras balanceaba sus preciosas piernas.

—Como recompensa le ofrezco... —Hice una pequeña reverencia ante ella y pensé unos instantes—. ¡Una tarta de frambuesas! ¿Qué le parece? ¿Me permite que la invite mañana a mediodía a un trozo de tarta de frambuesas en Ladurée?

Ella sonrió.

—Ha tenido suerte —dijo—. ¡Me encanta la tarta de frambuesas!

—¿Significa eso que ya no está enfadada conmigo?

—Sí, así es. —Florence Mirabeau se puso de pie—. Y ahora voy a buscar el informe —dijo con tono conciliador.

—¡Sí, hágalo! —exclamé—. ¡Estupendo! ¡Apenas puedo esperar! —Me puse de pie para acompañarla hasta la puerta.

—Tampoco hace falta que exagere, monsieur Chabanais. Yo sólo hago mi trabajo.

—¿Y puedo decirle una cosa, mademoiselle Mirabeau? Hace usted muy bien su trabajo.

—¡Oh! —dijo ella—. Gracias. Es muy amable por su parte, monsieur Chabanais, yo... —Se sonrojó de nuevo y se detuvo un instante en la puerta, vacilante, como si quisiera decir algo más.

—¿Sí? —pregunté.

Y entonces sonó el teléfono. No quería ser otra vez descortés, así que me quedé parado en vez de empujar a Florence Mirabeau fuera del despacho y abalanzarme sobre el aparato.

—Venga, conteste, a lo mejor es una llamada importante —dijo mademoiselle Mirabeau al tercer timbrazo.

Sonrió y desapareció por la puerta. Lástima, probablemente no supiera nunca lo que había querido decirme. Pero en algo tenía razón.

Aquella llamada *era* importante.

Reconocí la voz al instante. La habría reconocido entre cientos de otras voces. Sonaba como la primera vez, sin aliento, como si fuera de alguien que acababa de subir las escaleras corriendo.

—¿Hablo con monsieur André Chabanais? —preguntó.

—Al aparato —respondí, y me recliné en la silla con una amplia sonrisa en la cara. El pez había mordido el anzuelo.

Aurélie Bredin estaba entusiasmada con mi propuesta de que, con mi ayuda, pudiera encontrarse «casualmente» con Robert Miller. Parecía haber olvidado las preguntas de su altivo email dirigido al *grosero* editor de Éditions Opale.

—¡Qué idea tan fantástica! —exclamó.

Yo también pensaba que mi idea era fantástica, pero, naturalmente, eso me lo guardé para mí.

—Bueno, tampoco es que sea una idea *tan* fantástica, pero... no está mal —aclaré dándome cierta importancia.

—Es *tan* increíblemente amable por su parte, monsieur Chabanais —prosiguió Aurélie Bredin, y yo disfruté de mi improvisado papel.

—*Il n'y a pas de quoi*. No tiene importancia —repliqué con tono de hombre de mundo—. Será un placer poder ayudarla en cualquier otra cosa.

Ella guardó silencio un instante.

—Y yo que pensaba que era usted un editor malhumorado que no deja que nadie se acerque a su autor —dijo con voz apagada—. Espero que no me lo tenga en cuenta.

¡Triunfo, triunfo! Ése era, sin duda, el día de las reconciliaciones.

A mí no me ofrecieron ninguna tarta de frambuesas, pero tengo que admitir que no me importó. El leve sentimiento de culpabilidad de Aurélie Bredin tenía un sabor mucho más dulce.

—Pero mi querida mademoiselle Bredin, no *podría* tenérselo en cuenta ni aunque quisiera. Tampoco es que yo le mostrara precisamente mi mejor cara. Olvidemos todo este desagradable comienzo y centrémonos en nuestro plan. —Acerqué la silla a la mesa y abrí mi agenda.

Dos minutos más tarde estaba todo pensado. Aurélie Bredin aparecería el viernes a las siete y media en La Coupole, donde yo habría reservado una mesa a mi nombre, y allí tomaríamos una copa. Hacia las ocho llegaría Robert Miller (con el que supuestamente yo había quedado para hablar sobre su nuevo libro) y así ella tendría ocasión de conocerle.

Al elegir el restaurante dudé un instante.

Para mis verdaderas intenciones habría sido más apropiado un restaurante tranquilo y discreto, con mullidos asientos de terciopelo rojo, como Le Belier, que el famoso La Coupole, la enorme y animada *brasserie* siempre llena por las noches. Pero habría resultado un tanto extraño citar a un autor inglés en un local que parecía hecho para los enamorados.

La Coupole era más neutral y, dado que el autor no iba a aparecer jamás, pensé que si el restaurante no era demasiado romántico tendría más oportunidades de cenar otra vez con la caprichosa mademoiselle Bredin.

—¿En La Coupole? —preguntó ella, y noté al instante que contenía su sorpresa—. ¿De verdad quiere ir a ese sitio para turistas?

—Lo ha propuesto Miller —repliqué—. Antes tiene algo que hacer en Montparnasse y, además, le gusta La Coupole. —Yo también habría preferido Le Temps des Cerises, pero no se lo podía decir, obviamente.

—¿Que le gusta La Coupole? —No podía ocultar su irritación.

—Bueno, al fin y al cabo, él es inglés. La Coupole le parece grandioso. Dice que esa *brasserie* le hace sentirse siempre muy... alegre, porque está siempre muy animada.

—Ajá. —Y eso fue todo lo que mademoiselle Bredin dijo al respecto.

—Además, es un verdadero fan del *fabuleux curry d'agneau des Indes* —añadí, y me pareció que resultaba muy convincente.

—¿El famoso cordero al curry indio? —repitió mademoiselle Bredin—. No lo he probado nunca. ¿Es realmente tan bueno?

—Ni idea —contesté—. Seguro que usted, como cocinera, podrá valorarlo mejor que nadie. En cualquier caso, Miller quedó absolutamente entusiasmado la última vez. A cada bocado decía «*delicious, absolutely delicious*». Aunque en realidad los ingleses no son muy exquisitos con la comida... *Fish and chips*, ya sabe... Creo que les parece increíble que alguien añada curry y coco rallado a la comida, ja, ja, ja.
—Me habría gustado que Adam Goldberg hubiera podido oírme en ese momento.

Aurélie Bredin no se rio.

—Creía que Robert Miller adoraba la cocina *francesa*.
—Era evidente que se sentía herida en su orgullo como cocinera.

—Bueno, eso podrá preguntárselo usted misma —repliqué para no tener que seguir discutiendo acerca de las preferencias culinarias de mi autor. Pinté con el bolígrafo un dibujo compuesto de pequeños triángulos en mi agenda—. ¿Habrá recibido ya monsieur Miller su carta?

—Supongo que sí. Aunque todavía no he recibido ninguna respuesta, si es eso lo que desea saber. —Sonaba un poco irritada.

—Ya le escribirá —me apresuré a decir—. A más tardar después de haberla conocido personalmente el viernes por la noche.

—¿Qué quiere decir con eso?

—Que es usted una joven muy atractiva a cuyos encantos no puede resistirse ningún hombre... Ni siquiera un escritor inglés apartado del mundo.

Ella se rio.

—Es usted muy malo, monsieur Chabanais, ¿lo sabe?

—Sí, lo sé. Peor de lo que usted piensa.

9

*P*ost *Nubila Phoebus*. Susurré en voz baja la inscripción grabada en la piedra blanca y pasé mis dedos por las letras con suavidad. «Tras las nubes, el sol».

Había sido el lema de mi padre, un hombre de formación humanista —algo que tal vez no parecía necesario en su profesión—, un hombre que, a diferencia de su hija, había leído mucho. Después de la lluvia sale el sol. ¡Qué sabio era!

Había ido al cementerio Père-Lachaise. Sobre mi cabeza avanzaban a toda velocidad nubes blancas por el cielo, y el sol, cuando salía, calentaba un poco. Desde el Día de Todos los Santos no había vuelto a visitar la tumba de papá, pero ese día había sentido una gran necesidad de ir hasta allí.

Retrocedí un paso y deposité el colorido ramo de margaritas y crisantemos en la losa de piedra de la tumba cubierta de hiedra.

—¡No puedes ni imaginar todo lo que ha pasado, papá! —dije—. Te sorprenderías.

La semana había empezado de un modo muy desafortunado, y ahora estaba allí, en el cementerio, y me sentía extrañamente feliz y excitada. Y, sobre todo, expectante ante lo que ocurriría al día siguiente por la noche.

El sol que el martes, después del tiempo nublado y lluvioso de los últimos días, iluminó con fuerza mi habitación había sido como un presagio. De pronto, todo parecía ir bien.

Una vez que el martes por la mañana dejé la compra en el restaurante, diseñé con Jacquie tres posibles menús prenavideños y pensé más de una vez en el abrigo rojo y en su dueña. Por la tarde me fui a casa y decidí llenar ese día no demasiado brillante de mi vida con alguna actividad tampoco demasiado brillante antes de volver por la noche al restaurante.

Así que me senté delante del ordenador y me dispuse a guardar en formato electrónico un montón de facturas que habían vencido hacía tiempo.

Pero antes eché un breve vistazo a mis emails y me encontré uno muy amable, sí, se podría decir que encantador, de monsieur Chabanais. En él no sólo respondía a todas mis preguntas, sino que además, para mi sorpresa, me hacía una propuesta que enseguida me entusiasmó.

Me ofrecía la posibilidad de conocer, si bien brevemente, a Robert Miller, ya que monsieur Chabanais se iba a reunir con él y me invitaba a unirme a ellos como de casualidad.

Acepté el ofrecimiento, naturalmente, y a diferencia de mi primera conversación telefónica con el editor, esta vez el diálogo fue muy ameno, casi un coqueteo, y, de algún modo, ayudó a mejorar mi estado de ánimo.

Cuando se lo conté a Bernadette, se burló de mí y dijo que ese editor le gustaba cada vez más y que si al final se demostraba que el autor inglés no era tan maravilloso como su novela, siempre me quedaría esa opción.

—Eres imposible, Bernadette. Siempre quieres liarme con todos los hombres. En cualquier caso, prefiero al escritor... es más guapo y, además, es él quien ha escrito el libro, ¿o es que lo has olvidado?

—¿Acaso este hombre es más feo que un pecado? —preguntó Bernadette.

—¿Qué sé yo? —repliqué—. No, probablemente no, tampoco me he fijado tanto en él. André Chabanais no me interesa en absoluto. Además, tiene barba.

—¿Y qué hay de malo en ello?

—¡Déjalo ya, Bernadette! Ya sabes que no me gustan los hombres con barba. Es que ni siquiera los miro.

—¡Grave error! —discrepó Bernadette.

—Además, no estoy buscando un hombre. No busco ningún hombre, ¿me oyes? Sólo quiero tener la oportunidad de hablar con ese escritor... por los motivos que ya conoces. Y porque le estoy muy agradecida.

—¡Oh, providencia divina, avatares del destino, veamos...! —Bernadette parecía el coro de una tragedia griega.

—Exacto —dije yo—. Ya lo verás.

Esa misma tarde le había dicho a Jacquie que el viernes no podría ir al restaurante. Había llamado a Juliette Meunier, una jefa de camareros muy buena y profesional que antes trabajaba en el restaurante del Lutetia y que ya me había sustituido en un par de ocasiones. Ahora estudiaba arquitectura de interiores y ya sólo trabajaba por horas en la hostelería. Afortunadamente, no tenía nada previsto y aceptó enseguida.

Naturalmente, Jacquie no se mostró muy entusiasmado.

—¿Es necesario? ¿Un viernes? Y justo ahora que Paul está enfermo —gruñó mientras manejaba ollas y sartenes y preparaba la comida de nuestro pequeño equipo.

Siempre cenábamos todos juntos una hora antes de que el restaurante abriera: Jacquie, nuestro jefe de cocina y el mayor de todos, Paul, el joven segundo jefe de cocina, Claude y Suzette, los dos pinches de cocina, y yo. Esas comidas, en las que no se trataban sólo temas relacionados con el restaurante, tenían algo muy familiar. Hablábamos, discutíamos, reíamos... y luego cada uno se dedicaba a su tarea con más ganas.

—Lo siento, Jacquie, pero aunque te parezca sorprendente, tengo una cita muy importante —dije, y el cocinero me dirigió una penetrante mirada.

—Pues parece haber surgido de forma sorprendente, esa cita, digo. Hoy a mediodía, cuando hemos hablado de los menús navideños, no sabías nada.

—Ya he llamado por teléfono a Juliette —me apresuré a decir para que no siguiera indagando—. Vendrá encantada, y deberíamos plantearnos si cogemos a alguien más para la cocina en diciembre. Si Paul sigue enfermo, yo puedo ayudarte en la cocina, y le preguntaremos a Juliette si puede sustituirme los fines de semana en el restaurante.

—*Ah, non*, no me gusta trabajar con mujeres en la cocina —dijo Jacquie—. Las mujeres no tienen suficiente ingenio en la cocina.

—No seas descarado —dije—. Yo tengo suficiente ingenio en la cocina. Eres un viejo chovinista, Jacquie.

Jacquie sonrió.

—Siempre lo he sido, siempre lo he sido.

Picó a un ritmo sorprendente dos grandes cebollas sobre la tabla de madera y con el cuchillo empujó los trozos en una gran sartén.

—Además, tú no eres demasiado buena con las salsas. —Esperó a que los trozos de cebolla se hubieran dorado en la mantequilla, lo regó todo con vino blanco y bajó un poco el gas.

—¿Qué estás diciendo, Jacquie? —grité, enfadada—. Tú mismo me has enseñado a hacer salsas, y mi *filet* con salsa de pimienta es absolutamente delicioso, eso has dicho tú siempre.

Sonrió con satisfacción.

—Sí, tu salsa de pimienta es maravillosa, pero sólo porque tu padre te enseñó su receta secreta. —Lanzó un puñado de patatas en la freidora y mis protestas quedaron ahogadas por el chisporroteo del aceite caliente.

Cuando Jacquie trabajaba en los fogones se convertía en un malabarista. Le gustaba mantener varias pelotas en el aire a la vez, y uno se quedaba boquiabierto viéndole.

—En cambio, preparas muy bien los postres, eso tengo que reconocerlo —prosiguió Jacquie sin inmutarse, y revolvió la sartén—. Bueno, esperemos que Paul se haya recuperado para el sábado. —Me lanzó una mirada por encima de la freidora y guiñó un ojo—. Una cita importante, ¿no? ¿Cómo se llama el afortunado?

El afortunado se llamaba Robert Miller, aunque él no sabía nada de lo que le esperaba. No sabía que el viernes iba a tener una cita a ciegas en La Coupole. Y yo no sabía si le iba a sentar bien que una intrusa se colara en su conversación con André Chabanais.

Pero entonces llegó el jueves y, con él, una carta que me hizo tener la certeza de que yo había hecho todo correctamente y de que a veces es bueno dejarse guiar por los sentimientos por muy absurdo que les parezca a otras personas.

Saqué la carta del buzón, en el que ya sólo aparecía mi nombre. En el sobre había un pequeño papel pegado en el que se podía leer:

> *Querida mademoiselle Bredin: ayer por la tarde llegó esta carta a la editorial. ¡Enhorabuena! Robert Miller perdió sus señas y por eso nos la ha enviado a nosotros. He pensado que lo mejor era que yo se la entregara a usted directamente. Nos vemos mañana por la noche.* Bonne lecture! *André Chabanais.*

Sonreí. Era típico de ese tal Chabanais felicitarme como si yo hubiera ganado una competición y desearme que disfrutara con la lectura de la carta. Probablemente, estaría sorprendido de que el autor me hubiera contestado.

Ni por un momento se me ocurrió pensar por qué conocía André Chabanais mi dirección privada.

No pude esperar. Me senté en la fría escalera de piedra con el abrigo puesto y abrí el sobre. Luego leí las frases que habían sido plasmadas sobre el papel con bolígrafo azul y letra inclinada.

Dear *Miss Aurélie Bredin:*

Me ha hecho muy feliz recibir su amable carta. Por desgracia, también le ha gustado mucho a mi pequeño perrito Rocky, especialmente el sobre. Cuando me di cuenta, ya era demasiado tarde, y Rocky, ese pequeño monstruo glotón, se lo había tragado con las señas.

Tengo que pedirle disculpas por mi perro, es todavía un cachorro, de modo que le envío la carta a mi leal editor, André Chabanais, quien se la entregará a usted, eso espero. Me gustaría decirle, querida mademoiselle Bredin, que he recibido muchas cartas de admiradoras, pero ninguna tan bonita y conmovedora como la suya.

Me alegro mucho de que mi pequeña novela sobre París le haya servido de ayuda en un momento en el que se sentía usted tan desgraciada. Al menos ha servido para algo, y eso es más de lo que se puede decir de la mayoría de los libros. (¡Espero que consiguiera escapar de la policía definitivamente!). Creo que puedo entenderla perfectamente. Yo también me sentí fracasado durante un tiempo y sé cómo se encuentra.

No soy un tipo al que le guste mostrarse en público, prefiero pasar desapercibido, y me temo que resulto algo aburrido, pues me gusta mucho estar en mi cottage, *pasear por el campo y reparar coches antiguos, pero si a usted todo esto no le asusta, cuando vaya a París aceptaré encantado la deliciosa invitación en su pequeño restaurante.*

Mi próxima visita a París será muy breve y está repleta de citas, pero me gustaría volver con más tiempo, de forma que podamos hablar con tranquilidad. Sí, conozco su res-

taurante, me enamoré de él a primera vista, sobre todo de los manteles de cuadros rojos.

Muchísimas gracias por la preciosa foto que me envía. ¿Puedo decirle, sin dañar su intimidad, que es usted muy sexy?

Y tiene razón: la similitud entre Sophie y usted es sorprendente. ¡Creo que le debo una explicación de mi pequeño secreto! Sólo le diré que jamás me habría atrevido a pensar que recibiría una carta de la protagonista del libro. ¡Es como un sueño que se hace realidad!

Espero que ya se sienta usted mejor y se haya librado de sus penas. ¡Me gustaría conocerla pronto en persona!

Discúlpeme, por desgracia, mi francés es un tanto pobre. Pero confío en que a pesar de todo se haya alegrado de que haya respondido a su carta.

Estoy impaciente por sentarme en su precioso restaurante y hablar por fin con usted sobre TODO.

Mis mejores deseos y à tout bientôt!

Atentamente,

Robert Miller

—¿Tiene usted una regadera, mademoiselle? —oí graznar a mi espalda.

Di un respingo y me volví.

Ante mí estaba una mujer anciana y bajita, con un abrigo de astracán negro y un gorro a juego. Llevaba los labios pintados de rojo y me observaba con curiosidad.

—¡Una *regadera*! —insistió impaciente.

Sacudí la cabeza.

—No, lo siento, madame.

—¡Qué mal, qué mal! —Movió la cabeza y apretó los labios rojos con rabia.

Me pregunté para qué querría esa mujer mayor una regadera. Al fin y al cabo, en los días anteriores había llovido tanto que seguro que la tierra estaba suficientemente húmeda.

—Me han robado la regadera —me explicó la mujer—. Sé muy bien que la escondí detrás de la lápida —añadió, señalando una tumba cercana sobre la cual un viejo árbol dejaba caer sus ramas nudosas—, y ahora ha desaparecido. Hoy en día te roban en todas partes... ¡hasta en el cementerio! ¿Adónde vamos a llegar?

Rebuscó en su enorme bolso negro y al final sacó un paquete de Gauloises. Me sorprendió. Encendió un cigarrillo, dio una profunda calada y soltó el humo hacia el cielo azul.

Luego me tendió la cajetilla.

—Tome, ¿quiere uno?

Sacudí la cabeza. Yo fumaba a veces en los cafés, pero nunca en los cementerios.

—Coja uno, niñita. —Me puso la cajetilla delante de las narices—. La vida son dos días. —Reprimió una risa. Yo me puse una mano delante de la boca y sonreí asombrada.

—Bueno, está bien, gracias —dije. Me dio fuego.

—No, por favor —dijo—. Bah, olvidémonos de la estúpida regadera. Tenía un agujero. ¿No es maravilloso que salga el sol... después de tanta lluvia?

Asentí. Sí, era maravilloso. El sol lucía en el cielo y la vida estaba otra vez llena de sorpresas.

Y así fue como me vi una tarde de jueves junto a una extravagante vieja dama que parecía recién salida de una película de Fellini, aprovechaba el sol en el Père-Lachaise y echaba bocanadas de humo mientras fumaba. A nuestro alrededor reinaba un apacible silencio y tuve la sensación de que éramos las únicas personas en aquel gigantesco cementerio.

A lo lejos se alzaba la musa Euterpe, símbolo de la alegría, que velaba desde hacía tiempo la tumba de Frédéric Chopin. Al pie del monumento de piedra había muchos tiestos con flores y ramos de rosas sujetos a la valla de hierro. Dejé vagar la mirada. Algunas tumbas seguían adornadas desde el Día de Todos los Santos, por encima de otras había pasado el tiempo, la naturaleza había recuperado su terreno y las malas hierbas y las plantas silvestres cubrían los bordes de piedra. En éstas se había olvidado a los muertos. No eran pocas.

—La he estado observando —dijo la mujer mayor, y me miró guiñando sus ojos astutos, rodeados de cientos de pequeñas arruguitas—. Parecía que estaba pensando en algo muy bonito.

Di una calada al cigarrillo.

—Así es —repliqué, y sonreí—. Estaba pensando en mañana. Mañana por la noche voy a La Coupole, ¿sabe?

—¡Qué casualidad! —exclamó la anciana, y sacudió la cabeza muy contenta—. Yo también iré mañana a La Coupole. Celebro mi cumpleaños, ochenta y cinco, niñita. *Adoro* La Coupole, todos los años voy allí el día de mi cumpleaños. Siempre tomo ostras, son excelentes.

De pronto vi a la vieja dama felliniana rodeada de sus hijos y sus nietos en una larga mesa de la *brasserie*.

—Vaya, pues le deseo que tenga una gran fiesta —dije.

Sacudió la cabeza con gesto de lástima.

—Bueno, esta vez será una fiesta pequeña —dijo—. *Muy* pequeña, para serle sincera. Sólo yo y los camareros, pero son siempre un encanto. —Sonrió con cara de felicidad—. ¡Dios mío, todo lo que hemos celebrado en La Coupole! Fiestas increíbles. Henry, mi marido, era director de orquesta en la ópera, ¿sabe? Y tras los estrenos corría el champán... hasta que al final estábamos todos tan deliciosamente achispados... —Soltó una risita—. Sí, hace mucho tiempo... Y George siempre viene en Navidad con los niños a París. Vive en Sudamérica... —Yo supuse que George era su hijo—. *Et bien!* Y desde que se marchó mi viejo amigo Auguste —hizo una pausa y miró con tristeza la tumba que ya no tenía detrás la regadera—, ya no hay nadie con quien celebrar nada.

—¡Oh! —dije—. ¡Cuánto lo siento!

—Pues no debe sentirlo, niñita, la vida es así. Cada uno tiene su día. A veces cuento todos mis muertos cuando estoy por la noche en la cama. —Me miró con gesto conspirador y bajó la voz—. Ya son *treinta y siete*. —Dio una última calada al cigarrillo y tiró la colilla al suelo sin ninguna contemplación—. Bien, y yo sigo aquí, ¿qué le parece? ¿Puedo decirle una cosa, querida? Disfruto de cada maldito día. Mi madre vivió ciento dos años y fue feliz hasta el final.

—Impresionante —dije.

Me tendió con energía su pequeña mano, enfundada en un guante de piel negro.

—Elisabeth Dinsmore —dijo—. Pero puede llamarme Liz.

Dejé caer mi cigarrillo y le di la mano.

—Aurélie Bredin —me presenté—. ¿Sabe una cosa, Liz? Es usted la primera persona a la que conozco en un cementerio.

—¡Oh, yo ya he hecho muchas amistades en el cementerio! —aseguró la señora Dinsmore, y su boca roja dibujó una amplia sonrisa—. Y no han sido las peores.

—Dinsmore... eso no suena muy francés —apunté. Me había llamado la atención que la mujer hablara con cierto acento, aunque lo atribuí a la edad.

—Y no lo es —replicó la señora Dinsmore—. Soy americana. Pero hace ya una eternidad que vivo en París. ¿Y usted, niñita? ¿Qué va a hacer usted en La Coupole? —inquirió de pronto.

—¡Oh, yo...! —contesté, notando que me sonrojaba—. Voy a reunirme allí con... alguien.

—Aaaah —dijo—. ¿Y es un hombre... agradable? —Una de las ventajas de la edad era, sin duda, que se podía ir al grano sin perder más tiempo.

Me reí y me mordí el labio inferior.

—Sí... creo que sí. Es escritor.

—¡Dios mío, un escritor! —exclamó Elisabeth Dinsmore—. ¡Qué *excitante*!

—Sí... —dije, sin entrar en más detalles de mi cita—. Estoy algo nerviosa.

Después de despedirme de la señora Dinsmore —Liz—, que me invitó a tomar al día siguiente un *coup de champagne* en su mesa («Aunque seguro que tiene algo mejor que hacer que beber champán con un carcamal, niñita», había añadido guiñándome un ojo), me quedé todavía un rato delante del monolito blanco.

—*Au revoir*, papá —dije en voz baja—. Tengo la sensación de que mañana va a ser un gran día.

Y tenía, en cierto modo, razón.

Me puse en la cola, que empezaba en la gran puerta de cristal. Aunque La Coupole no era precisamente mi restaurante favorito, se trataba de un conocido punto de encuentro de jóvenes y mayores. No sólo los turistas acudían en masa a la legendaria *brasserie* del toldo rojo, considerada como uno de los grandes restaurantes de París, en el transitado Boulevard du Montparnasse. También los hombres de negocios y la gente que vivía en París iban allí con frecuencia a comer y a celebrar algún acontecimiento. Unos años antes, los miércoles se organizaban sesiones de salsa en la sala de baile situada debajo, pero la salsa ya se había pasado de moda y yo al menos no vi ningún anuncio de ese *spectacle*.

La cola avanzó un poco y por fin pude acceder al interior de La Coupole. Enseguida me vi envuelta por un animado barullo de voces. Los camareros, con enormes bandejas de plata, avanzaban a toda prisa entre las largas filas de mesas con manteles blancos cobijadas bajo el techo abovedado. La sala, con sus columnas pintadas de color verde y las lámparas *art déco* colgando del techo, siempre resultaba impresionante. El restaurante bullía de vida; *se donner en spectacle* era allí la divisa, y los comensales parecían tenerla en cuenta. Hacía mucho tiempo que no iba allí y contemplé divertida el animado ajetreo.

Un amable recepcionista repartía pequeñas tarjetas rojas a los clientes que no habían reservado mesa y les invitaba a esperar en el bar. Las tarjetas llevaban los nombres de compositores famosos, y cada dos minutos se oía a un joven camarero que recorría la zona del bar y gritaba con entusiasmo, como si fuera un director de circo: «*Bach, deux personnes, s'il vous plaît*» o «*Tchaikovsky, quatre personnes, s'il vous plaît*» o «*Debussy, six personnes, s'il vous plaît*». Entonces los clientes que estaban esperando se ponían de pie y se les conducía a su mesa.

—*Bonsoir, mademoiselle, vous avez une réservation?* ¿Ha reservado usted? —me preguntó el recepcionista cuando llegó mi turno. Una joven me ayudó a quitarme el abrigo y me entregó una ficha del guardarropa.

Asentí.

—*J'ai un rendez-vous avec monsieur André Chabanais.*

El recepcionista echó un vistazo a su larga lista.

—*Ah, oui,* aquí está —dijo—. Una mesa para tres personas. ¡Un momento, por favor! —Hizo una seña a un camarero para que se acercara. El camarero, un hombre ya mayor con el pelo gris y corto, me sonrió con una bonita mirada.

—¿Sería tan amable de seguirme, mademoiselle?

Asentí y noté que de pronto el corazón me empezaba a latir con fuerza. Dentro de media hora iba a conocer por fin a Robert Miller, a quien, según decía en su carta, «le gustaría mucho conocerme pronto en persona».

Me alisé el vestido. Era el vestido de seda verde, el vestido del libro, el vestido que yo llevaba en la foto que le había enviado a Miller. No había querido dejar nada al azar.

El amable camarero se detuvo ante uno de los rincones forrados de madera.

—*Et voilà* —dijo—. ¡Por favor!

André Chabanais se puso de pie para saludarme. Vestía traje y una camisa blanca con una elegante corbata azul oscuro.

—¡Mademoiselle Bredin! —exclamó—. Qué alegría verla de nuevo... Siéntese, por favor.

Señaló un sitio en el banco y se quedó ante una silla *vis-à-vis*.

—Gracias.

El camarero movió un poco la mesa con mantel blanco y las copas recién colocadas y yo pasé por delante de él y me dejé caer en el asiento tapizado en cuero.

André Chabanais también se sentó.

—¿Qué desea beber? ¿Champán... para celebrar el *gran* día? —Me dirigió una sonrisa.

Noté que me sonrojaba y me sentí incómoda porque vi que él también lo había notado.

—No sea descarado —dije, y sujeté el bolso con fuerza en mi regazo—. Pero sí, un champán estaría bien.

Su mirada se deslizó brevemente por mis brazos desnudos, luego me miró de nuevo.

—Enhorabuena —dijo—. Está usted deslumbrante, si me permite decírselo. El vestido le sienta de miedo. Acentúa el color de sus ojos.

—Gracias —contesté, y sonreí—. Usted tampoco tiene mal aspecto esta noche.

—Bah... —André Chabanais hizo un gesto al camarero—. Hoy me corresponde tan sólo un papel secundario, ya sabe. —Se volvió—. Dos copas de champán, por favor.

—Pensé que el papel secundario me correspondía a mí —repliqué—. Al fin y al cabo, sólo estoy aquí, por así decir, *en passant*.

—Bueno, ya veremos. A pesar de todo, puede usted dejar su bolso a un lado. Su escritor tardará como poco un cuarto de hora en llegar.

—Querrá decir *su* escritor —aclaré, y dejé el bolso a mi lado.

Monsieur Chabanais sonrió.

—Digamos sencillamente *nuestro* escritor.

El camarero se acercó y sirvió el champán. Luego nos entregó las cartas.

—Gracias, pero esperamos a otro comensal —dijo monsieur Chabanais, y dejó las cartas a un lado.

Cogió su copa, la levantó e hicimos un breve brindis. El champán estaba helado. Di tres grandes sorbos y enseguida noté que mi nerviosismo se transformaba en una alegría anticipada más relajada.

—Gracias por organizar este encuentro. Si le soy sincera, siento una gran curiosidad. —Dejé mi copa en la mesa.

André Chabanais asintió.

—La entiendo perfectamente. —Se reclinó en su silla—. ¿Sabe qué? Yo, por ejemplo, soy un gran fan de Woody Allen. Hasta he empezado a tocar el clarinete sólo porque él lo toca. —Se echó a reír—. Por desgracia, mi nueva pasión no ha nacido con buena estrella. Cada vez que practico, los vecinos empiezan a dar golpes en la pared. —Dio un trago y pasó la mano por el mantel blanco—. Bueno, sigo. La cosa es que vino Woody Allen a París y dio un concierto con su curiosa banda de jazz formada por gente mayor. La sala, en la que normalmente tocan música clásica grandes orquestas, vendió enseguida todas las entradas, pero logré conseguir un sitio en la quinta fila. Al igual que los demás, yo no estaba allí sólo por la música. Quiero decir que, en realidad, Woody Allen no toca mejor que cualquier músico de jazz de un bar de Montmartre. Pero ver de cerca a ese hombre al que conocía de tantas películas, oírle hablar en directo... eso fue algo increíblemente especial y muy excitante. —Se inclinó y apoyó la barbilla en su mano—. Pero hay una cosa que todavía hoy me da mucha rabia.

Guardó silencio un momento. Yo acabé mi champán y me incliné hacia delante. Ese Chabanais era un buen narrador de historias. Pero también era muy observador.

Cuando vio que mi copa estaba vacía, le hizo una seña al camarero y éste trajo enseguida otros dos *coups de champagne*.

—*À la vôtre* —dijo André Chabanais, y alcé mi copa sin rechistar.

—Así que hay una cosa que todavía hoy le da mucha rabia —repetí con curiosidad.

—Sí —dijo, y se limpió los labios con la servilleta—. La cosa fue así: cuando se acabó el concierto, hubo muchos aplausos. La gente se levantó de sus asientos y daba golpes con los pies para mostrar su admiración por ese hombre bajo y delgado que, con su jersey y sus pantalones de pana, parecía tan modesto y desorientado como en sus películas. Cinco veces se había marchado y había vuelto a salir entre los atronadores aplausos de sus fans cuando de pronto saltó al escenario un gigante vestido de negro. Llevaba el pelo engominado, ya sabe, y a primera vista parecía un director artístico o un tenor. En cualquier caso, estrechó la mano a un desconcertado Allen y le entregó una tarjeta y un bolígrafo para que le firmara un autógrafo. Y Allen lo hizo antes de abandonar definitivamente el escenario. —Monsieur Chabanais vació su copa—. A mí me habría gustado tener también el atrevimiento de saltar así sin más al escenario. Imagínese, habría podido enseñar ese autógrafo a mis nietos. —Soltó un suspiro—. Y ahora el bueno de Woody está en América, yo no me pierdo ninguna de sus películas y es muy poco probable que vuelva a verle en esta vida.

Me miró, y esta vez no pude ver ningún rastro de burla en sus ojos marrones.

—¿Sabe una cosa, mademoiselle Bredin? En el fondo, admiro su tenacidad. Cuando se quiere algo hay que *quererlo* de verdad.

Un suave timbre interrumpió su elogio a mi fuerza de voluntad.

—Discúlpeme, por favor, es el mío. —André Chabanais sacó su móvil del bolsillo de la chaqueta y se apartó a un lado—. *Oui?*

Miré el reloj y me sorprendí al ver que eran ya las ocho y cuarto. El tiempo había pasado volando y Robert Miller aparecería en cualquier momento.

—Ah, vaya, qué cosa tan tonta, lo siento —oí que decía monsieur Chabanais—. No, no, no hay ningún problema. Yo estoy aquí, cómodamente sentado. Sin prisas. —Se rio—. Bueno. Hasta luego. *Salut.* —Se guardó de nuevo el teléfono en el bolsillo—. Era Robert Miller —dijo—. Todavía sigue ocupado y no podrá venir antes de media hora. —Me miró con cara de pena—. Qué lástima que tenga que esperar.

Encogí los hombros.

—Bueno, lo importante es que vendrá —dije, y me pregunté en qué estaría ocupado Robert Miller. ¿Qué hacía cuando no escribía libros? Me disponía a preguntarlo cuando André Chabanais dijo:

—*À propos,* todavía no me ha contado nada de la carta de Miller. ¿Qué le decía?

Le sonreí y me enredé un mechón de pelo en un dedo.

—¿Sabe una cosa, monsieur Chabanais, editor de Éditions Opale? —dije, e hice una pequeña pausa bien calculada—. Eso es algo que no es de su incumbencia.

—¡Oh! —exclamó él, decepcionado—. Venga, sea sólo un poquito indiscreta, mademoiselle Bredin. Al fin y al cabo, fui yo quien le entregó la carta.

—Jamás —respondí—. Usted siempre se burla de mí.

Hizo un gesto de inocencia.

—Sí, sí, sí —dije—. ¿Por qué sabía mi dirección?

Pareció irritado durante un instante, luego se echó a reír.

—Secreto profesional. Si usted no me cuenta nada, yo tampoco le contaré nada. Aunque esperaba un poco de agradecimiento.

—Ni hablar —dije, y di otro sorbo de champán. Mientras no supiera qué relación había entre Robert Miller y yo no iba a decir una sola palabra. Al fin y al cabo, Miller había hablado de un «pequeño secreto».

El champán se me subió poco a poco a la cabeza.

—En cualquier caso, no creo que *nuestro autor* —hice una pausa intencionada— se enfade mucho si me ve aquí sentada. Su carta es muy amable.

—Asombroso —replicó monsieur Chabanais—. Su carta debería ser simplemente irresistible.

—¿Conoce usted bien al señor Miller? —pregunté, pasando por alto el «irresistible».

—¡Oh, *bastante* bien! —¿Creí ver un rastro de ironía en la sonrisa de monsieur Chabanais o sólo lo imaginé?—. No es que seamos muy buenos amigos, a mí me parece en cierto modo un poco excéntrico, pero diría que le conozco hasta lo más profundo de su cerebro.

—Interesante —dije—. En cualquier caso, él tiene mucho aprecio a su «leal» editor.

—Eso espero. —André Chabanais miró el reloj—. ¿Sabe una cosa? Todo esto me parece absurdo. Me muero de hambre. ¿Qué le parece si pedimos?

—No sé —respondí, indecisa—. En realidad, no estaba previsto que yo estuviera aquí... —Eran ya las ocho y media y yo también notaba sensación de hambre.

—Entonces decido yo —concluyó André Chabanais, y volvió a hacer una seña al camarero—. Me gustaría pedir algo para comer —dijo—. Tomaremos dos, no... tres platos de *curry d'agneau des Indes,* y para beber... —dio unos golpecitos con el dedo en la carta—. Este Château Lafite-Rothschild.

—Muy bien. —El camarero recogió las cartas y puso una cesta con pan en la mesa.

—Ya que está aquí tiene que probar el famoso cordero al curry —dijo monsieur Chabanais, que estaba cada vez de mejor humor, y señaló a los indios vestidos de marajás que empujaban unos carritos por los pasillos del restaurante y servían el cordero al curry—. Me interesa su opinión profesional.

Cuando poco después de las nueve sonó de nuevo el teléfono móvil de André Chabanais y Robert Miller anuló definitivamente su cita en La Coupole era ya demasiado tarde para marcharme, aunque por un momento lo pensé.

Ya habíamos bebido una copa del exquisito vino tinto y el fabuloso cordero al curry, que en mi opinión no era tan fabuloso y admitía un poco más de plátano, manzana y coco rallado, humeaba en nuestros platos.

Monsieur Chabanais debió de notar mi breve indecisión cuando me comunicó la noticia con gesto de lástima y yo, bastante decepcionada, agarré la copa de vino.

—¡Qué absurdo! —dijo finalmente—. Me temo que ahora tendremos que comernos el curry nosotros dos solos. —Me miró con un cómico gesto de desesperación—. ¿No me irá a dejar aquí solo con un kilo de cordero y una botella de vino entera, no? ¡Dígame que no es ésa su intención!

Sacudí la cabeza.

—No, claro que no. Usted no tiene la culpa de nada. Bueno, en realidad, no se puede hacer nada... —Di un trago de vino y forcé una sonrisa.

Había ido allí para nada. Me había tomado la noche libre para nada. Me había bañado, me había arreglado el pelo, me había puesto el vestido verde... para nada. Me había puesto delante del espejo y había ensayado lo que le quería decir a Robert Miller, para nada. ¡Había estado tan cerca! ¿Por qué nunca me podía salir nada bien?

—Vaya, vaya, veo que se siente usted muy decepcionada —dijo Chabanais compadeciéndose de mí. Luego arrugó la frente—. Bueno, a veces mandaría a ese Miller a freír espárragos. No es la primera vez que anula una cita en el último momento, ¿sabe?

Me miró con sus ojos marrones y me sonrió.

—Y ahora está usted en este restaurante, sentada con un estúpido editor y piensa que ha venido hasta aquí en vano y que el curry no es tan fabuloso como todos dicen... —Soltó un suspiro—. Es un fastidio, la verdad. ¡Pero tiene que reconocer que el vino es excelente!

Asentí.

—Sí, lo reconozco. —André Chabanais intentaba consolarme, y eso era muy amable por su parte.

—Venga, mademoiselle Bredin, no esté triste —dijo de pronto—. Ya conocerá a ese escritor en otro momento, es sólo cuestión de tiempo. Por lo menos le ha escrito, y eso significa algo, ¿o no? —Abrió los brazos con gesto interrogante.

—Sí, claro —respondí, y me pasé el dedo índice por los labios mientras pensaba. Chabanais tenía razón. No había perdido nada. Y tal vez fuera mejor ver a Robert Miller a solas. En mi propio restaurante.

Chabanais se inclinó hacia delante.

—Sé que soy un mal sustituto del increíble Robert Miller, pero haré todo lo que esté en mis manos para que usted no guarde un mal recuerdo de esta velada y me obsequie con una leve sonrisa.

Me dio una palmadita en la mano y la sujetó un poco más de lo necesario.

—Cree usted demasiado en el destino, mademoiselle Bredin. ¿No piensa que a lo mejor tiene un sentido más profundo el hecho de que estemos aquí *nosotros* dos solos, cogidos de la mano?

Me guiñó un ojo y yo sonreí sin ganas antes de retirar la mano y darle un golpecito en los dedos.

—Algunas personas se toman la mano entera cuando se les tiende el dedo meñique —dije—. No *puede* ser cosa del destino, monsieur Chabanais. Será mejor que me sirva un poco más de vino.

10

La velada transcurrió mejor de lo que había pensado. Aurélie Bredin había llegado a La Coupole visiblemente nerviosa, pero de muy buen humor, cinco minutos antes de lo previsto y con el vestido de seda verde, como pude comprobar sonriendo.

Estaba espectacular y tuve que hacer un esfuerzo para no quedarme mirándola embobado. Gasté un par de bromas para que se le pasara el tiempo deprisa, y Aurélie, en su estado de alegre expectación, se mostró más accesible de lo que yo había imaginado.

Entonces, según lo acordado, Silvestro me llamó al móvil. Había aceptado hacerme el favor sin hacer demasiadas preguntas.

—¿Qué? ¿Cómo va todo? —preguntó.

Y yo respondí:

—Ah, vaya, qué cosa tan tonta, lo siento.

—Eso suena bien —dijo Silvestro.

Y yo contesté:

—No, no, no hay ningún problema. Yo estoy aquí, cómodamente sentado. Sin prisas.

—Entonces que lo pases bien, y hasta luego —dijo, y colgué.

Aurélie Bredin se tragó la disculpa, y pedí champán para los dos. Bebimos y charlamos, y, en un momento dado, me hizo sudar cuando de pronto me preguntó por qué conocía su dirección. Pero salí airoso del trago. Ella no me desveló sus pequeños secretos. No dijo ni una sola palabra de lo que ponía en la carta que yo le había escrito. Y, naturalmente, tampoco me contó que había invitado a Robert Miller a su precioso restaurante.

A las nueve y cuarto, cuando ya estábamos saboreando nuestro cordero al curry y mademoiselle Bredin me estaba explicando por qué no creía en las casualidades, Silvestro llamó de nuevo y dijo:

—¿Qué? ¿La tienes ya en el bote?

Suspiré al teléfono y me pasé la mano por el pelo con gesto teatral.

—No, no *creo*... ¡Ay, qué pena!

Él se rio y dijo:

—¡Entonces date prisa, tío!

Y yo repliqué:

—No sabe cuánto lo siento, señor Miller, pero ¿no podría pasarse por aquí aunque sólo fuera un rato?

Vi por el rabillo del ojo que mademoiselle Bredin, intranquila, había dejado los cubiertos en el plato y me miraba.

—Sí, ya hemos... eh... quiero decir, ya he pedido algo de comer, y a lo mejor llega usted todavía a tiempo de acompañarme, ¿no?

Yo no me rendía.

—¡A lo mejor llega usted a tiempo de acompañarme! —repitió Silvestro, riendo—. ¡Tendrías que oírte! A eso lo llamo yo tenacidad. Pero no, no voy a ir. Te deseo una bonita velada con la pequeña.

—Por lo menos dos horas... ajá... habrá terminado... Hmm... hmm... Vaya, entonces no puede hacer nada... Sí... ¡*Qué* pena! Claro, claro... me llamará cuando esté en casa —repetí con voz mortecina las frases jamás pronunciadas por Miller.

—Bueno, acaba ya de una vez, ya es suficiente —dijo Silvestro—. *Ciao, ciao!* —Y colgó.

—Está bien... No, lo entiendo... Está bien... Sin problema... Adiós, míster Miller. —Dejé el móvil junto al plato y miré a mademoiselle Bredin fijamente a los ojos—. Miller acaba de anular la cita —dije, y cogí aire con fuerza—. Ha surgido un problema. Tardará al menos dos horas en salir de la entrevista, tal vez más, y dice que está totalmente rendido y que no tiene sentido reunirnos ahora porque mañana tiene que irse temprano.

Vi cómo mademoiselle Bredin tragaba saliva y se agarraba a su copa de vino como a un ancla de salvación, y por un instante temí que se fuera a poner de pie y se marchara.

—Lo siento muchísimo —dije, consternado—. A lo mejor todo esto no ha sido muy buena idea.

Y cuando ella sacudió la cabeza, se quedó sentada y me dijo que no era culpa mía, casi tuve mala conciencia. Pero ¿qué debía hacer? No podía conseguir un Robert Miller por arte de magia. Al fin y al cabo, yo estaba allí.

Así que me dispuse a consolar a mademoiselle Bredin y a hacer un par de bromas sobre su fe en el destino. Incluso le cogí la mano durante un dulce momento, pero ella la apartó y me dio unos golpecitos en los dedos como si fuera un niño impertinente.

Luego me preguntó qué era lo que realmente hacía Robert Miller cuando no escribía libros y en qué tipo de entrevista estaba, y yo le dije que no lo sabía muy bien, que era ingeniero y que probablemente siguiera trabajando como asesor para esa empresa automovilística.

Luego escuché con paciencia todo lo que le había parecido tan maravilloso del libro de Miller, lo increíble que era que hubiera encontrado el libro justo en el momento oportuno y en qué pasajes se había reído o se había emocionado. Escuché halagado sus bonitas palabras y observé sus ojos color verde oscuro, que se hicieron más dulces.

Más de una vez me dieron ganas de decirle que era yo, sólo yo, el que la había salvado. Pero tenía demasiado miedo a perderla antes siquiera de haberla conseguido.

Y, así, fingí sorprenderme cuando, vacilante pero cada vez con más confianza, me contó lo que yo ya conocía hasta el más mínimo detalle, las coincidencias del restaurante y la protagonista.

—¿Entiende usted ahora por qué *tengo* que ver a ese hombre? —dijo, y yo asentí con gesto comprensivo. Al fin y al cabo yo era el único que tenía la clave del «misterio del destino». Y ese misterio era más fácil de explicar de lo que mademoiselle Bredin pensaba, si bien también era cosa del destino.

Si en su momento yo hubiera publicado el libro con *mi* nombre y *mi* foto, la muchacha de los ojos verdes y la sonrisa cautivadora que yo había observado a través de la ventana de un restaurante y había elegido como protagonista de mi fantasía habría visto en *mí* al hombre que el destino le había enviado. Y todo habría salido bien.

Pero ahora estaba condenado a mentir y me enfrentaba a un escritor ficticio. Bueno, no *tan* ficticio, como pude comprobar con dolor tras la siguiente pregunta de Aurélie Bredin.

—Me pregunto por qué dejó esa mujer a Miller —inquirió, pensativa, y pinchó con el tenedor el último resto de cordero al curry que quedaba en su plato—. Es un ingeniero de éxito, debe de ser una persona cariñosa y con sentido del humor, de lo contrario no podría escribir libros así. Y, aparte de todo, a mí me parece que tiene un aspecto fantástico. Quiero decir que podría ser actor, ¿no le parece? ¿Cómo se puede dejar a un hombre así?

Vació su copa, y yo me encogí de hombros y le serví más vino. Si le parecía que el dentista tenía un aspecto *fantástico*, la cosa no se ponía fácil para mí. Menos mal que nunca se encontraría con ese tal Sam Goldberg en persona. ¡No si yo podía evitarlo!

—¿Qué pasa? De pronto parece usted enfadado. —Me miró con cara divertida—. ¿He dicho algo malo?

—¡No, por Dios! —Me pareció que había llegado el momento de bajar al atractivo superhéroe de su pedestal.

—Nunca se sabe lo que hay detrás de la fachada, ¿verdad? —dije yo con toda intención—. Una buena apariencia no lo es todo. Yo, por mi parte, pienso que su mujer no lo debía de tener precisamente fácil con él. Y eso que valoro mucho a Miller como escritor.

Mademoiselle Bredin parecía indecisa.

—¿Qué quiere decir con eso de que no lo debía de tener fácil?

—Bah, nada, sólo digo tonterías, olvide lo que he dicho. —Solté una risa demasiado fuerte, como si quisiera disimular que había hablado más de la cuenta. Y entonces decidí cambiar de tema—. ¿Es que vamos a estar toda la noche hablando de Robert Miller? De acuerdo que él es el motivo por el que estamos aquí los dos, pero nos ha dejado plantados. —Cogí la botella y me serví—. A mí me interesa más saber por qué una mujer tan encantadora como usted no está casada todavía. ¿Tantos vicios tiene?

Aurélie se sonrojó.

—Ja, ja —dijo—. ¿Y usted?

—¿Quiere saber por qué un hombre tan encantador como yo no está casado todavía? ¿Y qué vicios tengo?

Aurélie dio un trago de vino y en su cara se dibujó una sonrisa. Apoyó los codos en la mesa y me miró por encima de sus manos cruzadas.

—Los vicios —dijo.

—Hmm —contesté—. Me lo temía. Déjeme pensar. —Le cogí la mano y fui contando con sus dedos—. Comer, beber, fumar, apartar a las mujeres bonitas del camino correcto... ¿Es suficiente para empezar?

Ella retiró la mano y se rio alegremente mientras asentía, y yo miré su boca y me pregunté qué se sentiría al besarla.

Y entonces ya no hablamos más de Robert Miller, sino de nosotros, y el complicado plan se convirtió en algo así como una auténtica cita. Cuando el camarero se acercó a nuestra mesa para preguntarnos si deseábamos algo más, le pedí otra botella de vino. Yo me creía ya en el séptimo cielo cuando pasó algo que no estaba previsto en mi romántico menú.

Todavía hoy me pregunto a veces si el misterioso escritor no habría quedado olvidado por completo y yo habría podido ocupar su lugar si esa extravagante anciana no se hubiera sentado de pronto a nuestra mesa.

—*Un, deux, trois... Ça c'est Paris!* —Una docena de alegres camareros había formado un semicírculo en un lado de la sala. Cantaron a voz en cuello una frase que sonaba como un grito de guerra y que se podía oír en La Coupole todas las noches (en ocasiones más de una vez), pues entre los numerosos clientes siempre había alguien que celebraba su cumpleaños.

Media sala levantó la mirada cuando los camareros avanzaron a paso marcial y con una tarta gigantesca, en la que numerosas bengalas esparcían su luz como si fueran fuegos artificiales, hacia la mesa donde se sentaba el niño del cumpleaños. Estaba dos filas detrás de nosotros, y Aurélie Bredin, que miraba en esa dirección, estiró el cuello para poder ver mejor.

Y entonces, de pronto, se puso de pie y empezó a hacer señas con la mano.

Me giré muy sorprendido y vi a una alegre señora mayor con un vestido color lila que estaba sentada sola a una mesa —con una enorme fuente de ostras delante— y estrechaba la mano de todos los camareros. Luego miró hacia nuestra mesa y devolvió el saludo.

—¿Conoce a esa mujer? —pregunté a Aurélie Bredin.

—¡Sí, claro! —exclamó entusiasmada, e hizo una nueva seña con la mano—. Es la señora Dinsmore. Nos conocimos ayer en el cementerio, ¿no es *terriblemente* curioso?

Asentí y sonreí. Yo no lo encontraba tan terriblemente curioso. Eran las diez y media y tenía la desagradable (pero acertada) sensación de que se había acabado la bonita complicidad en nuestra mesa.

Pocos minutos después conocí a la señora Dinsmore, una americana de ochenta y cinco años que se acercó hasta nosotros en una nube de Opium. Era la viuda de un director de orquesta, la madre de un hijo que construía puentes en Sudamérica, la abuela de tres nietos de rizos dorados y la musa de numerosos artistas que tenían una cosa en común: todos habían celebrado delirantes fiestas con la señora Dinsmore en La Coupole. Y todos estaban ya bajo tierra.

Hay personas que se sientan a una mesa y enseguida acaparan la conversación. Poco a poco se van callando los demás, cualquier otro tema queda sofocado como un pequeño fuego y, a lo sumo cinco minutos más tarde, todos escuchan embelesados las historias y anécdotas de esas personalidades arrolladoras, que se acompañan de grandes gestos y que sin duda son muy entretenidas, pero también muy difíciles de parar.

Me temo que la señora Dinsmore *era* una de esas personas.

Desde que la mujer de ochenta y cinco años de rizos plateados y labios pintados de rojo se sentó entre nosotros exclamando «¡qué gran sorpresa, niñita, tenemos que tomar un Bollinger!», para mí dejó de existir la más mínima posibilidad de volver a atraer la atención de Aurélie Bredin.

Enseguida trajeron a nuestra mesa una cubitera plateada en la que nadaban los cubitos de hielo. Era evidente que la señora Dinsmore era la absoluta favorita de Alain, Pierre, Michel, Igor y cómo se llamaran los demás camareros. De pronto nuestra mesa era la que más centraba la atención de los empleados de La Coupole. Y se acabó la tranquilidad.

Tras dos copas de champán me rendí al carisma de la anciana señora, que no paraba de hablar, y observaba fascinado las plumas de su pequeño sombrero color lila, que se movían con cada uno de sus gestos. Aurélie Bredin, que estaba atenta a los labios de la señora Dinsmore y parecía divertirse de lo lindo, me lanzaba una mirada cada vez que los dos nos reíamos de las curiosas vivencias de la interesante dama. Cuanto más bebíamos, más nos divertíamos, y al cabo de un rato yo ya lo estaba pasando tan bien como ellas.

De vez en cuando la señora Dinsmore interrumpía su entretenido monólogo para señalar a algún otro comensal de la sala (para ser una mujer tan mayor tenía un aspecto estupendo) y para preguntarnos si habíamos celebrado alguna vez nuestro cumpleaños en La Coupole («¡Tienen que hacerlo alguna vez, es siempre muy divertido!»). Luego quiso saber la fecha de nuestros cumpleaños (de este modo me enteré de que faltaban unas dos semanas para el de Aurélie Bredin, que era el 16 de diciembre) y dio unas palmaditas de entusiasmo con sus pequeñas manos.

—2 de abril y 16 de diciembre —repitió—. Un aries y un sagitario. Dos signos de fuego, ¡encajan perfectamente!

Yo no sabía mucho de astrología, pero en este punto le di la razón con mucho gusto, naturalmente. La señora Dinsmore había nacido el último día del signo de escorpión, como nos hizo saber un instante después. Y las mujeres escorpión eran ingeniosas y peligrosas en la misma medida.

La Coupole se vaciaba poco a poco. Sólo en nuestra mesa seguíamos bebiendo y riendo, y la señora Dinsmore vivía, sin duda, uno de sus momentos estelares.

—Justo en esta mesa de aquí... ¿o fue en aquella de allí? Bueno, da igual, estuve sentada con Eugène celebrando mi cumpleaños —dijo la señora Dinsmore con nostalgia justo cuando uno de los camareros nos servía más champán.

—¿Eugène qué? —pregunté.

—Ionesco, naturalmente, ¿quién si no? —contestó ella, impaciente—. ¡Ay, a veces era increíblemente cómico... no sólo en sus obras de teatro! ¡Y ahora está en el Montparnasse, el pobre! Pero yo voy a verle de vez en cuando. —Sonrió con gesto soñador—. Todavía lo recuerdo perfectamente... Esa noche, no sé qué cumpleaños era, pasó dos veces... ¿pueden imaginarlo? ¡*Dos veces...!* —Nos miró con sus pequeños ojillos azules, brillantes como dos botones—. Un camarero torpe derramó el vino tinto sobre la chaqueta gris claro de Eugène. ¿Y saben lo que él dijo? Pues dijo: «No importa. Pensándolo bien, nunca me gustó mucho el color de este traje». —La señora Dinsmore echó la cabeza hacia atrás y se rio en un tono muy agudo, y la pequeña pluma de su cabeza se movió como si fuera a echar a volar.

Tras esa pequeña incursión en la vida privada de Eugène Ionesco que seguro que no aparecía en ninguna de sus biografías, la señora Dinsmore dirigió de nuevo su atención hacia mí.

—Y usted, joven, ¿qué escribe? ¡Aurélie me ha dicho que es usted *escritor!* Una profesión admirable —añadió sin esperar a que yo respondiera—. Tengo que decir que un escritor siempre me ha parecido un *pelín* más interesante que un actor o un pintor. —Luego se inclinó hacia Aurélie, y sus labios rojos quedaron muy cerca de la bonita oreja de mademoiselle Bredin, la cual, como noté en ese momento, no estaba muy alejada de ella, y dijo—: Niñita, éste es el hombre perfecto.

Aurélie se echó a reír tapándose la boca con la mano y su repentino ataque de risa me sorprendió tanto como el hecho de que la buena señora me tomara por un escritor, pero... maldita sea, yo *era* escritor, aunque no un gran literato, pero ante todo era el hombre perfecto. Y me sumé a las risas de las dos damas.

La señora Dinsmore alzó su copa.

—¿Sabe una cosa? Me resulta usted muy simpático, joven —dijo muy alegre, y me dio unos golpecitos en la pierna con sus manos repletas de anillos con vistosas piedras—. Puede llamarme sencillamente Liz.

Y cuando media hora más tarde Liz, mademoiselle Bredin y yo éramos los últimos clientes en abandonar La Coupole entre los calurosos gestos de despedida de los camareros para compartir un taxi que —según estableció la señora Dinsmore («Es mi cumpleaños y yo pago el taxi, ¡faltaría más!»)— dejaría primero a mademoiselle Bredin, que, al igual que la señora Dinsmore, iba sentada a mi lado (me adjudicaron el sitio entre las dos damas) y de vez en cuando dejaba caer sobre mi hombro su cabeza con ese pelo que olía tan bien, luego a mí y por último a la protagonista del cumpleaños, que vivía en algún punto del Marais, tuve que admitir que esa velada había terminado de forma distinta a como había imaginado.

Aunque fue, sin duda, una de las noches más divertidas que he vivido nunca.

Una semana más tarde estaba sentado un domingo con Adam Goldberg en los asientos de cuero rojo del café Les Éditeurs y le hablaba de Aurélie Bredin y de todos los curiosos enredos que se habían adueñado de mi vida en las últimas semanas.

En realidad, estábamos esperando a Sam, que había viajado hasta París con Adam, pero el dentista había ido al Champ de Mars a comprar miniaturas luminosas de la Torre Eiffel para sus hijos.

—*Oh, boy* —dijo Adam cuando le conté mi velada en La Coupole y las falsas llamadas de Silvestro—. Estás jugando con fuego, espero que lo sepas. ¿No podrías mentir un poco menos?

—¡Mira quién habla! —repliqué—. ¡Permíteme recordarte que todo este asunto del seudónimo y la foto del escritor fue idea tuya! —Yo no estaba acostumbrado a ver intranquilo a mi amigo, siempre tan imperturbable—. Eh, Adam, ¿qué pasa? —pregunté—. Siempre me estás diciendo que soy un gallina y ahora me echas un sermón.

Adam levantó la mano con gesto tranquilizador.

—Está bien, está bien... Pero antes era algo profesional. Ahora todo el asunto está tomando un cariz personal. Eso no me gusta. —Tamborileó con los dedos en el asiento de cuero—. Me parece peligroso, amigo, en serio. Me refiero a que es una *mujer*, André. Tiene *sentimientos*. ¿Qué crees que pasará si se entera de que le estás tomando el pelo, de que la estás engañando? Luego esa chica cogerá un cabreo monumental, irá a la editorial y llorará ante monsieur Monsignac y todo eso... Y entonces tú podrás ir recogiendo tus cosas.

Sacudí la cabeza.

—Mi plan es absolutamente perfecto —dije—. Aurélie jamás sabrá la verdad, a menos que tú le digas algo.

Desde mi velada en La Coupole había tenido tiempo suficiente para pensar cómo iba a seguir actuando. Y había decidido hacer llegar pronto a mademoiselle Bredin otra carta de Robert Miller en la que el escritor le propusiera fijar una fecha para la cena en Le Temps des Cerises. Yo sabía perfectamente cuándo iba a ser esa cita: el día del cumpleaños de Aurélie Bredin.

Pero esta vez la carta tenía que llegar directamente desde Inglaterra. Y por eso le había pedido a Adam que se la llevara y la echara en un buzón de Londres. Por qué Robert Miller no volvería a aparecer era algo que aún no había pensado. Sólo sabía que esa noche yo tendría que estar allí por algún motivo que todavía tenía que inventar. Y, en cualquier caso, lo que tenía claro era que la nueva anulación de la cita, que sería repentina, no podría llegar esta vez a través de mí.

Eso habría resultado demasiado chocante.

Ahora que estaba con el agente inglés de Robert Miller sentado en el café-restaurante donde lectores y editores se reunían para hablar de literatura más o menos elevada ante estanterías de libros que cubrían las paredes, se me pasó por la cabeza una idea que cada vez me iba gustando más. Pero había que pulirla un poco para que Adam Goldberg participara en ella. Así que me quedé callado y escuché los argumentos de mi amigo.

—¿Y si la chica se entera de la lectura en público y decide asistir? No podemos meter a mi hermano en tu lío amoroso, eso sería demasiado complicado. Para Sam ya ha sido un problema ocultarle a su mujer el verdadero motivo de su viaje a París. —Me miró—. Y antes de que lo preguntes: no, no se ha quitado la barba. A mi cuñada le gusta mucho la barba. Podría pensar que Sam tiene una amante, y mi hermano no quiere arriesgarse.

Asentí.

—Está bien, no importa. En realidad, no pasa nada si un autor se deja crecer la barba, ¿no? Pero no debe irse de la lengua. No tiene mujer. Vive solo con su pequeño perro *Rocky*, ¿recuerdas?, en su estúpido *cottage*.

(Adam se había mostrado muy orgulloso de su invención de *Rocky* cuando escribimos la breve biografía del autor. «Un perrito así es todo un éxito», había dicho. «¡Las mujeres caen como moscas!»).

—Todo eso se lo puedes decir a él personalmente —dijo Adam mirando el reloj—. ¿Dónde se habrá metido?

Los dos miramos automáticamente hacia la puerta, pero Sam Goldberg se tomó su tiempo. Adam dio otro trago a su whisky escocés y se reclinó en el asiento de cuero.

—¡Vaya mierda que aquí no se pueda fumar en ningún sitio! —dijo—. No me esperaba que vosotros los franceses os resignarais así. *Liberté toujours*, ¿no?

—Sí, mala suerte —contesté—. ¿Conoce tu hermano el argumento de la novela?

Adam asintió.

—Bueno —dijo, volviendo a sus temores—, ¿qué vas a hacer si mademoiselle Bredin se entera de la lectura?

Me reí con arrogancia.

—Adam —dije—. Ella es *cocinera*. Una vez leyó un libro, y casualmente ése era *mi* libro. No es una persona que asista habitualmente a lecturas de libros, *tu vois?* Además, todo ese lío tendrá lugar en una pequeña librería de la Île Saint-Louis. Ella no frecuenta esa zona. Y aunque lea la entrevista en *Le Figaro*... eso sale como pronto un día después, y para entonces... ¡abracadabra! Todo habrá pasado.

Por primera vez en mi carrera como editor estaba contento de que en este caso el márketing hubiera funcionado de forma «subóptima», como había dicho Michelle Auteuil:

—Pero las librerías mejor situadas ya no están libres, y aunque Robert Miller no es un desconocido, tampoco atrae tanto al público como para que los libreros se peleen por él, al menos no todavía. —Me había mirado a través de sus gafas negras—. En tales circunstancias podemos estar más que satisfechos con la Librairie Capricorne. El propietario es un señor mayor encantador que encarga la novela por lotes y tiene una clientela fija. Seguro que la librería se llenará.

A mí también me pareció que podíamos estar satisfechos.

Adam no estaba muy convencido.

—¡Abracadabra! —repitió, y la palabra sonó muy cómica en su acento inglés—. Lo que tú digas, Andy. A pesar de todo, me pregunto si no sería mejor dejar a un lado toda esa historia de mademoiselle Bredin. Por lo que me has contado, me parece algo excéntrica. Bastante *strange*, la chica. ¿Es que no puedes dejar ese asunto?

—*Non* —contesté.

—*Okay* —dijo Adam.

Luego guardamos silencio durante un rato.

—Entiéndelo, Adam —dije yo finalmente—. No es una chica cualquiera. ¡Es *la* chica! *The one and only.* Y no es un poco *strange*... Sólo tiene mucha fantasía y cree en fuerzas superiores, en el destino. Ya sabes, el hado. —Eché tres cucharadas de azúcar en mi café expreso, lo removí y bebí un sorbo del líquido caliente y dulce.

—El hado —repitió Adam, y soltó un suspiro.

—Sí, ¿qué hay de raro en ello? En cualquier caso, enseguida voy a hacer que Robert Miller se muera. En cuanto pase la cena en Le Temps des Cerises, el bueno y viejo Miller desaparecerá de la escena.

—¿Quiere decir eso que no vas a seguir escribiendo? —Adam, alarmado, se incorporó.

—Sí —dije—, así es. Esta doble vida me resulta muy estresante. A fin de cuentas, yo no soy James Bond.

—¿Estás loco? —dijo Adam muy alterado—. ¿Ahora que la novela va tan bien quieres tirar la toalla? ¿Cuántos ejemplares habéis vendido hasta ahora? ¿Cincuenta mil? Piensa un poco. Sabes escribir bien y serías un estúpido si no siguieras haciéndolo. Tienes potencial. Y en otros países también están despertando. En mi mesa están las primeras ofertas de Alemania, Holanda y España. Créeme, queda mucha tela que cortar. Y la segunda novela la colocaremos un poco más arriba. ¡Vamos a convertirla en un *bestseller!*

—¡Dios mío! ¡Hablas como Monsignac!

—¿Es que no quieres un *bestseller?* —preguntó Adam, sorprendido.

—No en estas condiciones —contesté—. Quiero tener tranquilidad. ¿Acabas de decirme que todo este juego de mentiras es peligroso y ahora quieres seguir así, sin más?

Adam sonrió levemente.

—Soy un profesional —dijo muy en plan *gentleman* inglés.

—Tienes delirios de grandeza. ¿Y cómo te lo imaginas en un futuro? ¿Escribe el autor sus novelas en algún lugar en el fin del mundo? ¿En Nueva Zelanda o en el Polo Norte? ¿O vamos a hacer venir a tu hermano una y otra vez?

—Si la cosa sale bien, ya tendremos ocasión de decir la verdad. —Adam se echó hacia atrás muy relajado—. Cuando llegue el momento, sacaremos una historia bonita. Tienes que entender de una vez cómo funciona el sector, André: el éxito siempre te da la razón. Así que yo creo que Robert Miller debe seguir escribiendo.

—Por encima de mi cadáver —repliqué—. Yo creo que sólo un autor muerto es un buen autor.

—*Hi, fellows* —dijo Samuel Goldberg—. ¿*Etáis habando de mí?*

Sam Goldberg había entrado sin que nos diéramos cuenta y había oído la última parte de nuestra conversación. Allí estaba mi álter ego con una trenca azul oscuro y una gorra de cuadros escoceses, cargado de bolsas de plástico con Torres Eiffel y cajas de tonos pastel de Ladurée.

Le observé con curiosidad. Tenía el pelo rubio y los ojos azules como su hermano. Por desgracia, su aspecto era tan estupendo como en la foto. Y aunque debía de rondar los cuarenta, tenía ese encanto juvenil que algunos hombres no pierden nunca por muchos años que cumplan. La barba no cambiaba nada, sobre todo cuando mostraba, como ahora, esa pícara sonrisa a lo Brad Pitt.

—*Hi,* Sam, ¿dónde te habías metido? —Adam se había puesto de pie y saludó a su hermano con una cariñosa palmada en el hombro—. Pensábamos que te habías perdido.

Sam sonrió y dejó ver una fila de resplandecientes dientes blancos. Como dentista, parecía de fiar, yo sólo podía confiar en que también resultara convincente como escritor.

—*Shopping* —dijo, y me llamó la atención que su voz se pareciera tanto a la de su hermano—. Tuve que *pgrometer* a mi familia que les llevaría algo. ¡*Oh, dear,* y la cola en ese Ladurée era *so long!* Me *sintió* ya casi como en casa. —Se rio—.

Tantos *japanese people* y todos querían comprar tartas y esas cosas de colores. —Señaló las cajas con los *macarons*—. ¿De verdad están tan buenos?

—Éste es André —me presentó Adam, y Sam me estrechó la mano.

—Me *alego* de verle —dijo mirándome fijamente—. He oído hablar *tanto* de usted. —Apretaba la mano con fuerza.

—Espero que bien —contesté algo encogido. Las típicas palabras—. Muchas gracias por venir a París, Sam. Nos va a ayudar a salir de un apuro.

—*Oh, yes!* —Sonrió satisfecho y asintió—. De un *epuro* —repitió—. Sí, sí. Adam me lo ha contado todo. Entre los dos habéis liado una buena, ¿no? *Tango* que decir que estoy muy sorprendido de haber *escribir* un libro. —Me hizo un guiño—. Por suerte tengo muy buen humor.

Asentí, aliviado. Era evidente que Adam había hecho un buen trabajo. Aunque al principio su hermano se mostró algo irritado cuando le presentamos el inesperado proyecto, ahora parecía muy relajado.

—Ahora somos algo así como... ¿Cómo se dice...? ¿Hermanos en el espíritu? —prosiguió—. *Well*, espero que funcione bien nuestro pequeño *compoto*.

Los tres nos reímos. Luego nos sentamos y mi hermano de espíritu pidió un té con leche y tarta de manzana y paseó la mirada por el café Les Éditeurs.

—*Lovely place* —dijo con gesto de aprobación.

En las dos horas que pasamos introduciendo a Sam Goldberg en su nueva identidad quedó de manifiesto que el hermano de Adam era un hombre tranquilo y bonachón cuyo carácter positivo podía expresarse sobre todo en dos palabras: *lovely* y *sexy*.

Lovely eran la ciudad de París, las Torres Eiffel de plástico dorado y con luz que había comprado para sus niños, la *tarte aux pommes* que se comió con el té y que dividió en delicados trozos y mi libro, del que sólo había leído el primer capítulo, pero cuyo argumento le había contado Adam *en détail*.

Sexy eran las camareras de Les Éditeurs, los estantes llenos de libros de la pared, la propuesta de Adam de enseñarle por la noche el Moulin Rouge, el viejo teléfono negro de baquelita que había en la recepción de su hotel y, sorprendentemente, mi reloj Rolex antiguo (era de mi padre y de una época en que los relojes Rolex todavía tenían correa de cuero y un diseño bastante más discreto que hoy).

Comprobé con alivio que el francés de Sam era mejor de lo que yo esperaba. Por lo general, un inglés habla inglés y nada más, pero como en su infancia los dos hermanos Goldberg habían pasado muchos veranos con un tío en Canadá, conocían bien el idioma. Adam hablaba un francés fluido gracias a su trabajo, mientras que su hermano se trabucaba un poco, aunque su vocabulario era abundante, y era evidente que no le importaba hablar en público. Al fin y al cabo, ya había pronunciado conferencias sobre la profilaxis y el tratamiento de la parodontosis en congresos de dentistas.

Preparamos la entrevista con *Le Figaro*, que tendría lugar a la mañana siguiente, y luego los pasajes del libro que tendría que leer por la tarde en la librería. Le expliqué cómo transcurriría la lectura y le aconsejé que ensayara un poco más su firma como «Robert Miller» para que no se equivocara al firmar los ejemplares.

—*¡Tango* que *proubar* ahora mismo! —exclamó. Cogió un papel y un lápiz y escribió su nuevo nombre con una espléndida letra redondeada.

—Robert Miller —dijo, mirando la firma con satisfacción—. Es realmente *sexy*, ¿no os parece?

Después de la lectura, que comenzaría hacia las ocho y duraría una hora y media como mucho, estaba prevista una cena con un grupo reducido de personas («¡Muy entrañable!», había insistido monsieur Monsignac), a la que debíamos asistir el autor, naturalmente, el librero (que seguro que había leído el libro), Jean-Paul Monsignac (que del libro sólo conocía el comienzo, la parte central y el final), Michelle Auteuil (que le había echado una ojeada al libro cuando estaba todavía en la fase de corrección de pruebas), Adam Goldberg (que conocía todo el libro) y un servidor. Tengo que decir que esa pequeña cena *entrañable* me daba un poco de miedo.

Las lecturas en público que se celebran en una librería suelen transcurrir siempre del mismo modo: saludo por parte del librero, saludo por parte de la editorial (en este caso debía asumir yo la tarea, ya que era el que iba a moderar el acto), el autor dice unas palabras, que se alegra mucho de estar allí y todo lo demás, y lee un par de pasajes. Luego aplausos, ¿alguien tiene alguna pregunta para el autor? Siempre las mismas preguntas: ¿qué le llevó a escribir este libro? En su libro hay un chico que ha crecido sin su padre... ¿es usted ese chico? ¿Siempre quiso ser escritor? ¿Está escribiendo un nuevo libro? ¿De qué trata? ¿También transcurre la acción en París? Y a veces, pocas, surgen preguntas como: ¿cuándo escribe usted (por la mañana, por la tarde, por la noche)? ¿Dónde escribe usted (mirando la vegetación, delante de una pared blanca, en un café, en un convento)? Y, naturalmente, también: ¿de dónde saca usted las ideas?

Pero a veces la gente no es tan curiosa o es demasiado tímida como para hacer una pregunta, y en esos casos el librero-editor-moderador dice algo así como: «Entonces, tengo yo una pregunta para redondear el tema». O bien anuncia: «Si nadie tiene ninguna pregunta más, les agradezco que hayan venido, y muchas gracias, naturalmente, a nuestro autor, que ahora firmará gustosamente sus libros». Más aplausos. Y entonces la gente se acerca para comprar el libro y que el autor se lo firme. Y al final se hacen unas cuantas fotos.

Una lectura por parte del autor es un evento muy previsible, si me preguntan.

En una cena con un grupo reducido de personas hay muchos más imponderables, sobre todo cuando se tiene algo que esconder. Mi capacidad de anticipación no era tan grande como para poder prever todos los temas posibles e imposibles que podían surgir en una cena así. Pude ver a monsieur Monsignac preguntando de golpe a ese inglés supuestamente francófilo: «¿Le gustan los caracoles?», y como éste hacía un gesto de asco. Confié en que no se hablara demasiado sobre libros, pues Sam Goldberg no estaba muy al tanto de la lista de los más vendidos y no sería de extrañar que tomara a Marc Levy por un actor o a Anna Gavalda por una cantante de ópera.

Por otro lado, Sam estaría flanqueado por Adam y por mí como si fuéramos sus guardaespaldas. Y con un poco de presencia de ánimo por parte del dentista la velada podría resultar bastante pasable.

Aconsejé a Sam que ante las preguntas peliagudas del público o durante la cena pusiera como excusa su escaso conocimiento del idioma. «*Oh, sorry*, no le he *intindido* bien, ¿qué quiere decir?», debía preguntar con ingenuidad, y uno de nosotros dos acudiría en su ayuda.

Era importante que interiorizara los puntos que le repetíamos una y otra vez: vivía *solo* en su *cottage*. Habíamos acordado que estaba en la pintoresca localidad de Tunbridge Wells. («*Lovely place*», dijo Sam, y: «Qué pena que no pueda tener una *family*»).

Su perro *Rocky* era un yorkshire-terrier y no un golden retriever, como Sam dijo al principio de forma errónea, y *Rocky* estaba ahora al cuidado de un amable vecino.

A la pregunta de si su libro tenía referencias autobiográficas debía responder: «Bueno, ya sabe, todo libro tiene algo de autobiográfico. Claro que hay cosas que yo he vivido, otras las he oído contar o son inventadas».

Había viajado mucho a París cuando trabajaba para la fábrica de coches, pero en ese momento necesitaba tranquilidad y naturaleza, y valoraba mucho su *cottage* apartado del mundo.

Que un periodista visitara su hogar sería para él un horror. (Esto como precaución, ante el supuesto caso de que cayera en manos de Michelle Auteuil).

No era amante de las fiestas.

Adoraba la cocina francesa.

Tenía en mente una segunda novela sobre París, pero tardaría todavía un tiempo en escribirla (¡nada de datos concretos sobre el argumento!).

Su *hobby* eran los coches antiguos.

El peligro de que en Francia un escritor se viera envuelto en una conversación sobre coches me parecía relativamente pequeño, pero, a pesar de todo, cuando nos despedimos entregué a Sam un libro de fotografías de coches antiguos.

—Entonces nos vemos mañana por la tarde —dije cuando ya estábamos los tres fuera del café y Sam movía sus bolsas llenas de regalos.

Los dos hermanos querían pasar por su hotel antes de revolucionar la noche parisina. Yo sólo quería irme a casa.

—Estaría bien que estuvierais allí media hora antes —dije tomando aire con fuerza—. No va a ser posible, ¿verdad?

—Todo saldrá bien —dijo Adam—. Seremos muy puntuales.

—*Yes*, seremos niños buenos —insistió Sam.

Y allí se separaron nuestros caminos.

Las grandes catástrofes siempre van precedidas de un presagio. Pero muchas veces no se le presta atención. Cuando a la mañana siguiente estaba en el cuarto de baño afeitándome, oí de pronto un gran estruendo. Corrí descalzo por el pasillo a oscuras y pisé un cristal antes de ver lo que había ocurrido.

El pesado espejo antiguo que colgaba junto al perchero se había caído, el marco oscuro de madera de raíz se había roto y todo estaba lleno de cristales. Soltando un taco me saqué la esquirla del pie ensangrentado y fui cojeando hasta la cocina para coger una tirita.

—¡A prueba de bombas! —había dicho mi amigo Michel cuando me colgó el espejo que unas semanas antes yo había transportado en el metro desde el Marché aux Puces, el mercadillo de la Porte de Clignancourt, y luego había cargado hasta mi casa.

Las personas supersticiosas dicen que un espejo que se cae de la pared anuncia una desgracia. Pero yo no soy supersticioso, gracias a Dios, y me limité a recoger todos los cristales entre maldiciones y a marcharme a la editorial.

A mediodía me reuní con Hélène Bonvin, la autora del bloqueo creativo. Nos sentamos en el primer piso del Café de Flore, tomamos el *assortiment de fromage,* y después de convencerla de que me gustaba lo que había escrito hasta entonces («¿No dirá usted eso ahora para tranquilizarme, no, monsieur Chabanais?») y proporcionarle algunas ideas para el resto de su novela, me apresuré a volver a la editorial.

Unos segundos más tarde entró madame Petit en mi despacho para decirme que había llamado mi madre y que me pedía que la llamara cuanto antes.

—Parecía algo *realmente* urgente —aseguró madame Petit mientras me miraba con las cejas levantadas.

—¿Ah, sí? Para mi madre *todo* es urgente. Probablemente se haya caído otro vecino de la escalera. Esta tarde tengo una lectura, madame Petit, es imposible.

Media hora más tarde estaba sentado en un taxi y me dirigía al hospital. Esta vez no había sido un vecino.

Aquel lunes *maman* había decidido de repente hacer una pequeña excursión a París y se había caído por las escaleras mecánicas de las Galeries Lafayette con todas las bolsas en la mano.

Ahora esperaba con una pierna rota en la sala IV y me sonreía con timidez por encima de su pierna inmovilizada. Parecía muy pequeña tapada con la sábana y, por un momento, se me encogió el corazón.

—*Maman*, ¿qué has hecho? —murmuré, y le di un beso.

—Ay, *mon petit boubou* —sollozó—. Sabía que vendrías enseguida.

Asentí avergonzado. Cuando *maman* llamó por segunda vez una hora más tarde para darme la dirección del hospital, madame Petit le había dicho amablemente que en ese mismo instante yo entraba por la puerta. Luego me miró con un gesto de reproche.

—¡Ya se lo había dicho, monsieur Chabanais! ¡Dese prisa!

Cogí la mano de *maman* y me juré a mí mismo que a partir de entonces le devolvería siempre las llamadas. Me quedé mirando la pierna inmovilizada, que reposaba sobre la cama.

—¿Te duele?

Sacudió la cabeza.

—Ya estoy mejor. Me han dado un calmante. Pero ahora me caigo de sueño.

—Pero ¿qué te ha pasado?

—¡Ay, ya sabes, en diciembre ponen unos adornos tan bonitos en Lafayette...! —Me miró con ojos resplandecientes—. Y pensé que podía ir a verlos, tomar algo para comer y hacer ya algunas compras de Navidad. Y entonces, no sé cómo, me enredé con todas las bolsas en las escaleras mecánicas y me caí. ¡Fue todo tan rápido...!

—Dios mío, ¡podía haberte pasado cualquier cosa!

Ella asintió.

—Tengo un buen ángel de la guarda.

Mi mirada se posó sobre un par de zapatos con un elegante tacón no precisamente bajo que estaban en el estrecho armario junto a la cama.

—¿No llevarías puestos *esos* zapatos?

Maman guardó silencio.

—*Maman,* es invierno, cualquier persona sensata lleva unos zapatos *seguros,* ¿y tú te vas a hacer las compras de Navidad con tacones? ¿Y en la escalera mecánica...?

Me miró con cara de culpabilidad. Ya habíamos tenido otras veces esta discusión acerca de los zapatos *seguros* y, como yo siempre le decía, más *adecuados a su edad,* pero ella no quería oír hablar de eso.

—Dios mío, *maman,* eres una mujer mayor. Debes tener más cuidado, ¿sabes?

—No me gustan esos zapatos de abuela —gruñó—. Tal vez sea vieja, pero todavía tengo unas piernas bonitas, ¿o no?

Sonreí y sacudí la cabeza. *Maman* siempre había estado muy orgullosa de sus bien torneadas piernas. Y a sus setenta y cuatro años seguía siendo todavía bastante presumida.

—Sí, claro que las tienes —dije yo—. Pero rotas no te sirven de nada.

Me quedé dos horas con ella, le compré fruta, zumos, un par de revistas y un pequeño neceser con algunas cosas de aseo, y luego volví a Éditions Opale para recoger mis papeles.

Eran ya las cinco y media y no merecía la pena pasar por casa. Así que decidí ir directamente de la editorial a la librería. Madame Petit ya se había marchado cuando yo llegué, pero en el último momento, iba a apagar la luz, descubrí una pequeña nota suya que había pegado en mi lámpara.

«¿Qué tal está su madre?», ponía en la nota. Y debajo: «Una tal Aurélie Bredin le pide que la llame».

Hoy me pregunto si en ese momento no deberían haber saltado todas las alarmas en mi mente. Pero no percibí la señal.

La pequeña librería de la Île Saint-Louis estaba llena hasta los topes. Yo me encontraba con Pascal Fermier, el propietario de pelo gris de la Librairie Capricorne, en una especie de pequeña cocina y espiaba a través de la cortina verde oscuro que separaba la trastienda del resto de la librería. A mi lado se amontonaban en el suelo los catálogos de todas las editoriales posibles. En los estantes que había sobre una pila se veían algunas tazas de café y unos platos. Las cajas de cartón apiladas llegaban hasta el techo; debajo se oía el zumbido de una nevera.

Robert Miller, alias Sam Goldberg, estaba a mi lado y sujetaba con fuerza una copa de vino.

—*How lovely!* —había exclamado una hora antes al entrar en la encantadora librería de monsieur Fermier. Pero ahora estaba algo nervioso y ya apenas hablaba. Abría una y otra vez el libro por las páginas que yo le había marcado con pequeños papeles rojos.

—Enhorabuena. —Me volví hacia el viejo librero—. La librería está llena.

Fermier asintió y su bondadosa cara resplandeció.

—El libro de monsieur Miller se ha vendido todo el tiempo muy bien —dijo—. Y cuando la semana pasada colgué en el escaparate el cartel anunciando la lectura muchas personas del barrio mostraron interés y reservaron sitio. Pero no me esperaba que fuera a venir tanta gente. —Se volvió hacia Sam, que nos miraba muy concentrado—. Tiene usted muchos fans, míster Miller —dijo—. Es estupendo que haya podido venir.

Atravesó la cortina, sonrió a los ocupantes de las sillas colocadas en filas y se dirigió a una pequeña mesa de madera que estaba algo elevada en la parte posterior de la sala. En la mesa había un micrófono, al lado un vaso y una botella de agua. Detrás, una silla.

—Allá vamos —dije a Sam—. No tengas miedo, yo estaré cerca. —Le señalé una segunda silla que había junto a la tarima.

Sam carraspeó.

—Espero no *haser* nada mal.

—Seguro que no —dije mientras monsieur Fermier daba unos golpecitos en el micrófono. Le apreté el brazo—. ¡Y gracias de nuevo!

Luego atravesé yo también la cortina y me situé al lado de monsieur Fermier, que en ese momento agarraba el micrófono con una mano. El librero esperó a que cesaran los cuchicheos y los ruidos de las sillas, y luego dio la bienvenida a los presentes en pocas palabras y me pasó el micrófono. Le di las gracias y miré al público.

En la primera fila estaba media editorial. Habían ido todos los editores. Madame Petit estaba sentada en su silla como en un trono, con su vistoso caftán, y en ese momento le decía algo a Adam Goldberg. Jean-Paul Monsignac, esta vez con pajarita, había tomado asiento junto a Florence Mirabeau, que parecía casi tan nerviosa como Sam Goldberg. Era la primera vez que asistía a una lectura.

Y al fondo, como una reina y sumamente satisfecha, Michelle Auteuil, de negro como siempre, junto a los fotógrafos.

—Es realmente encantador su Miller, se ha ganado a los periodistas —me había dicho de pasada cuando entré en la librería.

—Señoras y señores —empecé—, me gustaría presentarles hoy a un autor que ha hecho de nuestra bella ciudad el escenario de su maravillosa novela. En realidad, podría haberse quedado cómodamente sentado junto a la chimenea de su *cottage* inglés, pero no ha dudado en venir hoy aquí a leer unos pasajes de su libro para nosotros. Su novela se titula *La sonrisa de las mujeres,* pero podría haberse llamado también *Un inglés en París,* pues trata de lo que ocurre cuando un inglés debe trabajar en París para una conocida marca de coches inglesa, y aún más, de lo que ocurre cuando un inglés se enamora de una mujer francesa. Saluden conmigo a... ¡Robert Miller!

El público aplaudió y observó con expectación al hombre delgado y ágil, vestido con camisa y chaleco, que hizo una leve reverencia y luego tomó asiento tras la mesa.

—Muy bien —dijo Robert Miller, y se reclinó en su silla sonriendo—. En mi *cottage* se está muy bien, pero tengo que decir que aquí también estoy muy a *justo.* —Ésas fueron sus primeras palabras.

Se oyeron algunas risas bienintencionadas entre el público.

—En realidad —continuó Robert Miller, envalentonado—, esta librería es como... eh... como el cuarto de estar de mi casa, aunque yo no tengo tantos libros. —Miró alrededor—. *Wow!* —exclamó—. ¡Esto es realmente *sexy!*

Yo no sabía qué podía tener de *sexy* una librería —¿era eso el humor inglés?—, pero al público le hizo gracia.

—*Anyway.* Me gustaría darles las gracias por haber venido. Por desgracia, no *haplo* francés tan bien como ustedes, pero tampoco tan mal como un *inglís.*

Nuevas risas.

—Así que —dijo Robert Miller abriendo mi libro—, vamos a empezar.

Fue una lectura muy entretenida. El hermano de Adam, animado por la reacción de sus fans, fue ganando confianza. Leyó, se trabucó a su graciosa manera, soltó algunos chistes, y los oyentes estaban encantados. Tengo que admitir que ni siquiera yo habría podido hacerlo mejor.

Al final hubo grandes aplausos. Miré a Adam, que asintió con un gesto de complicidad y colocó el pulgar hacia arriba. Monsieur Monsignac aplaudía muy contento y le dijo algo a mademoiselle Mirabeau, que durante toda la lectura había estado pendiente de los labios del autor. Luego vinieron las primeras preguntas por parte del público, que nuestro autor contestó con valentía. Pero cuando una atractiva rubia de la quinta fila le preguntó por su nueva novela, se apartó de nuestro guion.

—¡Oh, sí! *Claro* que habrá una nueva novela, ya casi está terminada —dijo encantado de conocerse y olvidando por un momento que en realidad él no era ningún escritor.

—¿De qué trata su nueva novela, monsieur Miller? ¿La acción tiene lugar también en París?

El autor asintió.

—¡Sí, naturalmente! Adoro esta bella ciudad. Y esta vez mi protagonista es un dentista inglés que durante un congreso se enamora de una bailarina francesa del Moulin Rouge —se inventó.

Carraspeé para hacerle una señal de advertencia. Probablemente le había servido de inspiración su salida nocturna por París.

Miller me miró.

—*Well*, no debo *despelar* nada más, si no, mi *editor* me va a regañar y nadie comprará mi nuevo libro —dijo con toda tranquilidad.

Monsieur Monsignac soltó una risotada y otros muchos hicieron lo mismo. Yo me removí nervioso en la silla e intenté reírme también. Hasta entonces todo había marchado bien, pero ya era hora de que el dentista fuera acabando. Me puse de pie.

—¿Cómo es que se ha dejado barba, míster Miller? ¿Tiene algo que ocultar? —gritó desde muy atrás una indiscreta chica con coleta, y luego se echó a reír junto con sus amigas.

Miller se pasó la mano por su poblada barba rubia.

—Bueno, usted es todavía muy *young*, mademoiselle —contestó—. Si no, sabría que a ningún hombre le gusta verse en los carteles. Pero... —Hizo una pequeña pausa artificial—. Si se refiere a si estoy en el *Secret Service,* lamento decepcionarla. La cosa es mucho más sencilla... Antes tenía una estupenda... —Hizo una pausa y contuvo la respiración. ¿No iría a hablar ahora de su mujer?—. Una estupenda maquinilla de afeitar —continuó, y respiré aliviado—. Y de pronto un día se rompió.

Todos se rieron. Me acerqué a Miller y le estreché la mano.

—Ha estado muy bien, muchas gracias, Robert Miller —dije en voz alta, y me dirigí al público, que aplaudía con frenesí—. Si nadie tiene ninguna pregunta más, el autor firmará sus libros con mucho gusto.

Los aplausos se fueron apagando y los primeros clientes se pusieron de pie para ir hacia delante cuando, de pronto, una voz clara, algo jadeante, se alzó por encima del barullo.

—Yo tengo una pregunta, por favor —dijo la voz, y mi corazón dejó de latir durante un instante.

A la izquierda, muy cerca de la entrada, estaba mademoiselle Aurélie Bredin.

A lo largo de mi vida he moderado muchas lecturas de libros en librerías más grandes e importantes y con autores mucho más famosos que Robert Miller.

Pero en ninguna he sudado al final tanta sangre como aquella tarde de lunes en la pequeña Librairie Capricorne.

Aurélie Bredin estaba allí, como surgida de la nada, y al ver su vestido de terciopelo rojo y su pelo recogido comprendí el motivo al instante.

—Señor Miller, ¿se ha enamorado usted realmente de una parisina... como el protagonista de su novela? —preguntó, y su boca se frunció en una delicada sonrisa.

Robert Miller me miró un segundo con inseguridad, y yo cerré los ojos y lo dejé todo en manos de Dios.

—Bueno... eh... —Noté que el dentista vacilaba cuando volvió a mirar a la mujer del vestido rojo—. ¿Cómo le diría yo...? Las mujeres de París son sencillamente... tan... increíbles... encantadoras... es difícil resistirse... —Había recuperado la calma y mostró su sonrisa de yo-soy-sólo-un-niño-y-no-puedo-evitarlo antes de terminar la frase—. Pero me temo que sobre eso no debo hablar... soy un *gentleman, you know?*

Hizo una leve reverencia y el público estalló de nuevo en aplausos, mientras monsieur Monsignac se precipitaba hacia delante para felicitar a Robert Miller y dejarse fotografiar con él.

—Venga aquí, André —me gritó moviendo la mano—. ¡Usted también tiene que salir en la foto!

Me coloqué al lado de mi exultante jefe, que pasó sus brazos por encima del hombro de Miller y el mío y me susurró:

—*Il est ravissant, cet Anglais!* Este inglés es fantástico.

Asentí y forcé una sonrisa para la foto mientras observaba con temor cómo la gente formaba una cola para que el autor firmara sus libros. Y al final de esa cola se situó la mujer del vestido de terciopelo rojo.

Robert Miller se sentó de nuevo y empezó a firmar libros, y yo me llevé a Adam a un lado.

—*Mayday, mayday* —susurré nervioso.

Me miró sorprendido.

—Pero si todo ha salido muy bien.

—Adam, no me refiero a eso. ¡Ella está aquí! —dije en voz baja, y oí cómo mi voz amenazaba con quebrarse—. ¡Ella!

Adam lo entendió al instante.

—¡Dios mío! —soltó—. ¿No será *the one and only?*

—Sí, justo ésa —dije, y le agarré del brazo—. Es la mujer del vestido de terciopelo rojo, está al final de la cola, ahí... ¿la ves? Y se va a acercar para que le firme el libro. ¡Adam, no debe hablar con tu hermano bajo ningún concepto! ¿Lo entiendes? ¡Tenemos que evitarlo!

—Está bien. Vayamos a ocupar nuestros puestos.

Cuando finalmente llegó el turno de Aurélie Bredin, que era la última de la cola, y dejó su libro sobre la mesa tras la que se encontraba sentado Robert Miller —flanqueado por Adam y por mí—, mi corazón empezó a latir a toda velocidad.

Aurélie Bredin ladeó la cabeza un instante y me lanzó una fría mirada con las cejas levantadas. Yo murmuré un «*bonsoir*», pero ella no se dignó dirigirme una sola palabra. No cabía duda de que estaba enfadada conmigo, y las pequeñas perlas en forma de gota de sus pendientes se balancearon de modo agresivo cuando giró de nuevo la cabeza. Luego se inclinó hacia Robert Miller y su gesto se alegró.

—Soy Aurélie Bredin —dijo, y yo solté un gemido apagado.

El dentista le sonrió con amabilidad sin entender nada.

—¿Tiene usted algún deseo especial? —preguntó como si tuviera mucha experiencia firmando libros.

—No. —Aurélie Bredin sacudió la cabeza y sonrió. Luego le dirigió una significativa mirada.

Robert Miller, alias Sam Goldberg, sonrió a su vez, era evidente que él también se alegraba del interés que había despertado en la bella mujer del pelo recogido. Metió tripa y reflexionó un instante.

—Bueno, entonces escribiremos: «Para Aurélie Bredin con afectuosos saludos de Robert Miller», ¿le parece bien? —Se inclinó hacia delante y se concentró en la firma—. Por favor —dijo luego, y alzó la mirada.

Aurélie Bredin volvió a sonreír y cerró el libro sin mirarlo.

La mirada de Sam se detuvo un momento en la boca de ella.

—¿Puedo decirle un piropo, mademoiselle? Tiene usted unos dientes realmente *maravillosos*. —Y asintió con reconocimiento.

Ella se sonrojó y se echó a reír.

—¡Nunca me habían dicho un piropo así! —exclamó sorprendida. Y luego añadió algo que hizo que se me cayera el alma a los pies—: ¡Qué lástima que no pudiera ir a La Coupole, yo también estaba allí!

Ahora le tocaba a Sam sorprenderse. Casi se pudo ver cómo se ponía a trabajar su cerebro. No estoy muy seguro de si nuestro dentista pensó en un primer momento que La Coupole era una especie de local en el que aparecían bailarinas de largas piernas con plumas en el trasero, pero en cualquier caso miró a Aurélie Bredin con ojos vidriosos, como si intentara recordar algo, y luego dijo con cautela:

—¡Oh, sí! ¡La Coupole! Tengo que ir sin falta. *Lovely place, very lovely!*

Aurélie Bredin estaba visiblemente irritada. El rosa de sus mejillas se volvió un tono más oscuro, pero insistió con un nuevo asalto.

—Recibí su carta la semana pasada, míster Miller —dijo en voz baja, y se mordisqueó el labio inferior—. Me alegré mucho de que respondiera a mi carta. —Le miró con expectación.

Aquello no figuraba en nuestro guion. A Sam Goldberg le salieron unas manchas rojas en la frente y yo empecé a sudar. Me sentía incapaz de decir una sola frase y escuché impotente cómo el dentista tartamudeaba muy apurado:

—*Well*... eso... fue un placer... Sí, un placer... ¿Sabe...? Yo... yo... —Buscaba palabras que no se le ocurrían.

Lancé una mirada de socorro a Adam. Él miró el reloj y se inclinó sobre su hermano.

—*Sorry*, míster Miller, pero tenemos que irnos —dijo—. Todavía nos queda la cena.

—Sí —intervine yo, y mi rigidez dio paso al urgente deseo de alejar al dentista de Aurélie Bredin—. Vamos a llegar *realmente* tarde.

Agarré a Sam Goldberg del brazo y le levanté de la silla.

—Lo siento, tenemos que irnos. —Dirigí un gesto de disculpa a Aurélie Bredin—. Nos están esperando.

—¡Ah, monsieur Chabanais! —dijo como si se percatara de mi presencia en ese momento—. Muchas gracias por la invitación a la lectura. —Sus ojos verdes lanzaban chispas cuando se apartó un poco para dejarnos pasar. —Encantada de haberle visto, míster Miller —dijo mientras tendía la mano a un Sam perplejo—. Espero que no olvide nuestra cita.

Volvió a sonreír y se apartó del rostro un mechón que se le había soltado. Sam la miró estupefacto.

—*Au revoir*, mademoiselle —respondió, y antes de que pudiera añadir nada más le arrastramos entre la gente, que ya se estaba poniendo los abrigos sin dejar de hablar.

—¿Quién... quién *es* esa mujer? —preguntó Sam en voz baja sin dejar de volver la cabeza hacia Aurélie Bredin, que permanecía en la tarima con su libro y nos siguió con la mirada hasta que abandonamos la librería.

11

Era mucho más de medianoche cuando pedí a Bernadette que llamara a un taxi. Después de la memorable lectura en la Librairie Capricorne habíamos ido a su casa a tomar una copa de vino. Y me sentó bien.

Debo admitir que me quedé un tanto perpleja al ver cómo Robert Miller se volvía a mirar por encima del hombro cuando salía a toda prisa de la librería junto con André Chabanais y otro hombre vestido con traje marrón claro.

—¿Sabes lo que no entiendo? —dijo Bernadette. Ya nos habíamos quitado los zapatos y estábamos sentadas en su enorme sofá—. Tú has escrito una carta, él ha escrito una carta, y luego se queda mirándote como si fueras una aparición, no reacciona y hace como si jamás hubiera oído tu nombre. Todo eso me resulta bastante extraño.

Asentí.

—Yo tampoco me lo explico muy bien —repliqué, e intenté recordar de nuevo todos los detalles de mi breve conversación con Robert Miller—. ¿Sabes? Parecía tan... tan desconcertado. Era como si no entendiera nada. A lo mejor simplemente es que no contaba con que yo asistiera a la lectura.

Bernadette tomó un sorbo de vino y cogió unas nueces de macadamia de un cuenco.

—Hmm... —dijo, mientras masticaba pensativa—. Pero no estaba bebido, ¿no? Y ¿por qué iba a estar desconcertado? Sinceramente: es un autor, no puede sorprenderse de que asista a la lectura una mujer que encuentra su libro tan fantástico que incluso quiere invitarle a cenar.

Guardé silencio y añadí para mis adentros: una mujer que además le ha enviado una foto suya. Pero Bernadette no sabía nada de eso y yo tampoco tenía previsto contárselo.

—Cuando mencioné nuestra cita, me miró extrañado. —De pronto se me ocurrió una idea—. ¡A lo mejor estaba tan apurado porque le acompañaban los de la editorial!

—Me parece bastante improbable... Antes no se había mostrado precisamente tímido. ¡Acuérdate de cómo respondía a las preguntas!

Bernadette se quitó el pasador y sacudió su melena. Los mechones rubios brillaron a la luz de la lámpara de pie que había junto al sofá. La observé mientras se pasaba las manos por el pelo.

—¿Crees que tengo otro aspecto cuando me recojo el pelo? —pregunté.

Bernadette me miró.

—Bueno, *yo* te reconocería siempre. —Se rio—. ¿Por qué lo preguntas? ¿Porque la mujer del libro que se parece a ti lleva el pelo suelto? —Se encogió de hombros y se echó hacia atrás—. ¿Mencionó él en su carta la fecha de la lectura en la librería? —preguntó.

Sacudí la cabeza.

—No, pero puede que se le pasara. Probablemente no supiera nada seguro cuando escribió la carta. Sí, es posible. —Cogí también un puñado de nueces del cuenco—. Lo que me parece realmente sorprendente es que ese tal Chabanais no me haya avisado. —Mordisqueé una nuez—. Parecía muy cortado cuando me vio aparecer de pronto.

—A lo mejor simplemente se le olvidó.

—¡Ja, olvidarlo! —contesté muy enfadada—. ¿Después de esa velada totalmente surrealista que pasamos en La Coupole a la que me había invitado *sólo* por Robert Miller? Quiero decir que él *sabía* que era importante para mí.

Apoyé la espalda en un brazo del sofá. Si no hubiera sido por Bernadette, no me habría enterado de que Robert Miller estaba en París. Pero como mi amiga vivía en la Île Saint-Louis, a menudo compraba libros al amable monsieur Chagall, que en realidad se llamaba Pascal Fermier, y aquella misma mañana había visto el cartel del escaparate.

Esa fría y soleada mañana de lunes habíamos quedado para dar un paseo por las Tullerías y lo primero que me preguntó Bernadette fue si esa tarde iba a ir a la lectura de Robert Miller y si podía acompañarme.

—Yo también quiero ver a ese escritor tan maravilloso —dijo mientras se colgaba de mi brazo.

—¿Qué? ¡No puede ser! —exclamé—. ¿Por qué no me ha dicho nada ese tipo estúpido de la editorial?

Y después de comer había ido a la Librairie Capricorne para asegurarme de que la cita era ese día. «¡Qué suerte que el restaurante cierra esta tarde!», pensé mientras subía las escaleras del metro.

Pocos minutos después empujaba la puerta de la librería en la que había entrado por primera vez unas semanas antes cuando huía de un policía preocupado por mí.

—¡Otra vez aquí! —exclamó monsieur Chagall cuando me acerqué a la caja. Me había reconocido al instante.

—Sí —contesté—. Me gustó mucho la novela.

Me había parecido una buena señal que Robert Miller hiciera su lectura justo en la librería en la que yo había descubierto su libro.

—¿Se encuentra mejor? —me preguntó el viejo librero—. Parecía entonces tan perdida...

—Y lo estaba —respondí—. Pero han pasado muchas cosas desde entonces. Muchas cosas bonitas —añadí—. Y todo empezó con este libro.

Observé pensativa el vino rojo que se movía en mi copa.

—¿Sabes, Bernadette? Yo creo que ese tal Chabanais está loco. A veces puede ser encantador, tenías que haberle visto en La Coupole, pero otras se muestra desagradable y gruñón. O manda a su secretaria que me diga que no está.

Esa misma tarde había llamado a la editorial para quejarme a André Chabanais y comunicarle que ya había confirmado mi asistencia a la lectura, pero, por desgracia, sólo se había puesto su secretaria, que se había limitado a despacharme, y a mi pregunta de cuándo regresaría el editor me había contestado con brusquedad que esa tarde monsieur Chabanais no tenía tiempo para nada.

—Pues parece simpático —comentó Bernadette.

—Sí, es cierto —dije yo, y vi de nuevo ante mí los ojos azules del inglés que me habían mirado tan desconcertados cuando mencioné la cita frustrada en La Coupole—. Aunque ahora lleva barba.

Bernadette se echó a reír.

—Me refería a ese tal Chabanais. —Le lancé un cojín y ella lo esquivó hábilmente—. Pero el inglés tampoco está mal. Y tengo que decirte que me pareció muy gracioso.

—Sí, ¿verdad? —Me incorporé—. La lectura ha resultado muy divertida. Pero sus cumplidos son un poco raros. —Me acurruqué en los cojines del sofá—. «Tiene usted unos dientes realmente maravillosos», me ha dicho, ¿qué te parece? Si hubiera dicho «ojos» o «tiene usted una boca preciosa»... —Sacudí la cabeza—. No se le dice a una mujer que tiene unos *dientes* maravillosos.

—A lo mejor es que los hombres ingleses son diferentes —replicó Bernadette—. En cualquier caso, su actitud ante ti me pareció rara. O ese hombre tiene una memoria como un colador o, no lo sé, su mujer estaba cerca y tiene algo que ocultarle.

—Vive solo, ya lo has oído —dije—. Además, Chabanais me contó que su mujer le había abandonado.

Bernadette me miró con sus enormes ojos azul oscuro y arrugó la frente.

—Algo no encaja en todo este asunto —dijo—. Aunque a lo mejor hay una explicación muy sencilla.

Suspiré.

—Piensa un poco, Aurélie. ¿Qué dijo *exactamente* ese Miller al final? —preguntó Bernadette.

—Bueno, al final todo fue muy rápido porque Chabanais y el otro tipo tenían mucha prisa por marcharse. Le escoltaron como a un político. —Pensé un poco en aquel instante—. Tartamudeó algo así como que le habría gustado escribirme esa carta y luego dijo *au revoir*. Adiós.

—Vaya —dijo Bernadette, y vació su copa de vino.

Un poco después, sentada en el taxi mientras circulábamos por el iluminado Boulevard Saint-Germain, abrí de nuevo el libro en el que Robert Miller me había escrito su dedicatoria:

Para Aurélie Bredin con afectuosos saludos de Robert Miller.

Pasé los dedos por encima de la firma y me quedé mirando las letras redondeadas como si fueran la clave para desvelar el misterio de Miller.

Y lo eran. Pero en ese momento no lo supe ver.

12

Siempre me ha impresionado mucho una escena de la vieja película en blanco y negro *Los niños del paraíso*. Es al final, cuando un desesperado Baptiste corre tras Garance, su gran amor, y al final la pierde entre el barullo del carnaval en la calle. Se derrumba, no puede avanzar, se ve rodeado y empujado por una multitud que ríe y baila en la que él no puede abrirse paso. Un hombre infeliz, desesperado, en medio de gente alegre que celebra una fiesta desenfadada: es una imagen que no se olvida fácilmente y que me vino a la memoria cuando, tras la lectura en público, estaba sentado con Sam Goldberg y los demás en un restaurante alsaciano que estaba cerca de la librería.

El corpulento camarero nos asignó una mesa grande al fondo del local e hizo sonar las copas y los cubiertos mientras nos acomodábamos. Todos parecían de buen humor, bebieron, bromearon... El dentista se convirtió en la estrella de la velada, y al final todos estaban contentos y alegres por el vino... menos yo, el desgraciado Baptiste, que estaba allí como un extraterrestre porque las cosas no habían ido tan bien para él.

—¡Sí que estaba enfadada, tío! —me había susurrado Adam cuando abandonamos la Librairie Capricorne mientras su hermano no paraba de preguntarnos quién era la bella mujer del vestido rojo.

Adam le había explicado que en las lecturas siempre podían aparecer fans entusiasmadas que intentaban ligar con el autor.

—*Wow!* —había exclamado el dentista antes de añadir que cada vez le gustaba más ser escritor—. A lo mejor debería escribir un libro de verdad, ¿qué os parece?

—¡Atrévete, por Dios! —le había dicho Adam.

Yo no dije nada y a lo largo de la tarde me fui quedando cada vez más callado.

Con Aurélie Bredin había fracasado como el amable editor André Chabanais que siempre estaba dispuesto a ayudar. Y ahora también había echado a perder al fabuloso Robert Miller.

Tras la penosa aparición de nuestro no-escritor yo ya no estaba seguro de que el atractivo de nuestro inglés no hubiera sufrido de modo significativo. «¡Oh, sí! ¡La Coupole! *Lovely place, very lovely!*». Aurélie Bredin debía de haberlo tomado por un idiota. ¡Y lo de los dientes! Sólo me quedaba confiar en que Aurélie no decidiera cancelar la cita con Robert Miller en su restaurante. En ese caso, ya no tendría ninguna oportunidad.

Me quedé mirando mi plato mientras oía a los demás a lo lejos.

Hasta Jean-Paul Monsignac, que se divertía mucho con nuestro autor, se dio cuenta. Me miró levantando su copa y me preguntó:

—¿Qué pasa, André? ¡No dice nada!

Me disculpé diciendo que me dolía la cabeza.

Me habría gustado irme a casa cuanto antes, pero tenía la sensación de que no podía perder de vista a Robert Miller.

Adam, el único con quien quería hablar, estaba sentado al otro extremo de la mesa. De vez en cuando me lanzaba una mirada de ánimo, y cuando horas más tarde por fin nos pusimos de pie, me prometió que a la mañana siguiente pasaría a verme antes de marcharse a Londres.

—Pero ven solo —dije—. Tenemos que hablar.

* * *

Estaba a punto de romper mi nueva carta de Robert Miller a Aurélie Bredin cuando sonó el timbre. Tiré el sobre a la papelera y apreté el botón del portero automático. Quería dar a Adam la carta, en la que aceptaba cenar en Le Temps des Cerises, para que la echara al correo en Londres, pero tras los acontecimientos de la víspera ya no tenía sentido. Había pasado casi toda la noche despierto, pensando en lo que podía hacer. Y había tenido una idea.

Cuando Adam entró, se quedó mirando el caos del pasillo, donde seguían el espejo roto y el montón de cristales que el día anterior había recogido a toda prisa.

—¡Oh! ¿Qué ha pasado aquí? ¿Te ha dado un ataque de furia?

—No. Ayer se cayó el espejo, ¡encima!

—Siete años de desgracias —dijo Adam, y sonrió.

Cogí el abrigo del perchero y abrí la puerta.

—Espero que no —dije—. Venga, vamos a desayunar algo a algún sitio, no tengo nada en casa.

Fuimos hasta el Au Vieux Colombier. Pasamos por delante de la barra hasta las grandes mesas con bancos de madera que había al fondo. ¡Cuántas veces había estado allí con Adam hablando de nuestros proyectos y de los cambios en nuestras vidas!

—Adam, tú eres mi amigo —dije cuando el camarero nos había traído ya el desayuno.

—Está bien —dijo Adam—. Suelta ya lo que tienes que decir. ¿Se trata de la carta para mademoiselle Bredin que quieres que yo envíe? Sin problema. Después de haber visto a la pequeña puedo entender que pierdas la cabeza de ese modo.

—No —dije yo—. Lo de la carta no es una buena idea, no después de lo que pasó ayer por la tarde. Además, esto ya está durando demasiado. Ahora quiero hacer las cosas como Dios manda.

—¡Ya! —dijo Adam, y dio un mordisco a su *baguette* de jamón—. ¿Y qué puedo hacer yo? —preguntó sin dejar de masticar.

—Tienes que llamarla —solté—. Como si fueras Robert Miller.

Adam estuvo a punto de atragantarse.

—*You are crazy, man!* —exclamó.

—No, no estoy loco. —Sacudí la cabeza—. Sam y tú tenéis la voz casi igual, y puedes fingir que te trabucas, no es difícil. Por favor, Adam, tienes que hacerme este favor.

Y luego le expliqué mi nuevo plan. Adam tenía que llamar por la tarde a Le Temps des Cerises desde Inglaterra. Debía disculparse ante Aurélie Bredin y decirle que le había sorprendido mucho verla, y que después había tanta gente a su alrededor que no había querido decir nada inapropiado.

—Cuéntale algo así, adórnalo con tu encanto de *gentleman* y ocúpate de que el honor de Robert Miller quede restablecido. Podrás hacerlo. —Me bebí el café—. Es importante que fijes una fecha para la cita. Dile que te gustaría cenar con ella a solas. Proponle el 16 de diciembre porque por entonces tienes cosas que hacer en París y tendrás toda la tarde para ella.

El 16 de diciembre era perfecto por dos cosas. Por un lado, ese día era el cumpleaños de Aurélie Bredin; por otro lado, me había enterado de que el restaurante, además de los lunes, cerraba ese día. *Normalmente* cerraba ese día.

Eso aumentaba la probabilidad de que yo pudiera cenar a solas con Aurélie Bredin en Le Temps des Cerises.

—¡Ah, y algo más, Adam! Dale a entender que es mejor que no diga nada a nadie de esa cita. Dile que si ese editor de la editorial se entera de que su autor está en la ciudad es posible que se apunte a la cena. Eso hará al final todo el asunto más creíble.

En el caso de que se produjera ese encuentro el 16 de diciembre (con lo que yo, muy optimista, ya contaba), esa tarde Adam volvería a llamar.

Pero esta vez como Adam Goldberg, que anulaba la cita en nombre de Robert Miller.

El motivo de esa renuncia era genial —me felicité a mí mismo por mi idea, que se me había ocurrido esa noche a las dos y media—, pues heriría el orgullo de Aurélie Bredin, que renunciaría a volver a contactar con Robert Miller. Lo que no estaba mal, pues el salvador que debía consolarla en el dolor y la soledad estaría ya en la línea de salida, es decir, delante del restaurante.

—¡*Mon ami*, lo que has tramado! ¡Parece una de esas películas americanas tan malas! Pero ya sabes que esas cuentas no suelen salir bien, ¿no? —Adam se rio.

Me eché hacia delante y le miré fijamente.

—Adam, esto es muy importante para mí, en serio. Si hay algo que quiero en esta vida es a esa mujer. Todo lo que necesito es una cena con ella sin que nadie nos moleste. Necesito una *verdadera* oportunidad, ¿entiendes? Y si para eso tengo que distorsionar un poco la realidad, pues lo hago. Qué me importan a mí los americanos aburridos, nosotros los franceses lo llamamos *corriger la fortune*. —Me recliné en el respaldo y observé la mañana parisina más allá de los cristales con marcos verdes del café—. A veces hay que darle un empujoncito a la suerte en la dirección adecuada.

13

—¡Mademoiselle Bredin! ¡Mademoiselle Bredin! —gritó alguien a mi espalda cuando salía de casa y cruzaba el pasadizo que llevaba al Boulevard Saint-Germain. Me volví y vi surgir de la oscuridad a un hombre alto con un abrigo oscuro y una bufanda roja.

Era por la tarde y yo me dirigía a mi restaurante. Y el hombre era André Chabanais.

—¿Qué hace usted aquí? —pregunté sorprendida.

—Menuda casualidad... Vengo justo de una cita. —Señaló al Procope y sonrió—. Mi despacho está tan lleno de manuscritos y libros que ya no puedo recibir allí a nadie. —Movió su cartera de cuero en el aire—. Bueno, qué agradable sorpresa. —Luego miró a su alrededor—. Vive usted en un barrio realmente bonito.

Asentí y seguí andando sin inmutarme. No me alegraba demasiado ver al editor.

Él echó a andar a mi lado.

—¿Puedo acompañarla un rato?

—Ya lo está haciendo —contesté irritada, y aceleré el paso.

—Ah, sí, sigue enfadada por lo de ayer, ¿no?

—Todavía no he oído ninguna disculpa —dije, y torcí hacia el bulevar—. Primero me invita a La Coupole. Luego no me avisa de que Miller va a ofrecer una lectura. ¿A qué está jugando, monsieur Chabanais?

Continuamos andando en silencio.

—Escuche, mademoiselle Bredin, lo siento mucho. Lo de la lectura fue muy repentino, y claro que *quería* avisarla... Pero entonces surgió algo y al final, sencillamente, se me olvidó.

—¿Quiere decir que no tuvo ni siquiera los treinta segundos que se necesitan para decir: «Mademoiselle Bredin, la lectura de Miller es el lunes a las ocho»? ¿Y que al final lo *olvidó*? ¿Qué clase de disculpa es ésa? Las cosas que a uno le importan no se olvidan. —Seguí caminando muy enfadada—. Y luego mandó decir que no estaba cuando le llamé a la editorial.

Me agarró del brazo.

—¡No, eso no es verdad! Me dijeron que había llamado, pero yo no estaba.

Me liberé de su mano.

—No le creo una sola palabra, monsieur Chabanais. Usted mismo me contó en La Coupole cómo su secretaria se deshace de los pesados que le llaman mientras usted está ahí con sus dibujitos... Y eso es lo que yo soy para usted, ¿verdad?, una pesada que le llama. —Ni siquiera yo sabía por qué me alteraba tanto. A lo mejor se debía a que la lectura de la tarde anterior había terminado con una decepción y yo le echaba la culpa de ello al editor aunque, en realidad, él no podía hacer nada.

—Mi madre tuvo ayer un accidente y estuve toda la tarde en el hospital —dijo André Chabanais—. Ésa es la verdad, y para mí usted es cualquier cosa menos una pesada que me llama, mademoiselle Bredin.

Me quedé parada.

—¡Ay, Dios mío! —dije, avergonzada—. Cuánto... lo siento.

—¿Me cree ahora? —me preguntó, mirándome directamente a los ojos.

—Sí. —Asentí y aparté la mirada algo apurada—. Espero que esté bien... su madre.

—Ya está mejor. Se cayó por una escalera mecánica y se ha roto una pierna. —Sacudió la cabeza—. Ayer no fue precisamente mi día de suerte, ¿sabe?

—Pues entonces ya somos dos.

Sonrió.

—De todas formas, es imperdonable que no la avisara de la lectura. —Seguimos andando, pasamos por delante de los escaparates iluminados del Boulevard Saint-Germain y esquivamos a un grupo de japoneses que iba detrás de una guía con un paraguas rojo—. ¿Cómo se enteró del acto en la librería?

—Una amiga mía vive en la Île Saint-Louis. Vio el cartel en el escaparate. Y, por suerte, yo tengo los lunes libres.

—Sí, gracias a Dios —dijo él.

Me paré en un semáforo.

—Bien —dije—. Aquí se separan nuestros caminos. —Señalé en dirección a la Rue Bonaparte—. Me voy por allí.

—¿Va ahora al restaurante? —André Chabanais se detuvo también.

—Lo ha adivinado.

—Algún día tengo que ir a Le Temps des Cerises —dijo—. Es un sitio muy romántico.

—Hágalo —afirmé—. A lo mejor puede ir con su madre cuando salga del hospital.

Hizo un gesto.

—Usted no quiere que yo me divierta, ¿verdad?

Sonreí y el semáforo se puso en verde.

—Tengo que irme, monsieur Chabanais —dije, y me dispuse a cruzar la calle.

—Espere, dígame cómo puedo enmendar mi error —gritó cuando pisé el paso de cebra.

—Ya se le ocurrirá algo —grité. Luego eché a correr y le saludé otra vez con la mano antes de dirigirme hacia la Rue Princesse.

* * *

—¿Qué vas a hacer en Navidades? —me preguntó Jacquie cuando le estaba ayudando en la cocina a preparar el *boeuf bourguignon*, que ese día estaba en el menú. Paul, el segundo jefe de cocina, ya estaba repuesto, pero llegaba más tarde.

Habíamos dorado la carne en dos sartenes, la puse en una olla grande y eché una pizca de harina por encima.

—Ni idea —contesté. En ese instante me di cuenta de que ésas serían las primeras Navidades en las que iba a estar realmente sola. Una idea extraña. Siempre cerraba el restaurante a partir del 23 de diciembre y no volvía a abrir hasta la segunda semana de enero. Removí la carne con una cuchara de madera y esperé a que la harina se mezclara con el aceite. Luego lo rocié todo con un buen borgoña. El vino salpicó un poco, y el agradable olor del contundente tinto lo invadió todo, luego los trozos de carne se hundieron en la salsa oscura.

Jacquie se acercó con una tabla de madera en la que había zanahorias picadas y setas y las echó en el guiso.

—Podrías venirte conmigo a Normandía —dijo—. Voy a casa de mi hermana, tiene una familia muy grande, y en Navidades siempre hay mucho follón, van buenos amigos, vecinos...

—Es muy amable por tu parte, Jacquie, pero no sé... Todavía no he pensado nada. Este año es todo tan distinto... —Noté que de pronto tenía un nudo en la garganta y carraspeé. «No te pongas ahora sentimental, no conduce a nada», me ordené a mí misma—. Haré cualquier cosa. Al fin y al cabo, ya no soy una niña pequeña —dije, y ya me vi sola delante de mi *bûche de Noël*, ese sabroso tronco de chocolate que se toma de postre en Navidad y que papá llevaba siempre a la mesa con mucho bombo cuando ya todos decían que iban a explotar de tanto comer.

—Para mí tú siempre serás una niña pequeña —dijo Jacquie, y pasó su pesado brazo por encima de mis hombros—. Me gustaría mucho que vinieras conmigo al mar, Aurélie. ¿Qué vas a hacer sola en París? Aquí, que no para de llover. Además, a nadie le gusta estar solo en Navidad. —Sacudió la cabeza y su gorro blanco de cocinero se balanceó de forma peligrosa—. Te sentarán bien unos días de aire puro y paseos por la playa. Además, este año he prometido que cocinaría yo, y podría necesitar tu ayuda. —Me miró—. Prométeme que lo pensarás, Aurélie... ¿sí?

Asentí, emocionada.

—Prometido —contesté con la voz entrecortada. ¡El bueno y viejo Jacquie!

—¿Y sabes qué es lo mejor de allí abajo? —preguntó, y yo repetí con él las siguientes palabras sin dejar de sonreír—: ¡Se puede ver lejos!

Probé la salsa con una cuchara grande de madera.

—Admite más vino tinto —dije, y eché algo más de borgoña—. Bien, ¡al horno! —Miré el reloj—. ¡Oh, tengo que preparar las mesas!

Me quité el delantal y el pañuelo de la cabeza y me sacudí el pelo. Luego me dirigí al pequeño espejo que había junto a la puerta de la cocina y me pinté los labios.

—No puedes estar más guapa —dijo Jacquie, y entré en la sala del restaurante. Pocos minutos después llegó Suzette y juntas preparamos las mesas, pusimos el vino y las copas de agua y doblamos las servilletas de tela blanca. Eché un vistazo al libro de reservas. Las próximas semanas íbamos a tener un montón de trabajo y tenía que buscar con urgencia un refuerzo para el servicio.

En diciembre se trabajaba sin descanso, todas las mesas del restaurante estaban reservadas casi todos los días.

—Hoy tenemos una cena de Navidad, dieciséis personas —dije a Suzette—, pero no hay ningún problema, todos toman el menú.

Suzette asintió y empujó las mesas hacia la pared.

—En el postre tenemos que tener cuidado de servir las *crêpes Suzette* a todos a la vez. Jacquie saldrá de la cocina y las flambeará en el carrito.

Cuando el jefe de cocina aparecía en persona en la sala para flambear las *crêpes Suzette* en una sartén de cobre a la vista de los clientes y pelaba con grandes gestos las naranjas y las cortaba en finas rodajas que espolvoreaba con almendras y rociaba con Grand Marnier, era siempre una atracción especial y medio restaurante observaba cómo las llamitas azuladas se elevaban en el aire durante unos segundos.

Estaba revisando los cubiertos cuando sonó el teléfono.

—Contesta tú, Suzette —dije—. Ya no aceptamos reservas para esta noche.

Suzette se dirigió hacia el teléfono, que estaba en la parte posterior del restaurante, junto a la caja.

—*Le Temps des Cerises, bonsoir* —cantó al teléfono, convirtiendo su *bonsoir* en una pregunta—. *Oui,* monsieur, un momento, por favor —dijo luego, y me hizo una seña con la mano—. Es para ti, Aurélie. —Me dio el auricular.

—¿Sí? Dígame —dije, desprevenida.

—Eh... *Bongsoir...* ¿*haplo* con mademoiselle Aurélie Bredin? —preguntó una voz con un marcado acento inglés.

—Sí. —Noté cómo la sangre se me subía a la cabeza—. Sí, soy Aurélie Bredin. —Me volví hacia el mostrador de madera en el que estaba abierto el libro de reservas.

—Oh, mademoiselle Bredin, me alegro tanto de encontrarla, soy Robert Miller, he encontrado el número del restaurante. ¿Soy *mucho* molestia?

—No —dije, y sentí el latido de mi corazón hasta en el cuello—. No, no, no me molesta en absoluto, el restaurante no abre hasta dentro de media hora. ¿Está usted... está usted todavía en París?

—Oh, no, por desgracia no —contestó—. He tenido que salir por la mañana temprano hacia Inglaterra. Escuche, mademoiselle Bredin...

—¿Sí? —Sujeté el auricular con fuerza contra mi oreja.

—Siento muchísimo lo de ayer por la tarde —dijo—. Yo... Dios mío... me quedé pasmado cuando la vi delante de mí como caída del cielo. Sólo podía mirarla, estaba tan guapa con su vestido rojo... como si fuera de otra galaxia.

Respiré profundamente y me mordí el labio.

—Ya pensaba que no se acordaba de mí —dije aliviada.

—¡No, no! —exclamó él—. ¡No debe pensar eso, por favor! Me acuerdo de todo... de su bonita carta, la foto... En un primer momento no pensé que pudiera ser *realmente* usted, Aurélie. Y estaba tan aturdido por toda esa gente, todos querían algo de mí, y mi editor y el agente no dejaban de mirar y escuchar lo que decíamos. Y de pronto no sabía muy bien lo que podía decir. —Suspiró—. Y ahora me da miedo de que me tome usted por un *idioto*...

—Por supuesto que no —repliqué con las orejas calientes—. Está todo bien.

—Dios mío, debí de volverme loco. Por favor, tiene que disculparme. No me *sienta* bien entre tanta gente, ¿sabe? —añadió, compungido—. No se enfade conmigo.

¡Mon Dieu, qué mono era!

—Claro que no estoy enfadada con usted, míster Miller —me apresuré a decir.

Oí un ruido a mi espalda y vi que Suzette seguía nuestra conversación con gran interés. Decidí ignorarla y me incliné sobre el libro de reservas.

Robert Miller soltó una exclamación de alivio.

—Es *tan* amable por su parte, Aurélie... ¿puedo llamarla Aurélie?

—Sí, naturalmente. —Asentí y habría podido seguir hablando por teléfono para siempre.

—Aurélie... ¿puedo esperar que almuerce conmigo? ¿O ya no quiere invitarme a su bonito y pequeño restaurante?

—¡Sí, claro que quiero! —exclamé, y pude ver las interrogaciones en los ojos de Suzette, que seguía detrás de mí—. Basta con que me diga cuándo puede usted.

Robert Miller guardó silencio un instante y oí un ruido de papeles.

—¿Qué tal el 16 de diciembre? Por la mañana tengo algo que hacer cerca de París, pero la tarde es toda suya.

Cerré los ojos y sonreí. El 16 de diciembre era mi cumpleaños. Y era lunes. Por lo que se veía, de momento todas las cosas importantes de mi vida pasaban los lunes.

Un lunes había encontrado el libro de Miller en la pequeña librería. Un lunes había visto en La Palette al infiel Claude con su novia embarazada. Un lunes había visto por primera vez a Robert Miller en una lectura de la que me enteré en el último momento. Un lunes que además era el día de mi cumpleaños iba a tener una pequeña cena privada con un escritor sumamente interesante. Si la cosa seguía así, seguro que me casaría un lunes y me moriría un lunes, y la señora Dinsmore echaría agua a las plantas de mi tumba con su regadera.

Sonreí.

—¿Hola? ¿Mademoiselle Aurélie? ¿Sigue usted ahí? —La voz de Miller sonaba intranquila—. Si el lunes no es un buen día para usted, podemos buscar otro. Pero tenemos que cenar juntos, insisto.

—*Cenaremos* juntos. —Solté una risa de felicidad—. El lunes 16 de diciembre a las ocho. Me alegro mucho de hablar con usted, monsieur Miller.

—No puede alegrarse tanto como yo —dijo él. Luego añadió vacilante—: ¿Puedo pedirle un pequeño favor más, mademoiselle Aurélie? No le diga nada de nuestra cita a monsieur Chabanais. Es muy agradable, pero a veces resulta demasiado... ¿Cómo se dice...? Trabajador. Si se entera de que estoy en París querrá verme y entonces no *tendremos* tiempo para nosotros...

—No se preocupe, míster Miller. Estaré más callada que un muerto.

Cuando colgué, Suzette me miró con los ojos muy abiertos.

—*Mon Dieu*, ¿quién *era* ese hombre? —preguntó—. ¿Te ha hecho una proposición?

Sonreí.

—Es el hombre que va a ser mi cliente en el restaurante el 16 de diciembre. ¡Mi único cliente!

Y con estas crípticas palabras dejé plantada a la atónita Suzette y abrí el restaurante.

El encuentro con Robert Miller sería mi pequeño secreto.

No sin motivo se llama a París la Ciudad de la Luz. Y yo creo que es precisamente en diciembre cuando más se merece ese nombre.

Por muy gris que sea noviembre con toda su lluvia y esos días en los que se tiene la sensación de que nunca se hace realmente de día, todos los años en diciembre París se convierte en un resplandeciente mar de luz. Da la impresión de que un hada ha volado por encima de las calles de la ciudad y ha cubierto las casas con polvo de estrellas. Y cuando se recorre por la tarde, la ciudad decorada de Navidad resplandece en la oscuridad como un cuento en blanco y plata.

Los grandes árboles de los Champs-Élysées están adornados con miles de pequeñas luces; los niños, y también los adultos, contemplan asombrados los escaparates de las Galeries Lafayette, de Printemps o de los pequeños y encantadores almacenes Le Bon Marché, y admiran los brillantes adornos; por las callejuelas y los grandes bulevares se ve a gente con bolsas de papel adornadas con cintas y lazos y llenas de regalos de Navidad; ya no hay largas colas delante de los museos, los fines de semana previos a la Navidad incluso se puede pasar sin problema frente a la *Mona Lisa* y admirar su misteriosa sonrisa. Y por encima de todo resplandece la Torre Eiffel, el grandioso y afiligranado símbolo de la ciudad, punto de fuga de todos los amantes que visitan París por primera vez.

Había ido allí dos veces con la pequeña Marie, la hija de Bernadette, a patinar sobre hielo. *Patiner sûr la Tour Eiffel*, anunciaba el cartel azul cielo que mostraba una Torre Eiffel pintada de blanco y delante una pareja de patinadores antiguos. Marie insistió en subir a pie por las escaleras de hierro hasta la primera planta. Hacía años que no iba a la Torre Eiffel, y cada poco me paraba para mirar hacia abajo entre las estructuras de hierro, que de cerca resultaban gigantescas. El aire frío y la subida me dejaron sin respiración, pero cuando llegamos arriba y dimos unas vueltas sobre el hielo, contemplamos, con las mejillas rojas y los ojos brillantes, la resplandeciente ciudad, y por un momento tuve la sensación de volver a ser una niña.

Hay algo en las Navidades que siempre nos hace volver a nosotros mismos, a nuestros recuerdos y deseos, a nuestro espíritu infantil, que sigue esperando impaciente y con los ojos muy abiertos ante las misteriosas puertas tras las cuales se esconde el milagro.

El crujido del papel, palabras susurradas, velas encendidas, ventanas adornadas, el olor a canela y clavo, deseos escritos en una hoja o lanzados al cielo que tal vez se cumplan... las Navidades despiertan, se quiera o no, ese deseo eterno de lo maravilloso. Y eso tan maravilloso no es algo que se pueda poseer o retener, no *pertenece* a uno, pero está siempre ahí como algo que se recibe como un regalo.

Apoyé la cabeza en la ventanilla del taxi, que en ese momento cruzaba el Sena, y observé el río, que brillaba con el sol. En el regazo, envuelto en papel de seda, llevaba el abrigo rojo. Bernadette, que me había invitado esa mañana a desayunar, me lo había regalado por mi cumpleaños.

Aquel 16 de diciembre había empezado de forma muy prometedora. En realidad, había comenzado la tarde anterior, cuando, después de que todos los clientes hubieran abandonado el restaurante, brindamos con champán por mi treinta y tres cumpleaños: Jacquie, Paul, Claude, Marie y Pierre, nuestro joven pinche de cocina, el más joven de todos con sus dieciséis años, Suzette, que se había pasado toda la tarde dándome a entender que había una sorpresa para mí, y Juliette Meunier, que desde la segunda semana de diciembre nos ayudaba casi todas las noches a servir las mesas.

Jacquie había preparado una deliciosa tarta de chocolate con frambuesas, de la que tomamos un trozo; y él fue quien me dio un enorme ramo de flores en nombre de todos. También había recibido algunos paquetes envueltos con papel de colores: una gruesa bufanda con unos guantes de punto a juego de parte de Suzette, un pequeño cuaderno de notas con dibujos orientales de parte de Paul, y de Jacquie, un saquito de terciopelo con conchas que contenía un billete de tren.

Había sido un momento bonito, casi familiar, estar todos juntos en el restaurante y brindar con champán por mi nuevo año de vida. Y cuando hacia las dos de la madrugada me tapé con la colcha en la cama, me dormí pensando que al día siguiente por la tarde iba a tener un excitante encuentro con un atractivo escritor al que no conocía pero creía conocer.

El taxista pasó por un bache y el papel que envolvía el abrigo crujió.

—¡Estás loca! —había exclamado yo mientras desenvolvía el enorme paquete que estaba sobre la mesa del desayuno—. ¡El abrigo rojo! Estás realmente loca, Bernadette, ¡es demasiado caro!

—Te va a traer suerte —había contestado Bernadette cuando me abrazó con lágrimas en los ojos—. Esta tarde... y siempre que te lo pongas.

Y así fue como me encontré aquella tarde del 16 de diciembre con un abrigo rojo carmesí delante de Le Temps des Cerises, que en realidad cerraba los lunes. Una aventurera envuelta en el perfume de Heliotrope y el color de la felicidad.

Media hora más tarde estaba en la cocina preparando la cena. Era mi cena de cumpleaños, pero también, y sobre todo, el menú con el que quería agradecer que un horrible y desgraciado día de noviembre hubiera acabado con una sonrisa... una sonrisa que abriría el camino hacia algo nuevo.

Y también era, naturalmente, mi primera cena con Robert Miller.

Había estado pensando mucho acerca de con qué placeres culinarios quería impresionar al escritor inglés, y al final había llegado al *menu d'amour* que mi padre me había legado.

Ese menú no era, sin duda, lo más refinado que la cocina francesa podía ofrecer, pero tenía dos ventajas innegables: era sencillo y lo podía preparar perfectamente de modo que durante la cena pudiera centrar toda mi atención en el hombre cuya llegada esperaba —tengo que admitirlo— con impaciencia.

Me puse el delantal blanco y vacié las bolsas que a mediodía había llenado en el mercado: canónigos frescos, dos tallos de apio, naranjas, nueces de macadamia, champiñones pequeños y blancos, un manojo de zanahorias, aguacates, cebollas rojas, berenjenas brillantes casi negras y dos granadas bien rojas, carne de cordero y beicon. Patatas, nata, tomates, especias y *baguettes* había siempre de sobra en la cocina, y el ligeramente amargo *parfait* de naranjas sanguinas con canela que, junto al *gâteaux au chocolat*, coronaba el *menu d'amour* lo había preparado ya la tarde anterior.

De entrante pondría canónigos con champiñones frescos, aguacates, nueces de macadamia y pequeñas tiritas de beicon frito. Y por encima —y eso era lo especial— la deliciosa vinagreta de patata de papá.

Pero primero tenía que ocuparme del ragú de cordero, pues cuanto más tiempo permaneciera en el horno a baja temperatura, más tierna estaría la carne.

Lavé la rosada carne de cordero y la sequé con cuidado con un paño antes de trocearla, dorarla en aceite de oliva y apartarla. Luego escaldé los tomates en agua hirviendo, les quité la piel y retiré las pepitas.

Los tomates los añadiría a la olla al final, junto con el vino blanco, para que su fuerte aroma no dominara demasiado sobre el resto de verduras. Cogí una copa y me serví un poco del *pinot blanc* que iba a usar para el guiso.

Canturreando en voz baja partí las granadas y saqué los granos con un tenedor. Rodaron hacia mí como brillantes perlas rojas de agua dulce. Estaba acostumbrada a trabajar deprisa, y cuando un día me tomaba mi tiempo para preparar la comida, cocinar se convertía en una ocasión casi poética en la que me podía perder. Mi excitación inicial se fue apagando poco a poco con cada movimiento, y si al principio imaginaba cómo transcurriría la velada con Robert Miller y pensaba qué le quería preguntar, al cabo de un rato ya tenía las mejillas enrojecidas y el ánimo bastante más calmado.

El delicioso aroma del ragú de cordero inundó la cocina. Olía a tomillo y ajo. Las pequeñas hojas de los canónigos aguardaban lavadas y limpias en un gran colador de acero inoxidable, los champiñones estaban cortados en láminas finísimas, los aguacates troceados. Probé la vinagreta de patata y puse en la plancha metálica los pequeños *gâteaux au chocolat*, para que se terminaran de hacer. Luego me quité el delantal y lo colgué en un gancho. Eran poco más de la seis y media y ya estaba todo preparado. La botella de champán llevaba ya horas en el frigorífico. Sólo tenía que esperar.

Me dirigí a la sala del restaurante: había preparado una mesa en el hueco que había junto a la ventana. La parte inferior del cristal estaba cubierta por una cortina calada de algodón blanco para preservarnos a mi invitado y a mí de las miradas curiosas del exterior. En la mesa había un candelero de plata con una vela, y en el aparato de música esperaba un CD con *chansons* francesas.

Cogí la botella de *pinot blanc* y me serví un poco más de vino. Luego me acerqué con mi copa a la mesa y contemplé la noche.

La calle estaba oscura y solitaria. Las pocas tiendas que había en ella habían cerrado ya. Observé mi reflejo en el cristal. Vi a una joven llena de expectación, con un vestido de seda verde sin mangas, que levantaba lentamente la mano para soltar la cinta que recogía su pelo. Sonreí, y la joven del cristal sonrió también. Es posible que hubiera sido algo infantil volver a ponerme ese vestido de seda, pero había tenido la sensación de que era el único vestido que quería llevar esa noche.

Alcé mi copa y brindé con la mujer de cabello brillante de la ventana.

—Muchas felicidades por tu cumpleaños, Aurélie —dije en voz baja—. ¡Por que este día sea muy especial! —Y de pronto me sorprendí a mí misma al preguntarme hasta dónde iba a llegar esa velada.

Media hora más tarde, justo cuando estaba con dos grandes manoplas delante del horno y empujaba otra vez la parrilla caliente con la fuente del ragú de cordero dentro del horno, oí que alguien golpeaba con fuerza la ventana del restaurante. Sorprendida, me quité las manoplas y salí de la cocina. ¿Es que Robert Miller llegaba una hora antes de lo previsto a nuestra cita?

En ese momento vi el enorme ramo de rosas color champán que asomaba por la ventana. Luego me fijé en el hombre que me saludaba feliz detrás de las rosas. Pero ese hombre no era Robert Miller.

14

Desde que dos semanas antes Aurélie Bredin cruzó el paso de cebra saludando con la mano y desapareció por la calle de enfrente, había esperado y a la vez temido ese momento. No sé cuántas veces había visto en mi mente cómo transcurriría la velada del 16 de diciembre.

Pensaba en esa noche cuando visitaba a *maman* en el hospital; pensaba en esa noche cuando estaba en las reuniones de la editorial y pintaba pequeños monigotes en mi cuaderno de notas; pensaba en esa noche cuando iba de un lado a otro de la ciudad en el metro, cuando rebuscaba entre los maravillosos libros de fotos de Assouline, mi librería favorita, cuando me reunía con mis amigos en La Palette. Y cuando por la noche me tumbaba en la cama, también pensaba en ella.

Estuviera donde estuviera, fuera donde fuera, la idea de esa noche me acompañaba, y yo me preparaba para ella como un actor se prepara para el estreno de su obra de teatro.

Más de una vez tuve el teléfono en la mano para llamar a Aurélie Bredin y oír su voz, e invitarla de paso a un café, pero siempre había colgado por miedo a que me diera calabazas. No había sabido nada de ella desde el día en que nos encontramos «por casualidad» delante de su casa y más tarde mi amigo Adam había llamado a su restaurante haciéndose pasar por Robert Miller para quedar con ella.

Cuando me puse en camino hacia Le Temps des Cerises con mi ramo de flores y una botella de *crément*, estaba más nervioso de lo que lo había estado nunca. Y allí estaba yo, delante de la ventana, intentando mostrar una expresión natural y no demasiado alegre. Mi idea de pasarme por el restaurante de forma espontánea después del trabajo para felicitar (brevemente) a Aurélie Bredin por su cumpleaños (del que me había acordado por casualidad) debía resultar lo más natural posible.

Así que di unos golpecitos bastante fuertes en el cristal sabiendo que encontraría a la bella cocinera sola en el restaurante, y mi corazón latió casi con la misma fuerza.

Vi su cara de sorpresa y pocos segundos después se abrió la puerta de Le Temps des Cerises y Aurélie Bredin me miró con gesto interrogante.

—Monsieur Chabanais, ¿qué hace *usted* aquí?

—Felicitarla por su cumpleaños —dije, y le di el ramo de flores—. Todo lo mejor para usted... y que todos sus deseos se hagan realidad.

—¡Oh, muchas gracias! Es realmente muy amable por su parte, monsieur Chabanais. —Cogió las flores con ambas manos y yo aproveché la ocasión para colarme en el restaurante por delante de ella.

—¿Puedo entrar un momento? —Con una sola mirada descubrí la mesa que estaba preparada en el hueco de la ventana y me senté en una de las sillas de madera de la entrada—. ¿Sabe qué? Al ver hoy el calendario pensé de pronto: 16 de diciembre... había algo, había algo... Y entonces me acordé. Y pensé que a lo mejor le gustaría que le trajera un ramo de flores. —Le dirigí una seductora sonrisa y puse la botella de *crément* en la mesa que había a mi lado—. Ya la amenacé con venir un día a su restaurante, ¿se acuerda? —Abrí los brazos—. *Et voilà...* ¡aquí estoy!

—Sí... está usted aquí. —Era evidente que no se alegraba tremendamente de mi súbita aparición. Miró con apuro las espléndidas rosas y las olió—. Es... es un ramo precioso, monsieur Chabanais... pero... en realidad el restaurante está hoy cerrado.

Me di un golpe con la mano en la frente.

—Vaya, lo había olvidado. Entonces es una suerte que la encuentre aquí. —Me eché hacia delante—. Pero ¿qué hace usted aquí? ¿El día de su cumpleaños? No estará trabajando en secreto, ¿no? —Me reí.

Se volvió y sacó un jarrón de cristal de debajo del mostrador.

—No, claro que no. —Noté que su rostro adquiría un delicado tono rosa cuando fue a la cocina a llenar el jarrón de agua. Volvió y puso las rosas en el mostrador de madera, donde también estaban la caja y el teléfono.

—Bueno, pues... muchas gracias, monsieur Chabanais —dijo.

Me puse de pie.

—¿Significa eso que me echa sin darme al menos la oportunidad de brindar con usted por su cumpleaños? Eso me duele.

Sonrió.

—Me temo que no tengo tiempo. Ha llegado en un momento bastante inoportuno, monsieur Chabanais. Lo siento. —Interpretó un gesto de lástima y juntó las manos.

Hice como si descubriera en ese momento la mesa que estaba preparada junto a la ventana.

—¡Oh! —exclamé—. *Oh là là!* Está *esperando* a alguien. Parece que va a ser una velada muy romántica. —La miré. Sus ojos verdes oscuro brillaban—. Bueno, sea quien sea, puede sentirse afortunado. Hoy está usted especialmente guapa, Aurélie. —Pasé la mano por la botella, que todavía seguía en la mesa—. ¿Cuándo llegará su invitado?

—A las ocho —dijo ella, y se echó el pelo para atrás.

Miré el reloj. Las siete y cuarto. Dentro de pocos minutos llamaría Adam.

—Venga, mademoiselle Bredin, brindemos por usted aunque sea de pie —sugerí—. Son sólo las siete y cuarto. En diez minutos habré desaparecido. Abriré la botella.

Sonrió y supe que no iba a decir que no.

—Está bien —dijo suspirando—. Diez minutos.

Saqué un sacacorchos del bolsillo del pantalón.

—¿Ve? —dije—. Hasta me he traído herramientas. —Quité el corcho, que salió de la botella con un suave *plop*.

Serví el vino espumoso en dos copas que Aurélie había cogido de la vitrina.

—Entonces... ¡le deseo otra vez todo lo mejor! Es un honor para mí —dije, y chocamos nuestras copas. Me bebí el *crément* a grandes tragos e intenté mantenerme tranquilo, aunque el corazón me latía con tanta fuerza que temía que se pudiera oír. Comenzó la cuenta atrás. Enseguida sonaría el teléfono y entonces se vería si de verdad me tendría que ir. Miré mi copa, luego el bello rostro de Aurélie. Por decir algo, comenté—: No se la puede perder de vista ni dos semanas, ¿no? Se da uno la vuelta... y ya tiene usted un nuevo admirador.

Se sonrojó y sacudió la cabeza.

—¿Cómo? —dije—. ¿Es que le conozco?

—No.

Y entonces sonó el teléfono. Los dos miramos el mostrador, pero Aurélie Bredin no hizo ademán de ir hacia el aparato.

—Probablemente es alguien que quiere reservar —dijo—. Ni me molesto, está conectado el contestador automático.

Se oyó un clic, luego el mensaje del restaurante. Y entonces sonó la voz de Adam.

—Sí, buenas tardes, soy Adam Goldberg. Éste es un mensaje para Aurélie Bredin —dijo sin rodeos—. Soy el agente de Robert Miller y la llamo de su parte —prosiguió Adam, y vi cómo Aurélie Bredin palidecía—. Le habría gustado decírselo personalmente, pero Miller me ha pedido que anule la cita que tenía con usted esta noche. Debo decirle que lo siento. —Las palabras de Adam cayeron como una losa en la sala—. Él está... ¿cómo diría yo...?, muy confuso. Ayer por la tarde apareció su mujer de repente y... bueno... ella sigue con él y al parecer se va a quedar. Los dos tienen mucho que hablar, supongo. —Adam guardó silencio un instante—. Me resulta muy incómodo tener que molestarla con todos estos asuntos privados, pero para Robert Miller era muy importante que usted supiera que él... bueno... que tiene motivos de peso para anular la cita. Me encarga que le diga que lo siente mucho y que espera que le comprenda. —Adam se mantuvo unos segundos al teléfono, luego se despidió y colgó.

Miré a Aurélie Bredin, que estaba casi paralizada y agarraba su copa de champán con tanta fuerza que temí que le estallara en la mano.

Me miró fijamente, la miré fijamente, y durante un rato ninguno de los dos dijo una sola palabra.

Luego ella abrió la boca como si quisiera decir algo, pero no dijo nada. Vació su copa de un trago y la apretó contra su pecho. Miró al suelo.

—Bueno... —dijo, y su voz tembló de forma sospechosa.

Dejé mi copa y en ese momento me sentí como un canalla. Pero luego pensé: «Le roi est mort, vive le roi», y decidí actuar.

—¿Había quedado con Robert Miller? —pregunté desconcertado—. ¿Solos en su restaurante? ¿El día de su cumpleaños? —Guardé silencio un instante—. ¿No es demasiado? Quiero decir, usted en realidad no lo conoce.

Me miró sin decir nada, y vi que los ojos se le inundaban de lágrimas. Luego se volvió a toda prisa y se quedó mirando por la ventana.

—Dios mío, Aurélie, yo... no sé qué debo decir. Es sencillamente... horrible, muy horrible. —Fui hacia ella. Lloraba casi en silencio. Puse con cautela mis manos sobre sus hombros temblorosos—. Lo siento. Dios mío, lo siento *tanto*, Aurélie —dije, y noté con sorpresa que era verdad. Su pelo olía ligeramente a vainilla y me habría gustado apartárselo y besarle la nuca. En lugar de eso le pasé la mano por los hombros con gesto tranquilizador—. Por favor, Aurélie, no llore —dije en voz baja—. Sí, ya sé... ya sé... duele que a una la dejen plantada... está bien... está bien...

—Miller me llamó. Quería verme a toda costa y dijo cosas tan bonitas por teléfono... —Sollozó—. Y yo... lo he preparado todo, he renunciado a hacer otras cosas... Después de la carta pensé que yo era algo especial para él... hacía tantas insinuaciones, ¿entiende? —De pronto, se volvió hacia mí y me miró con los ojos llenos de lágrimas—. Y ahora de repente vuelve su *mujer* y yo me siento... yo me siento... yo me siento ¡*fatal*!

Se tapó la cara con las manos y se echó en mis brazos.

Pasó un rato antes de que Aurélie se tranquilizara de nuevo. Yo estaba encantado de quedarme con ella para consolarla, le fui dando un pañuelo tras otro, confiando en que nunca se enterara de por qué estaba yo allí justo en el momento en que había sonado el contestador automático de Le Temps des Cerises lanzando a Robert Miller a una lejanía inalcanzable.

En algún momento —ya estábamos sentados uno frente al otro— me miró y dijo:

—¿Tiene usted un cigarrillo? Creo que necesito uno.

—Sí, claro. —Saqué un paquete de Gauloises. Cogió un cigarrillo y me miró pensativa.

—El último Gauloise me lo fumé con la señora Dinsmore... ¡en el *cementerio*! —Sonrió y se dijo a sí misma—: ¿Sabré alguna vez lo que pasa con esa novela?

Le acerqué una cerilla encendida.

—Es posible —respondí con vaguedad, y miré su boca, que durante unos segundos estuvo muy cerca de mi cara—. Pero no será esta noche.

Ella se echó hacia atrás y soltó el humo en el aire.

—No —dijo—. Y también me puedo ir olvidando de la cena con el autor.

Asentí con gesto comprensivo y pensé que se daban las condiciones ideales para una cena con el autor... aunque no se llamara Robert Miller.

—¿Sabe una cosa, mademoiselle Bredin? Ahora olvídese de ese Miller, es evidente que no sabe muy bien lo que quiere. Mírelo así: lo realmente importante es el libro. Esa novela le ha ayudado a olvidar sus penas. Es como si hubiera caído del cielo para salvarla. ¡A mí eso me parece grandioso!

Sonrió con timidez.

—Sí, es posible que tenga usted razón. —Entonces se echó hacia delante y me miró durante un rato en silencio—. Me alegro mucho de que esté usted aquí, monsieur Chabanais.

Le cogí la mano.

—Mi querida Aurélie: no puede usted ni imaginar lo contento que *yo* estoy de estar ahora aquí —dije con voz ronca. Luego me puse de pie—. Y ahora vamos a celebrar su cumpleaños. No puede ser que se quede aquí sentada y tan triste. No mientras yo pueda evitarlo. —Serví el resto del *crément* y Aurélie vació su copa de un trago y la dejó sobre la mesa—. Muy bien hecho —dije, y le di la mano para que se levantara—. ¿Puedo acompañarla hasta nuestra mesa, mademoiselle Bredin? Si me dice dónde guarda sus deliciosos manjares, traeré la comida y la bebida.

Naturalmente, Aurélie no permitió que nadie metiera la mano en su comida, pero sí pude ir con ella a la cocina y me encargó que abriera el vino y pusiera la ensalada en una fuente de loza mientras ella freía las tiritas de beicon en una pequeña sartén. Yo nunca había estado en la cocina de un restaurante y contemplé con asombro el fogón de ocho fuegos y la gran cantidad de ollas, sartenes y cazos que colgaban al alcance de la mano.

El primer vino tinto nos lo bebimos en la cocina, la segunda copa ya en la mesa.

—¡Está delicioso! —exclamaba yo una y otra vez hundiendo el tenedor en las delicadas hojas que brillaban bajo los trocitos de beicon.

Y cuando Aurélie salió de la cocina con una fuente de aromático ragú de cordero para ponerla en nuestra mesa, fui hasta el pequeño aparato que había debajo del mostrador de madera y puse música.

Georges Brassens cantó con voz insinuante *Je m'suis fait tout petit*, y pensé que todo hombre encuentra alguna vez en su vida una mujer por la que no le importa dejarse domar.

El cordero se deshacía en la boca y yo dije: «¡Pura poesía!», y Aurélie me contó que la receta, y en realidad todo el menú de esa noche, era de su padre, que había muerto en octubre, demasiado pronto.

—Cocinó por primera vez cuando conoció a mi... cuando... —tartamudeó y se sonrojó de pronto, no sé por qué—. Bueno, en cualquier caso, hace muchos, muchos años —dijo terminando la frase, y cogió su copa de vino.

Mientras nos tomábamos el ragú de cordero me habló de Claude, que la había engañado de forma tan increíble, y me contó la historia del abrigo rojo que le había regalado por su cumpleaños su mejor amiga, Bernadette, «la mujer rubia que estaba conmigo en la lectura, ¿se acuerda, monsieur Chabanais?».

Miré sus ojos verdes, no me acordaba de nada, pero asentí vehementemente.

—Debe de ser precioso tener una buena amiga así. ¡Tomemos una copa de vino a la salud de Bernadette!

Así que bebimos una copa a la salud de Bernadette y luego, a petición mía, brindamos por los bellos ojos de Aurélie.

Soltó una risita.

—No sea tonto, monsieur Chabanais.

—No, no lo soy —repliqué—. Nunca había visto unos ojos tan bonitos, ¿sabe? Pues no sólo son verdes, son como... dos valiosos ópalos, y ahora, a la luz de las velas, puedo ver en sus ojos el suave brillo de un ancho mar.

—¡Dios mío! —exclamó ella impresionada—. Es lo más bonito que he oído decir de mis ojos. —Y luego me habló de Jacquie, el jefe de cocina de gran corazón que echaba de menos el extenso mar de Normandía.

—Yo también tengo un corazón de oro —dije, y cogí su mano y la puse sobre mi pecho—. ¿Lo nota?

Ella sonrió.

—Sí, monsieur Chabanais, me lo creo —respondió muy seria, y dejó un rato su mano sobre mi corazón palpitante. Luego se puso de pie y se echó el pelo para atrás—. Y ahora, *mon cher ami*, saquemos el *gâteaux au chocolat*. Es mi especialidad. Y Jacquie siempre dice que un *gâteaux au chocolat* es dulce como el amor. —Se marchó a la cocina sin dejar de reír.

—Me lo creo a pies juntillas. —Fui tras ella a la cocina con la pesada fuente del ragú. Estaba algo embriagado por el vino, por la compañía de Aurélie, por esa velada tan maravillosa que no quería que acabara jamás.

Aurélie dejó los platos en la encimera y abrió el gigantesco refrigerador de acero inoxidable para sacar el *parfait* de naranja sanguina, del que me dijo que era sencillamente genial para acompañar el pequeño pastel de chocolate caliente («*C'est tout à fait genial!*», dijo), una irresistible mezcla de dulce chocolate y el delicado sabor amargo de la naranja sanguina. Escuché atento sus explicaciones, extasiado por el sonido de su voz. Seguramente tenía razón en todo lo que decía, pero creo que en ese momento *todo* me parecía irresistible.

En el restaurante sonaba *La fée clochette,* una canción que me gustaba mucho, y la tarareé mientras el cantante se explayaba diciendo cuántos whiskys se iba a beber y cuántos cigarrillos se iba a fumar para llevarse a la cama a esa maravillosa chica que todavía buscaba.

> *Je ferai cent mille guinguettes, je boirai cent mille whiskies.*
> *Je fumerai cent mille cigarettes pour la ramener dans mon lit.*
> *Mais j'ai bien peur que cette chérie n'existe juste que dans ma tête.*
> *Mon paradis, ma fabulette, mon Saint-Esprit.*
> *Ma fée clochette!*

¡Yo había encontrado mi *fée clochette!* Estaba a un palmo de distancia de mí y hablaba con pasión del pequeño pastel de chocolate.

Aurélie cerró la puerta del refrigerador y se volvió hacia mí. Estaba tan cerca de ella que nos chocamos.

—¡Huy! —exclamó. Y luego me miró directamente a los ojos—. ¿Puedo preguntarle una cosa, monsieur Chabanais? —inquirió con tono conspirador.

—Puede preguntarme lo que usted quiera —susurré.

—Cuando por la noche bajo por las escaleras nunca me vuelvo porque tengo miedo de que haya algo detrás de mí. —Sus ojos estaban muy abiertos y me tiré de cabeza a ese suave mar verde—. ¿No le parece extraño?

—No —musité, e incliné mi cabeza hacia ella—. No me parece extraño. Todo el mundo sabe que nunca hay que volverse en una escalera a oscuras.

Y entonces la besé.

Fue un beso muy largo. En algún momento en que nuestros labios se separaron por un breve instante, Aurélie dijo en voz baja:

—Me temo que el *parfait* de naranja se está derritiendo.

La besé en el hombro, en el cuello, le mordisqueé la oreja con suavidad, y antes de volver de nuevo a su boca susurré:

—Me temo que vamos a tener que vivir con eso.

Y luego ninguno de los dos dijo nada más en mucho, *mucho* tiempo.

15

Mi cumpleaños acabó con una *nuit blanche,* una noche en blanco, una noche que no quería terminar.

Hacía mucho que había pasado la medianoche cuando André me ayudó a ponerme el abrigo rojo y, abrazados y sonámbulos, encontramos nuestro camino por las calles en silencio. Cada dos metros nos parábamos para besarnos y tardamos una eternidad en llegar al portal de mi casa. Pero el tiempo no importaba en esa noche que no conocía ni el día ni las horas.

Cuando me incliné para abrir la puerta, André me besó en la nuca. Cuando le guiaba de la mano por el pasillo, me rodeó desde atrás con su brazo y me tocó el pecho. Cuando estábamos en el dormitorio, André me apartó los tirantes del vestido y cogió mi cabeza entre sus manos con un gesto increíblemente tierno.

—Aurélie —dijo, y me besó tan fuerte que incluso me mareé—. Mi bella, bella hada madrina.

No hubo un solo momento en toda la noche en que nos soltáramos el uno al otro. Todo eran caricias, todo quería ser descubierto. ¿Hubo alguna parte de nuestros cuerpos que fuera olvidada, que no fuera cubierta de ternura, que no fuera conquistada con emoción? Creo que no.

Nuestra ropa cayó casi sin hacer ruido sobre el suelo de parqué y cuando nos hundimos en mi cama y nos perdimos en ella durante horas, lo último que se me habría ocurrido pensar era que André Chabanais era un auténtico farsante.

Cuando me desperté él estaba echado a mi lado, con la cabeza apoyada en la mano, y me sonrió.

—Estás tan guapa cuando duermes... —dijo.

Le miré e intenté conservar todos los detalles de esa mañana en que nos habíamos despertado juntos por primera vez. Su amplia sonrisa, los ojos marrones de pestañas negras, el pelo oscuro ligeramente rizado y totalmente despeinado, la barba que todavía dejaba ver gran parte de su cara y que había resultado más suave de lo que yo pensaba, la cicatriz blanca sobre la ceja derecha que de pequeño le había dejado una alambrada... y tras las puertas del balcón con las cortinas a medio echar, una mañana callada en el patio, las ramas del gran castaño, un trozo de cielo. Sonreí y cerré un momento los ojos.

—Estaba pensando que me gustaría retener esta mañana —dije, y con un par de besos sujeté sus dedos con los labios. Luego me dejé caer en la almohada con un suspiro—. Soy tan feliz... —dije—. Completamente feliz.

—Qué bonito —dijo, y me cogió en sus brazos—. Yo también lo soy, Aurélie. Mi Aurélie. —Me besó y estuvimos un rato tumbados, acariciándonos—. Hoy no me voy a levantar —murmuró André, y me pasó la mano por la espalda—. Nos quedaremos en la cama, ¿vale?

Sonreí.

—¿No tienes que ir a la editorial?

—¿Qué editorial? —murmuró, y su mano se deslizó entre mis piernas.

Solté una risita.

—Deberías avisar de que te vas a quedar en la cama todo el día. —Mi mirada se posó en el pequeño reloj de la mesilla—. Son casi las once.

Soltó un suspiro y retiró la mano con gesto de lástima.

—Es usted una pequeña aguafiestas, mademoiselle Bredin, siempre lo he pensado —dijo, y me agarró la punta de la nariz—. Está bien, llamaré a madame Petit y le diré que se me ha hecho tarde. O no, mejor aún, le diré que, por desgracia, hoy no puedo ir a trabajar. Y así podremos pasar un día estupendo, ¿qué te parece?

—Creo que es una idea genial. Tú arreglas tus asuntos y yo mientras tanto preparo un café.

—Lo haremos así. Aunque no me gusta apartarme de tu lado... —murmuró.

—No es por mucho tiempo —repliqué, y me envolví en una bata corta azul oscuro para ir a la cocina.

—¡Pero luego te la quitas enseguida! —gritó André, y yo me reí.

—¡Nunca tienes suficiente!

—No. ¡Nunca tengo suficiente de ti!

Ni yo de ti, pensé.

¡En ese momento me sentía tan segura, ay, tan segura!

Preparé dos tazas grandes de café *crème* mientras André hablaba por teléfono y desaparecía luego en el baño. Las llevé al dormitorio con cuidado. Aparté el libro de Robert Miller, que seguía encima de la mesilla, y dejé las tazas.

¿Era posible que el *menu d'amour* hubiera hecho efecto? En vez de cenar con un escritor inglés lo había hecho con un editor francés, y de pronto los dos nos veíamos con otros ojos, casi como Tristán e Isolda, que por equivocación bebieron juntos la poción amorosa y luego ya no pudieron vivir separados. Yo recordaba aún lo mucho que de niña me impresionó la ópera que papá me llevó a ver. Y el asunto de la poción mágica me había resultado especialmente excitante.

Sonriendo, recogí la ropa que estaba tirada por toda la habitación y la dejé en la silla que había junto a la cama. Al coger la chaqueta de André algo se cayó al suelo. Era su cartera. Se había abierto y se habían salido unos papeles. Unas monedas rodaron por el parqué.

Me agaché para recoger las monedas y oí cómo André cantaba alegremente en el baño. Sonriendo, metí las monedas en su sitio y ya iba a colocar también los papeles que asomaban por la cartera cuando vi la foto. Primero pensé que era una foto de André y la saqué con curiosidad. Y entonces se me paró el corazón durante un horrible momento.

Yo conocía esa foto. Era una mujer con un vestido verde que sonreía a la cámara. Era yo.

Aturdida, me quedé mirando la foto durante unos segundos y luego las ideas fluyeron en cascada y cientos de pequeñas instantáneas se unieron en un todo.

Era la foto que había adjuntado a mi carta a Robert Miller. Estaba en la cartera de André. André, el que había intentado deshacerse de mí en los pasillos de la editorial. André, el que había echado la carta de respuesta de Robert Miller en mi buzón porque éste al parecer había perdido mis señas. André, el que había estado conmigo en La Coupole riendo y gastando bromas y sabía perfectamente que Robert Miller no iba a aparecer. André, el que no me había dicho una sola palabra de la lectura en público la única ocasión en que Miller había estado realmente en París y que no pudo alejar a tiempo al atónito escritor de mí. André, el que había aparecido con un ramo de flores en Le Temps des Cerises justo en el momento en que Robert Miller encargaba a su agente que anulara la cita.

¡¿Miller?! ¡Ja!

¡Quién sabe quién era el hombre que me había llamado por encargo de monsieur Chabanais! ¿Y la carta de Robert Miller? ¿Cómo pudo contestarme el autor si nunca había recibido mi carta?

Y de pronto me acordé de una cosa. Algo que había captado después de la lectura, pero que no había sabido interpretar.

Dejé caer la foto y me abalancé hacia la mesilla. Allí estaba *La sonrisa de las mujeres,* y en el libro seguía guardada la carta de Miller. Saqué con dedos temblorosos las hojas escritas a mano.

—Atentamente, Robert Miller —leí susurrando las últimas palabras de la carta y abrí de golpe el libro para ver la dedicatoria—. Para Aurélie Bredin con afectuosos saludos de Robert Miller. —Robert Miller había firmado dos veces. Pero el autógrafo de la dedicatoria era completamente distinto a la firma de la carta. Di la vuelta al sobre, en el que seguía pegado el pequeño post-it amarillo de André Chabanais, y solté un gemido. ¡Era André el que había escrito la carta de Robert Miller y me había estado engañando todo el tiempo!

Me senté en la cama. Estaba anonadada. Pensé en cómo me había mirado André con sus ojos marrones la noche anterior, en el restaurante, y en cómo había dicho: «Lo siento *tanto*, Aurélie», y me invadió una rabia helada. Ese hombre se había aprovechado de mi buena fe, se había burlado de mí, había jugado conmigo para llevarme a la cama, y yo había caído en la trampa.

Miré por la ventana, el sol seguía iluminando el patio, pero la bonita imagen de una mañana feliz se había desvanecido.

André Chabanais me había engañado, igual que me había engañado Claude, pero yo no iba a dejar que me engañaran de nuevo, ¡nunca más! Apreté los puños y respiré con fuerza un par de veces.

—Bien, cariñito, tenemos todo el día para nosotros.

André había entrado en la habitación envuelto en una toalla gris oscuro y el agua goteaba de su pelo castaño.

Miré al suelo.

—¿Aurélie? —Se acercó un poco más, se situó delante de mí y puso las manos sobre mis hombros—. ¡Dios mío, qué pálida estás! ¿Te encuentras bien?

Aparté sus manos de mis hombros y me puse de pie muy despacio.

—No —respondí, y noté que me temblaba la voz—. No me encuentro bien. No me encuentro nada bien.

Me miró desconcertado.

—¿Qué te pasa? Aurélie... Cariño... ¿puedo hacer algo por ti? —Me retiró un mechón de la cara.

Le aparté la mano.

—Sí —le dije en tono amenazante—. No me vuelvas a tocar, ¿me oyes? *Nunca* más. —Se apartó asustado.

—Pero, Aurélie, ¿qué es lo que pasa? —exclamó.

Noté que me invadía la rabia.

—¿Que qué es lo que pasa? ¿Quieres saber qué es lo que pasa?

Fui al sitio donde había dejado caer la foto y la cogí con un solo movimiento. Se la mostré.

—¡*Esto* es lo que pasa! —grité, y me abalancé sobre la mesilla—. ¡Y *esto* es lo que pasa! —Cogí la carta y la arrojé a sus pies.

Vi su cara enrojecer.

—Aurélie... por favor... Aurélie —tartamudeó.

—¡¿Qué?! —grité—. ¿Vas a soltarme ahora *otra* mentira? ¿O ya has tenido suficiente? —Cogí el libro de Robert Miller, me habría gustado pegarle con él—. Lo único cierto en toda esta historia es este libro. Y tú, André, editor de Éditions Opale, eres lo último para mí. Eres peor que Claude. Al menos él tenía un motivo para engañarme, pero tú... tú... ¡tú te has reído de mí!

—No, Aurélie, no es eso... por favor... —gritó él, desesperado.

—Sí. Es así. Abriste mi carta en vez de enviarla. Me hiciste llegar una carta falsa y luego seguro que te morías de risa cuando en La Coupole yo no quería hablarte de ella. ¡Todo muy bien tramado, enhorabuena! —Di un paso hacia él y le miré con desprecio—. En mi vida he conocido a nadie que disfrute tanto con la desgracia ajena. —Él se estremeció—. Pero todavía tienes que explicarme una cosa, me interesa mucho cómo lo has tramado todo. ¿Quién llamó anoche al restaurante? ¿Quién?

—Era de verdad Adam Goldberg. Es amigo mío —dijo muy compungido.

—Ah, ¿es amigo tuyo? ¡Genial! ¿Cuántos amigos de ésos tienes, eh? ¿Cuántos se están riendo ahora de esta chica tonta e ingenua, eh? ¿Quieres decírmelo? —Yo estaba cada vez más furiosa.

André levantó la mano con un gesto de negación, pero la bajó enseguida cuando se le escurrió la toalla.

—Nadie se está riendo de ti, Aurélie. Por favor, no pienses mal de mí... Sí, sé que te *he* mentido, te he mentido *mucho*... pero no había otra solución, *tienes* que creerme. Estaba... estaba en un apuro terrible. ¡Por favor! Te lo puedo explicar...

Le interrumpí.

—¿Sabes una cosa, André Chabanais? No quiero tus explicaciones. Tú no querías que viera a Robert Miller. Desde el principio siempre has intervenido y has puesto dificultades, pero luego... luego se te ocurrió algo mejor, ¿verdad? —Sacudí la cabeza—. ¿Cómo se puede idear algo tan perverso?

—Aurélie, me he enamorado de ti... ésa es la verdad.

—No —repliqué—. No se trata así a una mujer a la que se ama. —Cogí sus cosas de la silla y se las tiré a la cara—. Toma —dije—. Vístete y vete.

Cogió su ropa y me miró con cara de pena.

—Por favor, dame una oportunidad, Aurélie. —Dio un paso hacia mí con cautela e intentó abrazarme. Me volví y crucé los brazos—. Ayer... fue... fue lo más bonito que he vivido jamás —dijo con voz insinuante.

Noté que se me saltaban las lágrimas.

—*C'est fini!* —solté con rabia—. ¡Se acabó! Se acabó antes de empezar. Mejor así. ¡No me gusta vivir con mentirosos!

—Es que no te he mentido de verdad —dijo entonces.

—¿Cómo se puede no mentir *de verdad?* ¡Es ridículo! —exclamé furiosa. Era evidente que se le acababa de ocurrir una nueva táctica.

André se situó ante mí con su toalla gris.

—Yo soy Robert Miller —dijo angustiado.

Me eché a reír y mi voz sonó muy chillona incluso para mis oídos. Luego le miré de arriba abajo antes de decir:

—¿Me has tomado por una imbécil? *¿Tú* eres Robert Miller? Ya he oído muchas cosas, pero esta mentira tan descarada es ya lo último que me faltaba por escuchar. Esto es cada vez más absurdo. —Apoyé las manos en las caderas—. Tienes mala suerte, porque yo he visto a Robert, al *auténtico* Robert Miller, en la lectura. He leído su entrevista en *Le Figaro.* ¡Pero tú eres Robert Miller, claro! —Me salió un gallo—. ¿Sabes lo que eres, André Chabanais? ¡Eres sencillamente *ridículo!* No le llegas a ese Miller ni a la suela del zapato, ésa es la verdad. ¡Y ahora vete! ¡No quiero seguir escuchándote, cada vez lo estropeas más!

—Pero, entiéndelo... Robert Miller no *es* Robert Miller —gritó—. ¡Ése era... ése era... un dentista!

—¡Fuera! —grité, tapándome los oídos—. Desaparece de mi vida, André Chabanais. ¡Te odio!

Cuando André Chabanais hubo abandonado la casa sin decir una sola palabra más y con el rostro enrojecido, me derrumbé llorando sobre la cama. Una hora antes había sido la persona más feliz de París, una hora antes pensaba que estaba en el comienzo de algo maravilloso... y ahora todo había tomado un giro desastroso.

Vi las dos tazas de café llenas en mi mesilla y rompí a llorar de nuevo. ¿Es que era mi destino que me mintieran? ¿Tenía que acabar mi felicidad siempre en una mentira?

Me quedé mirando el patio. En cualquier caso, el cupo de hombres que me habían mentido estaba ya cubierto.

Solté un profundo sollozo. Veía ante mí una larga vida en soledad. Si la cosa seguía así, acabaría siendo una vieja amargada que pasea por los cementerios y planta flores en las tumbas. Pero no estaría de tan buen humor como la señora Dinsmore.

De pronto, nos vi a los tres sentados en La Coupole, el día del cumpleaños de la señora Dinsmore, y la oí decir muy contenta: «Niñita, éste es el hombre perfecto».

Me dejé caer sobre los almohadones y seguí llorando. Una idea triste seguía a otra, y me acordé de que pronto era Navidad. Iban a ser las Navidades más tristes de mi vida. La aguja del pequeño reloj que tenía en la mesilla avanzó y mi corazón se sintió de pronto muy viejo.

En algún momento me puse de pie y llevé las tazas a la cocina. Rocé las notas de la pared y un papel cayó al suelo.

«La pena es un sitio donde llueve y llueve y nunca crece nada», ponía en la hoja. Era una verdad indiscutible. Todas mis lágrimas no iban a hacer que todo aquel asunto no hubiera sucedido. Cogí el trozo de papel y volví a pegarlo en la pared.

Y luego llamé a Jacquie para decirle que mi corazón había sufrido un atentado y que me iría con él al mar en las vacaciones de Navidad.

16

Cuando alguien llamó vacilante a la puerta y entró mademoiselle Mirabeau, yo estaba, como casi siempre durante los últimos días, inclinado sobre mi mesa y con la cabeza apoyada en las manos.

Desde mi poco honrosa salida de la casa de Aurélie Bredin me sentía desconcertado. Me fui a casa tambaleándome, me puse delante del espejo del cuarto de baño y me regañé a mí mismo por ser un idiota que lo había fastidiado todo. Intenté varias veces llamar a Aurélie, pero en su casa saltaba el contestador y en el restaurante contestaba siempre otra mujer que me repetía como un robot que mademoiselle Bredin no quería hablar conmigo.

Una vez contestó un hombre (creo que se trataba de ese brusco cocinero) y gruñó en el auricular que si no dejaba de molestar a mademoiselle Aurélie él se pasaría por la editorial para tener el inmenso placer de darme una paliza.

Envié tres emails a Aurélie y finalmente recibí una breve respuesta en la que decía que podía ahorrarme el esfuerzo de escribirle más mensajes porque iba a eliminarlos todos sin abrirlos.

Esos días previos a la Navidad me encontraba tan desesperado como sólo un hombre puede estarlo. Al parecer había perdido a Aurélie para siempre, ni siquiera me había quedado con su foto, y la última mirada que me había lanzado había estado tan llena de desprecio que me daban escalofríos por la espalda sólo de recordarla.

—¿Monsieur Chabanais?

Cansado, levanté la cabeza y miré a mademoiselle Mirabeau.

—Voy a por un sándwich... ¿quiere que le traiga algo?

—No, no tengo hambre.

Florence Mirabeau se acercó un poco más.

—¿Monsieur Chabanais?

—¿Sí? ¿Qué pasa?

Me miró con su pequeña cara de mimosa.

—Tiene usted un aspecto horrible, monsieur Chabanais —dijo, y enseguida añadió—: Por favor, discúlpeme que se lo diga. Venga, tómese un sándwich, hágame ese favor.

Solté un fuerte suspiro.

—Está bien, está bien.

—¿Pollo, jamón o atún?

—Me da igual. Tráigame lo que sea.

Media hora más tarde apareció con una *baguette* de atún y un *jus d'orange* recién hecho y los dejó sobre mi mesa sin decir nada.

—¿Va a venir esta noche a la fiesta de Navidad? —preguntó luego.

Era viernes, el martes siguiente era Nochebuena y Éditions Opale cerraba a partir de la semana siguiente hasta Año Nuevo. En los últimos años se había implantado la costumbre de que el último día de trabajo toda la editorial iba a la Brasserie Lipp para despedir el año como es debido. Era siempre una celebración muy divertida en la que se comía, reía y hablaba mucho. Yo no me sentía en condiciones de enfrentarme a tanto buen humor.

Sacudí la cabeza.

—Lo siento, no voy a ir.

—¡Oh! —exclamó—. ¿Es por su madre? Se ha roto la pierna, ¿verdad?

—No, no —contesté. ¿Para qué iba a mentir? En las últimas semanas había mentido tanto que se me habían quitado las ganas de volver a hacerlo.

Hacía cinco días que *maman* había vuelto a su casa en Neuilly, se movía a toda prisa de un lado a otro con sus muletas y planeaba *le réveillon de Noël,* la cena de Nochebuena.

—Lo de la pierna rota ya está superado.

—Pero... ¿qué es entonces? —insistió mademoiselle Mirabeau.

La miré.

—He cometido un error imperdonable —dije, poniéndome la mano en el pecho—. Y ahora... ¿cómo lo diría...? Creo que tengo el corazón partido. —Intenté sonreír, pero desde luego no sonó como mi mejor chiste.

—¡Oh! —dijo. Sentí su compasión como una ola cálida que cruzaba la habitación. Y luego dijo algo que se me quedó en la cabeza después de que cerrara la puerta con delicadeza a sus espaldas—: Cuando se sabe que se ha cometido un error, lo mejor es corregirlo cuanto antes.

No era frecuente que el director de la editorial apareciera en los despachos de sus colaboradores, pero cuando lo hacía uno podía estar seguro de que era por algo importante. Una hora después de que Florence Mirabeau saliera por la puerta, Jean-Paul Monsignac entró en mi despacho y se dejó caer con gran estruendo en la silla que estaba delante de mi mesa.

Sus ojos azules me lanzaron una penetrante mirada.

—¿Qué significa eso, André? Acabo de enterarme de que no va a ir a la fiesta de Navidad.

Me revolví incómodo en mi silla.

—Eh... no —contesté.

—¿Se puede saber por qué? —La cena de Navidad en Lipp era para Monsignac sagrada, y esperaba ver en ella a todas sus ovejitas.

—Bueno, yo... simplemente no me encuentro bien, para ser sincero.

—Mi querido André, no soy idiota. Quiero decir que cualquiera que tenga ojos en la cara puede ver que no está bien. No vino a la reunión de la editorial, que era a las once, no menciona ningún motivo y al día siguiente aparece aquí con cara fúnebre y apenas sale de su cueva. ¿Qué es lo que pasa? No le reconozco. —Monsignac me miró pensativo.

Me encogí de hombros y guardé silencio. ¿Qué podía decirle? Si le contaba la verdad, tendría más problemas.

—Puede contármelo todo, André, ya lo sabe.

Esbocé una sonrisa forzada.

—Muy amable por su parte, monsieur Monsignac, pero me temo que precisamente con usted no puedo hablar de ello.

Se reclinó hacia atrás muy sorprendido, cruzó una pierna sobre la otra y se agarró con las dos manos el tobillo enfundado en un calcetín azul oscuro.

—Ahora me pica la curiosidad. ¿Por qué no puede hablar conmigo de ello? ¡Qué tontería!

Miré por la ventana, la punta de la torre de la iglesia de Saint-Germain taladraba el cielo teñido de rosa.

—Porque entonces probablemente perdería mi trabajo —dije con tono fúnebre.

Monsignac se echó a reír.

—Pero mi querido André, ¿qué es eso tan terrible que ha hecho usted? ¿Ha robado una cuchara de plata? ¿Ha metido la mano debajo de la falda de alguna compañera? ¿Se ha quedado con algún dinero? —Se balanceó en la silla.

Y entonces pensé en las palabras de mademoiselle Mirabeau y decidí acabar con todo aquello.

—Se trata de Robert Miller. En todo este asunto... no he sido muy honesto con usted, monsieur Monsignac.

Se inclinó hacia delante con curiosidad.

—¿Sí? ¿Qué pasa con ese Miller? —preguntó—. ¿Hay problemas con el inglés? ¡Venga, diga!

Tragué saliva. No resultaba fácil decir la verdad.

—La lectura fue grandiosa. *Mon Dieu,* se me saltaban las lágrimas de la risa —prosiguió Monsignac—. ¿Qué pasa con ese tipo? Quería entregarnos pronto su siguiente novela.

Solté un gemido apagado y me tapé la cara con las manos.

—¿Qué pasa? —insistió Monsignac, alarmado—. André, no sea tan melodramático y dígame simplemente lo que ocurre. Miller seguirá escribiendo para nosotros... ¿o es que ha habido problemas entre ustedes dos? ¿Se han peleado?

Sacudí la cabeza de forma casi imperceptible.

—¿Lo ha fichado otra editorial?

Cogí aire y miré a monsieur Monsignac a los ojos.

—¿Me promete que no va a perder los estribos y se va a poner a gritar?

—Sí, sí... ¡pero hable ya de una vez!

—No va a haber ninguna otra novela de Robert Miller —solté, e hice una pequeña pausa—. Por la sencilla razón de que no existe ningún Robert Miller.

Monsignac me miró sin entender nada.

—Ahora sí que está usted diciendo tonterías, André. ¿Qué pasa? ¿Tiene usted fiebre? ¿Ha perdido el juicio? Robert Miller ha estado en París, ¿es que no se acuerda?

Asentí.

—Ése es el asunto. Ese hombre de la lectura no era Robert Miller. Era un dentista que se hizo pasar por Robert Miller para hacernos un favor a nosotros.

—¿A *nosotros*?

—Bueno, sí, a Adam Goldberg y a mí. Se llama Sam Goldberg y no vive solo en un *cottage* con su perro, sino con su mujer y sus hijos en Devonshire. Tiene tan poco que ver con los libros como yo con los empastes de oro. Fue todo una farsa, ¿entiende? Para que no se descubriera el pastel.

—Pero... —Los ojos azules de Monsignac se movían inquietos—. ¿Quién ha escrito realmente el libro?

—Yo.

Y Jean-Paul Monsignac se puso a gritar.

Lo malo de monsieur Monsignac es que se convierte en una fuerza de la naturaleza cuando se altera.

—¡Pero eso es horrible! ¡Usted me ha engañado, André! Yo he confiado en usted y habría puesto la mano en el fuego por su honestidad. Me ha mentido y eso va a tener sus consecuencias. ¡Está usted despedido! —gritó, y se levantó de un salto de la silla.

Lo bueno de monsieur Monsignac es que se calma a la misma velocidad a la que se enfada y que tiene un gran sentido del humor.

—¡Increíble! —dijo después de diez minutos en los que yo ya me vi como un editor sin trabajo al que todo el sector señalaba con el dedo—. Increíble lo que han montado entre los dos. Han engañado ustedes a toda la prensa. Un buen golpe, eso hay que reconocerlo. —Sacudió la cabeza y de pronto se echó a reír—. Le confesaré que me sorprendió que Miller dijera en la lectura que el protagonista de su siguiente novela era un *dentista*. ¿Por qué no me dijo usted desde el principio que estaba detrás de todo el asunto, André? Dios mío, no sabía que escribiera usted tan bien. Escribe *realmente* bien —repitió otra vez, y se pasó la mano por el pelo gris.

—Fue una idea tan espontánea... Usted quería un Stephen Clarke, ¿recuerda? Y en ese momento no había ningún inglés que escribiera algo divertido sobre París. Tampoco queríamos perjudicarle a usted o a la editorial. Ya sabe que la cantidad que se ofreció por esa novela fue muy modesta. Se ha recuperado hace tiempo.

Monsignac asintió.

—Ninguno de los dos podía imaginar que el libro iba a ir tan bien como para que alguien se interesara por el *autor* —proseguí.

—*Bon* —dijo Monsignac, que durante todo ese tiempo había estado yendo de un lado a otro de mi despacho, y se volvió a sentar—. Esto ya está aclarado. Y ahora vamos a hablar de hombre a hombre. —Cruzó los brazos delante del pecho y me miró con gesto grave—. Retiro lo del despido, André. Pero como castigo vendrá usted hoy a la Brasserie Lipp, ¿entendido?

Asentí con alivio.

—Y ahora quiero que me explique qué tiene que ver todo este lío con su corazón roto. Mademoiselle Mirabeau está muy preocupada. Y yo, por mi parte, tengo la sensación de que ahora vamos a llegar al meollo de la cuestión.

Se reclinó cómodamente en su silla, se encendió un cigarrillo y esperó.

Fue una historia muy larga. Afuera ya se encendían las primeras farolas cuando por fin dejé de hablar.

—Ya no sé qué debo hacer, monsieur Monsignac —concluí con gran tristeza—. ¡Por fin encuentro a la mujer que había estado buscando y ahora ella me *odia*! Y aunque pudiera demostrarle que no existe ningún autor llamado Robert Miller, creo que no serviría de nada. Está tan terriblemente enfadada conmigo... tan herida en sus sentimientos... No me va a perdonar esto nunca...

—¡Bobadas! —me interrumpió—. ¿Qué está diciendo, André? Tal como han ido las cosas hasta ahora no está nada perdido. Confíe en un hombre que tiene algo más de experiencia en la vida que usted. —Dejó caer la ceniza de su cigarrillo y balanceó un pie—. ¿Sabe, André? Yo siempre he sobrevivido a los malos momentos con tres frases: *je ne vois pas la raison, je ne regrette rien* y la última, pero no menos importante, *je m'en fous*. —Sonrió—. Aunque me temo que en su caso no le van a servir de ayuda ni Voltaire, ni Edith Piaf, ni la picardía. En su caso, mi querido amigo, sólo le ayudará una cosa: la verdad. Toda la verdad. —Se puso de pie y se acercó a mi mesa—. Siga mi consejo y escriba toda esta historia tal y como me la ha contado a mí... Desde la primera vez que miró por la ventana de ese restaurante hasta nuestra conversación de hoy. Y luego haga llegar el manuscrito a Aurélie diciéndole en una nota que su autor favorito ha escrito una nueva novela y le gustaría que ella fuera la primera en leerla.

Me dio un golpecito en el hombro.

—Es una historia increíble, André. ¡Es sencillamente genial! Escríbala, empiece usted mañana mismo o, mejor aún, esta noche. Escriba como si estuviera en juego su vida, amigo mío. Escriba en el corazón de esa mujer à la que ya cautivó con su primera novela—. Se dirigió hacia la puerta y allí se giró de nuevo—. Y da igual cómo acabe todo —añadió guiñándome un ojo—, ¡haremos un Robert Miller de todo esto!

17

Hay autores que tardan días en escribir la primera frase de su novela. La primera frase tiene que ser perfecta; el resto, por así decirlo, sale luego por sí solo. Creo que incluso hay estudios sobre los comienzos de las novelas, pues la primera frase con la que empieza un libro es como la primera mirada entre dos personas que no se conocen. Luego hay escritores que no pueden empezar una novela sin saber cómo es la última frase. Se dice que John Irving, por ejemplo, empezaba a idear sus libros desde el último capítulo hasta el primero, y luego se ponía a escribir. Yo, en cambio, escribo esta historia sin saber cómo va a terminar, sin poder influir lo más mínimo en su desenlace.

La verdad es que esta historia todavía no tiene final.

La última frase la tiene que escribir una mujer a la que vi hace año y medio, una tarde de primavera, tras los cristales de un pequeño restaurante con manteles de cuadros rojos y blancos que está en la Rue Princesse, en París.

Es la mujer a la que quiero.

Sonreía tras el cristal, y su sonrisa me cautivó de tal modo que se la robé. La tomé prestada. Me la llevé conmigo. No sé si algo así es posible, que uno se pueda enamorar de una sonrisa, quiero decir. En cualquier caso, esa sonrisa me inspiró una historia... una historia en la que todo era inventado, incluso el propio autor.

Y entonces pasó algo increíble. Un año más tarde, una tarde de noviembre realmente horrible, la mujer de la bonita sonrisa apareció ante mí como caída del cielo. Y lo maravilloso y a la vez trágico de ese encuentro fue que ella quería de mí algo que yo no podía darle. Sólo tenía un deseo —estaba tan obsesionada con él como la princesa del cuento con la puerta prohibida— y precisamente ese deseo era imposible de cumplir. ¿O sí se podía cumplir?

Desde entonces han pasado muchas cosas, buenas y malas, y me gustaría contarlo todo. Toda la verdad después de tantas y tantas mentiras.

Ésta es la historia que realmente ocurrió, y la escribo como un soldado que al día siguiente debe partir hacia el frente, como un enfermo que no sabe si mañana va a ver salir el sol, como un amante que pone todo su corazón en las delicadas manos de una mujer con la osada esperanza de que ella le escuche.

Habían pasado tres días desde mi conversación con monsieur Monsignac. Necesité tres días para escribir estas primeras frases, pero luego todo salió de pronto muy deprisa.

En las semanas siguientes escribí como poseído por una fuerza superior, escribí como si estuviera en juego mi vida, como mi jefe había expresado de forma tan acertada. Hablé del bar en el que surgió la brillante idea, de una aparición en el pasillo de la editorial, de una carta a un escritor inglés que yo abrí con impaciencia... y, sobre todo, de lo que ocurrió en aquellas excitantes e increíbles semanas.

Las Navidades llegaron y pasaron. Me marché con *maman*, acompañado de mi ordenador y mis anotaciones, a Neuilly, donde pasé las fiestas, y cuando en Nochebuena estábamos con toda la familia reunidos alrededor de la mesa grande del salón y hacíamos alabanzas al *foie gras* con mermelada de cebolla que había en nuestros platos, por primera vez tuvo razón *maman* cuando dijo que había adelgazado y que no comía suficiente.

¿Comí realmente algo durante esas semanas? Debió de ser así, pero no lo recuerdo. El bueno de Monsignac me había dado tiempo libre hasta finales de enero —con una misión especial, según explicó a los demás—, y yo me levantaba por las mañanas, me ponía encima cualquier cosa y, tambaleándome, me dirigía al escritorio con una taza de café y unos cigarrillos.

No contestaba el teléfono, no abría la puerta cuando llamaban, no veía la televisión, los periódicos se amontonaban sin leer en la mesa del cuarto de estar y algunos días salía a última hora de la tarde por el *quartier* para tomar un poco de aire fresco y comprar lo necesario.

Yo no era ya de este mundo. Si se hubiera producido cualquier catástrofe natural, habría pasado por encima de mí. No me enteré nada en esas semanas. Sólo sabía que tenía que escribir.

Si me ponía delante del espejo del cuarto de baño veía la imagen de un hombre pálido con el pelo revuelto y unas sombras oscuras debajo de los ojos.

No me interesaba.

A veces iba de un lado a otro de la habitación para estirar las piernas, entumecidas, y cuando no podía seguir porque no se me ocurría nada, ponía en mi aparato de música el CD de *French Café*. Empezaba con *Fibre de verre* y terminaba con *La fée clochette*. Durante esas semanas sólo escuché ese disco, no sabría decir muy bien por qué.

Me había obsesionado con él como un autista que tiene que contar todo lo que cae entre sus dedos. Era mi ritual: cuando sonaban los primeros acordes me sentía seguro, y después de la segunda o tercera canción ya estaba otra vez metido en la historia. La música se convirtió en un murmullo de fondo que hacía volar mis ideas como una gaviota blanca por encima del mar infinito.

De vez en cuando volaba muy cerca del agua, y entonces sonaba *La mer opale*, de Coralie Clément, y veía los ojos verdes de Aurélie Bredin ante mí. O escuchaba *Un jour comme un autre*, de Brigitte Bardot, y tenía que pensar en cómo Aurélie había sido abandonada por Claude.

Cada vez que sonaba *La fée clochette* sabía que de nuevo había pasado una hora, y mi corazón se volvía pesado y delicado a la vez al recordar aquella velada mágica en Le Temps des Cerises.

Por las noches apagaba en algún momento la luz del escritorio y me iba a la cama, y a menudo me levantaba otra vez porque creía haber tenido una idea fantástica que con frecuencia a la mañana siguiente resultaba no serlo tanto.

Las horas se convirtieron en días y los días empezaron a fundirse sin solución de continuidad en un mar azul oscuro, transatlántico, en el que una ola es igual a la siguiente y la mirada se dirige a la delicada línea del horizonte, donde el viajero cree reconocer la tierra firme.

Yo creo que nunca se ha escrito un libro tan deprisa. Me movía el deseo el recuperar a Aurélie Bredin y ansiaba que llegara el día en que pudiera poner mi manuscrito a sus pies.

En los últimos días de enero ya lo había terminado.

La tarde en que dejé el manuscrito delante de la puerta de Aurélie Bredin empezaba a nevar. Es tan poco frecuente que nieve en París que la mayoría de la gente se alegra.

Di vueltas por las calles como un preso en régimen abierto, contemplé los adornos de los escaparates llenos de luces, me dejé atrapar por el tentador olor de las *crêpes* recién hechas de un pequeño puesto de detrás de la iglesia de Saint-Germain y luego me decidí por un *gauffre* con una gruesa capa de crema de castañas.

Los copos de nieve caían en silencio, pequeños puntos blancos en la oscuridad, y pensé en el manuscrito que estaba envuelto en papel de embalar y que Aurélie Bredin encontraría esa noche ante su puerta.

Al final me habían salido doscientas ochenta páginas. Estuve mucho tiempo pensando qué título debía ponerle a la historia, a esa novela con la que quería recuperar para siempre a la chica de los ojos verdes.

Había escrito en un papel una serie de títulos muy sentimentales, románticos, sí, incluso cursis, pero luego los había tachado todos de la lista. Y luego llamé al libro simplemente *El final de la historia*.

Da igual cómo empiece una historia, da igual las vueltas que dé; en realidad, lo que importa es el final.

Mi profesión conlleva leer muchos libros y manuscritos, y tengo que admitir que las novelas que más me han fascinado han sido las que tienen un final abierto o incluso trágico. Sí, esos libros te dejan pensando un tiempo, mientras que los de final feliz se olvidan enseguida.

Pero tiene que haber alguna diferencia entre la literatura y la realidad, pues tengo que reconocer que cuando dejé el pequeño paquete marrón en el frío suelo delante de la puerta de Aurélie dejé a un lado cualquier exigencia intelectual. Le pedí al cielo un final *feliz*.

El manuscrito iba acompañado de una carta en la que había escrito lo siguiente:

> *Querida Aurélie:*
> *Sé que me has apartado de tu vida y que no quieres tener ningún contacto conmigo, y respeto tus deseos.*
> *Hoy te dejo delante de tu puerta el nuevo libro de tu autor favorito.*

Está recién escrito, no lo ha leído nadie todavía, y tampoco tiene un verdadero final, pero sé que te interesará porque contiene las respuestas a todas las preguntas que te planteabas con respecto a la primera novela de Robert Miller.

Espero poder arreglar así, al menos un poco, todo lo que he estropeado.

Te echo de menos,
André

Aquella noche dormí profundamente por primera vez. Me desperté con la sensación de que había hecho todo lo que podía hacer. Ya sólo me quedaba esperar.

Guardé en mi cartera una copia de la novela para monsieur Monsignac y luego salí hacia la editorial, por la que llevaba cinco semanas sin aparecer. Seguía nevando, la nieve se acumulaba en los tejados de los edificios y los sonidos de la ciudad parecían amortiguados. Por los bulevares los coches no iban tan deprisa como otras veces y también las personas andaban más despacio por las calles. Era como si el mundo contuviera la respiración, así me pareció, y yo mismo me sentí invadido por una extraña calma. Mi corazón era blanco como el primer día.

En la editorial tuve un efusivo recibimiento. Madame Petit no me trajo sólo el correo (había un buen montón), sino también un café; mademoiselle Mirabeau asomó muy sonrojada la cabeza por la puerta para desearme un feliz año nuevo, y vi que en su mano brillaba un anillo; Michelle Auteuil me saludó con gran elegancia cuando nos cruzamos en el pasillo y se dignó incluso a soltar un «*Ça va, André?*»; Gabrielle Mercier suspiró aliviada, se alegraba de que yo volviera, el jefe la estaba volviendo loca; y Jean-Paul Monsignac cerró la puerta a su espalda cuando entró en mi despacho y me dijo que tenía el aspecto de un autor que acababa de terminar su libro.

—¿Y qué aspecto tiene alguien así? —pregunté.

—Completamente agotado, pero con ese brillo tan especial en los ojos —dijo. Luego me miró con gesto interrogante—. ¿Y bien?

Le entregué la copia del manuscrito.

—No sé si es bueno. Pero en él hay mucha sangre de mi corazón.

Monsignac sonrió.

—Eso siempre está bien. Le deseo mucha suerte, amigo mío.

—Bueno —dije—, lo llevé ayer por la tarde, tan rápida no va a ir la cosa... si es que pasa algo.

—Espero que se equivoque, André. En cualquier caso, estoy impaciente por leer esta novela.

La mañana transcurrió tranquila. Vi mi correo, contesté mis emails, miré por la ventana. Seguían cayendo gruesos copos del cielo. Y luego cerré los ojos, pensé en Aurélie y confié en que mis pensamientos alcanzaran su objetivo incluso con los ojos cerrados.

Eran las cuatro y media y fuera ya casi había oscurecido cuando sonó el teléfono y Jean-Paul Monsignac me pidió que fuera a su despacho.

Cuando entré, se encontraba junto a la ventana mirando la calle. Sobre su mesa estaba mi manuscrito.

Monsignac se volvió.

—¡Ah, André, pase, pase! —dijo, balanceándose adelante y atrás como siempre solía hacer. Señaló el manuscrito—. Lo que ha escrito... —me miró con gesto severo, y yo apreté los labios, nervioso—. Lo que ha escrito es, por desgracia, muy bueno. Que no se le ocurra a su agente ofrecérselo a otras editoriales e iniciar una subasta, porque entonces usted se largará de aquí, ¿entendido?

—*C'est bien compris* —contesté sonriendo—. Me alegro mucho, monsieur Monsignac.

Se giró de nuevo hacia la ventana y me hizo una seña para que me acercara.

—Apuesto lo que sea a que también se va a alegrar de esto —dijo, y señaló hacia la calle.

Le miré desconcertado. Por un momento pensé que se refería a los copos de nieve, que todavía revoloteaban delante de la ventana. Luego me empezó a latir más deprisa el corazón, y me habría gustado abrazar al viejo Monsignac.

Fuera, en la calle, en la acera frente al edificio de Éditions Opale, había una mujer andando de un lado para otro. Llevaba un abrigo rojo y miraba constantemente a la entrada de la editorial como si estuviera esperando a alguien.

Yo no perdí el tiempo en ponerme algo encima. Bajé las escaleras volando, abrí la pesada puerta de la entrada y crucé la calle corriendo.

Y entonces me encontré ante ella, y mi respiración era tan agitada que por un momento creí que no me entraba aire en los pulmones.

—Has venido —dije en voz baja, y luego lo dije otra vez, y mi voz sonó ronca, me alegraba tanto de verla...—. Aurélie... —susurré, y la miré con gesto interrogante.

Los copos de nieve caían sobre nosotros y se posaron en su larga melena como pequeñas flores de almendro.

Sonrió y yo le cogí la mano, que estaba enfundada en un guante de lana de colores, y de pronto noté un gran alivio.

—¿Sabes una cosa? El segundo libro de Robert Miller me gusta incluso un poquitín más que el primero —dijo, y sus ojos verdes resplandecieron.

Sonreí y la abracé.

—¿Debe ser ésa la última frase? —pregunté.

Aurélie sacudió muy despacio la cabeza.

—No, creo que no.

Durante un instante me miró tan seria que busqué intranquilo una respuesta en sus ojos.

—Te quiero, tonto.

Luego me rodeó con sus brazos y todo desapareció en un suave abrigo de lana rojo carmesí y en un único beso que no se quería acabar.

Naturalmente, esa frase me habría parecido algo convencional en una novela. Pero allí, en la vida real, en esa pequeña calle cubierta de nieve, en una gran ciudad a la que se considera la ciudad del amor, me convirtió en el hombre más feliz de París.

EPÍLOGO

Cuando se termina de escribir una novela se siente un gran alivio por haber acabado. (¡Gracias por escucharme, Jean!). Y precisamente por eso también se está muy triste. Escribir las últimas líneas de una novela significa siempre despedirse de los protagonistas que le han acompañado a uno durante mucho tiempo. Y aunque sean, en mayor o menor medida, inventados, están muy cerca del corazón del autor.

Y, así, veo a Aurélie y a André, quienes por fin se han vuelto a encontrar después de miles de confusiones y malentendidos, y suspiro emocionado, me pongo un poco sentimental y les deseo mucha felicidad a ambos.

Muchas cosas de este libro son inventadas, muchas otras son verdad. Todos los cafés, bares, restaurantes y tiendas existen realmente, y merece la pena probar el *menu d'amour*, por lo que he adjuntado la receta, así como la del *curry d'agneau* de La Coupole (la original, tal como lo habría preparado Aurélie Bredin).

Pero es inútil que el lector busque el restaurante Les Temps des Cerises en la Rue Princesse.

Aunque durante la redacción del libro —tengo que admitirlo— tenía ante los ojos un restaurante con manteles de cuadros rojos y blancos muy concreto, debe mantenerse como un lugar en la fantasía, un lugar donde los deseos se hacen realidad y todo es posible.

La sonrisa de las mujeres es un regalo del cielo, es el comienzo de cualquier historia de amor, y si puedo pedir un deseo, es éste: que mi querida amiga U. pueda ponerse su nuevo abrigo durante muchos años y que para las lectoras y los lectores entregados este libro termine como empezó: con una sonrisa.

Menu d'amour de Aurélie
(para dos personas)

Canónigos con aguacate, champiñones y nueces de macadamia con vinagreta de patata

Ingredientes:
100 gramos de canónigos
1 aguacate
100 gramos de champiñones pequeños
1 cebolla roja
1 patata grande
10 nueces de macadamia
60 gramos de beicon troceado
2-3 cucharadas de vinagre de manzana
100 mililitros de caldo de verduras
1 cucharada de miel líquida
3 cucharaditas de aceite de oliva
Un poco de mantequilla
Sal
Pimienta

Lavar y secar los canónigos. Lavar los champiñones y cortarlos en láminas. Pelar el aguacate y cortarlo en láminas. Tostar las nueces de macadamia con un poco de mantequilla en una sartén hasta que estén doradas. Partir las cebollas por la mitad y cortar en láminas muy finas. Cocer la patata con piel.

Dorar las tiritas de beicon en una sartén hasta que estén crujientes. Calentar el caldo de verduras y añadir el vinagre, la sal, la pimienta, una cucharada de miel y aceite. Pelar la patata, echarla en el caldo y deshacerla con un tenedor. Mezclar todo bien con un batidor hasta que no queden grumos.

Poner en los platos los canónigos con los champiñones, el aguacate, la cebolla y las nueces. Esparcir el beicon por encima y regar con la salsa tibia. Servir enseguida.

Ragú de cordero con granada y patatas gratinadas

Ingredientes:
400 gramos de carne de pierna de cordero
2 zanahorias
2 tallos de apio
1 cebolla roja
200 gramos de tomates
1 berenjena grande
2 granadas
2 dientes de ajo
3 cucharadas de mantequilla
1 manojo de tomillo fresco
1 cucharada de harina
¼ litro de vino blanco seco
400 gramos de patatas pequeñas
2 huevos
¼ litro de nata

Primero se retira la grasa a la carne de cordero y se corta ésta en dados. Luego se pelan las zanahorias y se lavan los tallos de apio y la berenjena. Cortar todo en dados. Pelar la cebolla y los ajos y picarlos muy finos. Partir las granadas por la mitad, extraer los granos y reservar.

Escaldar los tomates en agua hirviendo, refrescarlos y pelarlos. Quitar las semillas y cortarlos en dados.

Rehogar las verduras (excepto el tomate y la granada) en una sartén con mantequilla. Aderezar con sal, pimienta y tomillo.

Dorar la carne de cordero en una cacerola con aceite, sazonar con sal y pimienta. Espolvorear la harina por encima, remover todo bien y regar con el vino blanco. Añadir las verduras, incluidos los tomates, e introducir tapado en el horno durante unas dos horas a baja temperatura (150 grados). Añadir más vino si es necesario. Los granos de la granada se añaden al final.

Mientras se hace el cordero, lavar las patatas, pelarlas y cortarlas en láminas muy finas. Untar con mantequilla una fuente de horno, colocar las láminas de patata en círculo y sazonar con sal y pimienta. Batir la nata con los huevos, sazonar, verter sobre las patatas y distribuir por encima unos trocitos de mantequilla. Gratinar unos 40 minutos a 180 grados.

Gâteau au chocolat *con* parfait *de naranja sanguina*

Ingredientes:
100 gramos de chocolate amargo (mínimo 70 por ciento de cacao)
2 huevos
35 gramos de mantequilla salada
35 gramos de azúcar moreno
25 gramos de harina
1 paquete de azúcar vainillado
4 trozos extra de chocolate

Fundir al baño María el chocolate con la mantequilla. Batir los huevos hasta que estén espumosos y añadir el azúcar. Agregar el azúcar vainillado. Añadir la harina y el chocolate fundido y mezclar con cuidado.

Untar dos moldes pequeños con mantequilla y espolvorear con harina. Llenar los moldes hasta la tercera parte, poner encima de la masa dos trocitos de chocolate en cada molde y añadir el resto de la masa.

Cocer durante 8-10 minutos en el horno precalentado a 220 grados. Los gâteaux au chocolat *deben estar hechos sólo por fuera y el interior debe quedar fundido. Se espolvorean con azúcar glas y se sirven templados.

Se acompañan con el parfait.

Parfait *de naranja sanguina*

Ingredientes:
3 naranjas sanguinas
2 yemas de huevo
100 gramos de azúcar glas
2 paquetes de azúcar vainillado
¼ litro de nata de montar

Montar con la batidora las yemas con el azúcar, una pizca de sal y 3 cucharadas soperas de agua caliente hasta que la masa sea consistente. Añadir el zumo de dos naranjas. Montar la nata con el azúcar vainillado e incorporar con cuidado a la crema. Poner en un molde y dejar enfriar durante toda la noche. Servir con el gâteaux au chocolat *y decorar con rodajas de naranja.*

Bon appétit!

CURRY D'AGNEAU
DE LA COUPOLE
(RECETA DE 1927)

Ingredientes (para 6 personas):
3,5 kilos de carne de cordero (pierna o espaldilla)
10 centilitros de aceite de girasol
3 manzanas golden (Aurélie pone 5 manzanas)
1 plátano (Aurélie pone 4 plátanos)
3 cucharaditas de curry en polvo (Aurélie recomienda curry en polvo indio y aconseja probar si 3 cucharaditas son suficientes)
1 cucharadita de pimentón dulce
30 gramos de coco rallado (y además un cuenco lleno que se sirve en la mesa)
3 dientes de ajo picados
250 gramos de cebolla picada (se puede poner tranquilamente el doble de cebolla, aconseja Aurélie, así resulta el guiso más jugoso)
½ cucharada de sal marina gorda
20 gramos de harina
50 centilitros de fondo de cordero
200 gramos de tomate
50 gramos de perejil (mejor fresco)
500 gramos de arroz basmati
50 gramos de mantequilla
1 ramillete de hierbas aromáticas
Chutney de mango, guindillas, relish de frutas y verduras

Rehogar ligeramente la carne durante cinco minutos, añadir una manzana y un plátano troceados. A continuación, la cebolla y el ajo picados.

Cocinar otros cinco minutos, añadir luego el curry en polvo, el pimentón y el coco rallado.

Remover bien y espolvorear por encima la harina. Cubrir con agua o fondo de cordero.

Añadir el ramillete de hierbas aromáticas y la sal, dejar cocer a fuego lento entre una hora y hora y media, hasta que la carne esté en su punto. (Se puede hacer también en el horno a baja temperatura —unos 180 grados— durante dos o tres horas; la carne queda muy tierna y no hay que pasar la salsa).

Sacar la carne y batir la salsa (este último paso se puede suprimir si se desea degustar los pequeños trozos de los ingredientes). Volver a poner la carne en la salsa y cocinar otros 30 minutos.

Servir como acompañamiento el arroz con manzana rehogada en mantequilla, tomate en dados y perejil. Acompañar con pequeños cuencos de chutney de mango, guindillas y relish.

«Para viajar lejos no hay mejor nave que un libro».

EMILY DICKINSON

Gracias por tu lectura de este libro.

En **penguinlibros.club** encontrarás las mejores
recomendaciones de lectura.

Únete a nuestra comunidad y viaja con nosotros.

penguinlibros.club

 penguinlibros